LES ENFANTS D'UNE AUTRE

DU MÊME AUTEUR

CHEZ POCKET

TROP JEUNE POUR TOI
UN AMANT ESPAGNOL
LA FEMME DU PASTEUR
DE SI BONNES AMIES
LES LIENS DU SANG

JOANNA TROLLOPE

LES ENFANTS D'UNE AUTRE

CALMANN-LÉVY

Titre original anglais :
OTHER PEOPLE'S CHILDREN

Traduit de l'anglais
par Dominique Peters

ISBN 2 - 266 - 09554 - 4

À Di-Di, avec tout mon amour

1

Derrière lui, quelqu'un dit :

« On ne devrait pas appeler ça des noces. »

Rufus sentit ses oreilles rougir. Il se pencha en avant et regarda le bout des chaussures neuves que sa mère l'avait convaincu de porter à la place de ses baskets. La personne qui avait parlé derrière lui était une femme. Sa voix lui sembla vaguement familière.

« Pas quand c'est la seconde fois, continua-t-elle d'une voix calme, comme si elle n'avait aucune rancune personnelle mais énonçait simplement un fait. On devrait avoir un autre mot pour les deuxièmes fois. »

Rufus releva lentement la tête, et ses yeux passèrent de ses chaussures au mur, à sept mètres devant lui. Il était couvert de papier satiné blanc, orné de fleurs attachées par des rubans, blancs eux aussi, et on y avait accroché une photo de la reine en robe blanche, avec une couronne et un large ruban bleu qui lui barrait la poitrine et que retenait une sorte de broche. Juste sous la reine se détachait la tête brune bien convenable d'une dame en costume gris et boucles d'oreilles en or. C'était l'officier d'état civil, avait dit la mère de Rufus. Son titre lui donnait le droit de marier les gens. L'officier d'état civil — qui avait souri à Rufus et lui avait dit : « Bonjour, mon chéri » — allait dans une minute marier la mère de Rufus. Avec Matthew. Rufus ne laissa pas son champ de vision s'élargir pour englober, en plus de l'officier d'état civil, sa mère et Matthew. Matthew portait un costume gris, lui aussi, et une fleur jaune à la boutonnière, et il faisait une demi-tête de plus que la mère de Rufus. Surtout, et avant tout, il n'était pas le père de Rufus.

En revanche — et ce fait ne pouvait qu'augmenter l'angoisse d'une journée déjà déconcertante —, il était le père de plusieurs autres. Il avait été marié à une femme dont Rufus n'avait pas retenu le nom, et il avait trois enfants. *Trois.* Tous plus vieux que Rufus. Et *tous* - Rufus avala péniblement sa salive — lui étaient inconnus. En fait, près de lui se tenait la plus jeune fille de Matthew, Claire. Elle n'arrêtait pas de boutonner et déboutonner le bas de son cardigan noir. Avec ce cardigan, elle portait une jupe orange froissée qui touchait presque le sol et des bottines noires. Elle avait dix ans. Rufus, huit. La mère de Rufus avait dit que Claire et lui s'entendraient bien parce qu'ils pourraient jouer ensemble sur l'ordinateur, mais Rufus trouvait Claire aussi étrangère que si elle venait d'une autre planète. Elle lui rappelait quelqu'un qu'on rencontre dans le bus et dont on sait qu'on ne le reverra jamais. Pareil pour son frère, Rory, qui se tenait près d'elle de l'autre côté, avec son blouson de cuir noir et son jean noir. Sa mère avait obligé Rufus à mettre une cravate, mais Rory portait un tee-shirt. Il avait douze ans, et il s'était fait raser les cheveux sur les côtés et à l'arrière de la tête, ce qui lui donnait un air vulnérable et godiche — tout doux, comme un petit oiseau. Il avait joué au football avec Rufus, en début de journée, avec une boîte de Coca-Cola, la promenant d'un bout à l'autre du patio de la maison que Rufus allait maintenant partager avec sa mère et Matthew. Et certains week-ends et certaines vacances scolaires avec Claire, Rory et Becky, quinze ans, qui avait... enfin... ça ne tombait pas tout droit, devant, sous son pull. Becky mâchait du chewing-gum, remarqua Rufus. Elle portait un blouson en jean bleu qu'elle ne quittait que pour se coucher, et de temps à autre elle tâtait la poche de poitrine gauche de son blouson. Rufus savait pourquoi. Elle y avait glissé un paquet de dix Marlboro Lights, auxquelles elle n'avait pas droit. Quand elle tâtait la poche, elle avait un air ravi et provocant.

La grand-mère de Rufus, à sa gauche, se pencha un peu en avant. Elle allait dire : « Ça va, chéri ? » Il attendit.

« Ça va, chéri ? »

Il hocha la tête. Elle tenta de lui prendre la main. Rufus aimait bien sa grand-mère, mais il ne voulait pas lui tenir la main, surtout pas en public, avec à sa droite Claire, Rory et Becky qui jouissaient de la solidarité enviable d'une fratrie de trois. Il glissa la main dans sa poche de pantalon. Il y sentit un gland, un papier froissé de Kit-Kat et le joint en caoutchouc d'un pistolet à eau. Il prit le gland. Il était chaud d'avoir séjourné dans sa poche, il avait une petite vie à lui. Il l'avait ramassé lors d'une promenade quelques mois plus tôt, une sortie scolaire au terrain de jeux, à Bath, où il vivait, où vivait son père, où son père se trouvait encore, à cette minute même, au lieu de se tenir dans cette petite pièce blanche à l'éclairage cru, avec la mère de Rufus. Où se tenait Matthew, à sa place.

Au restaurant, Matthew prit la main de Josie sous la nappe.

« Tu es mienne. »

Elle sourit, bouleversée, sans pourtant oser le regarder à cause de tous les autres convives, autour de la table, qui ne la quittaient presque pas des yeux.

« Oh, Matt...

— Mienne, répéta-t-il en lui serrant la main. Je n'arrive pas à le croire.

— Allons, allons, cria, jovial, le père de Matthew depuis l'autre bout de la table. Voyons, vous deux !

— C'est tout à fait légal, dit Matthew. Depuis une heure. »

Il avait l'air très à son aise. Il souleva la main de Josie de sous la nappe et, devant tous, embrassa son annulaire.

« Elle est légalement Mme Mitchell ! triompha-t-il.

— Bonne chance à tous les deux ! cria son père en prenant une bouteille de champagne pour en verser de façon approximative dans tous les verres qu'il pouvait atteindre. Buvez, buvez à leur santé !

— Bonne chance, mes chéris, dit la mère de Josie en levant son verre. Longue vie ensemble, santé et bonheur ! Lève ton verre, ma chérie ! dit-elle à Claire, qui était assise près d'elle.

— J'aime pas ça, dit Claire. J'aime pas le champagne.

— Tu peux quand même lever ton verre, non ? Tu n'es pas obligée de boire. »

Elle regarda Rufus, en face d'elle. Il était entre Rory et la sœur cadette de Matthew, Karen, une infirmière. Rory avait déjà bu deux verres de champagne, très vite, et il avait l'air un peu hébété. Rufus, de l'avis de sa grand-mère, avait exactement la tête qu'elle lui avait vue juste avant qu'il chante en solo pour la pièce de Noël à l'école, comme s'il était certain que quelque chose allait mal se passer. Elle lui fit signe de lever son verre.

« Un toast pour maman et Matthew, mon chéri. Allez ! »

Elle regarda sa fille. Josie avait l'air si heureux, si joli, dans son tailleur de soie crème, ses cheveux roux relevés derrière la tête, qu'on ne voyait pas comment cela pourrait mal tourner. Mais comment éviter d'y penser ? Divorcée depuis trente ans elle-même, restée seule avec Josie, sa fille unique, comment pouvait-elle ne pas ressentir de terribles appréhensions ? Josie avait quitté Tom Carver et le confort d'une vie rangée et honorable à Bath pour un directeur adjoint de collège affublé de trois enfants mal élevés et d'une ex-épouse apparemment excentrique, qui écumait de rage dans le Herefordshire, où elle s'était réfugiée. Non que Matthew ne fût pas gentil ; il l'était, et assez beau, si l'on aimait les hommes qui doivent se raser deux fois par jour, mais il... enfin... Son statut semblait bien périlleux comparé à celui de Tom. Et il le savait. Lors de la première rencontre entre la future belle-mère et le futur gendre, alors qu'ils bavardaient, gênés, au pub local, devant un verre de vin blanc médiocre posé sur un sous-verre vantant une bière, il lui avait dit :

« Je pense, Elaine, que je dois m'excuser.

— Et de quoi ? lui avait-elle demandé, stupéfaite. De prendre Josie ? Personne n'a jamais pris Josie de toute sa vie. Josie a toujours fait ce qu'elle a voulu. Vous n'avez pas besoin de vous excuser pour ça.

— Non, mais je ne suis pas un aussi bon parti que Tom Carver. »

Elaine avait regardé son verre de vin. Elle avait pensé à la maison de Bath aux larges baies vitrées, au sous-sol immaculé où Tom avait installé son bureau d'architecte, au petit jardin enclos de murs avec ses statues et ses urnes de pierre. Josie lui avait dit que Matthew Mitchell gagnait trente-trois mille livres par an. Et depuis, elle avait vu la maison où ils allaient vivre, tous les deux, le plus souvent trois, et parfois six. Elle comportait trois chambres. Elaine avait pris une gorgée de vin.

« Rien ne sert de faire semblant, avait-elle répondu à Matthew. Non, en effet. »

Maintenant, elle regardait le restaurant, un restaurant italien aux murs en crépi blanc, avec des chaises empilables, et dont le menu proposait, entre autres, une quinzaine de pizzas différentes. C'était pour cela qu'ils l'avaient choisi. Pour les enfants. Des pizzas pour les enfants.

« Es-tu assez forte pour ça ? avait demandé Elaine à Josie. En es-tu certaine ? Peux-tu vraiment prendre en charge ces enfants ? C'est plus difficile que d'escalader l'Everest !

— Maman, avait répondu Josie, je l'ai déjà fait. J'ai déjà été belle-mère.

— C'était différent. Ces enfants sont plus jeunes et... pas très faciles.

— On le fera ensemble ! avait dit Josie en brossant sa chevelure, cette stupéfiante rivière cuivrée qui lui donnait une splendeur disproportionnée par rapport au reste de sa personne. Je l'aime. Il m'aime. On s'occupera des enfants ensemble. »

Près d'Elaine, à cet instant, Claire demanda :

« C'est quoi, ça ?

— Quoi, chérie ?

— Ça ! répéta Claire en pointant sa fourchette vers sa pizza.

— Une olive.

— Beurk, dit Claire en laissant tomber sa fourchette. J'en mangerai pas. On dirait un scarabée.

— Alors, laisse l'olive et mange le reste, dit Elaine.

— Sûrement pas ! Je mangerai pas une pizza qui a été touchée par cette olive. »

En face d'elles, Rufus et Rory mangeaient gloutonnement côte à côte. Rory déchirait sa pizza avec ses doigts. Rufus mangeait, régulièrement, mécaniquement, en ne regardant que son assiette. Dans l'assiette d'Elaine, des pâtes en forme de papillons baignaient dans une sauce au saumon et aux herbes. Elle n'en avait pas envie. Jamais elle n'avait eu si peu envie de manger. Elle se tourna vers la fille aînée de Matthew, Becky, assise à côté d'elle. Elle avait dans le nez un clou en forme de croissant et un ongle sur deux de ses mains était laqué de noir. Elle n'avait pas touché à sa pizza.

« Tu ne manges pas ? demanda Elaine, qui aurait voulu ajouter "ma chérie" mais n'avait pu y parvenir.

— Non, répondit Becky, dont la main droite alla tâter la poche de poitrine gauche de son blouson en jean.

— Tu n'as pas faim ? »

Becky se tourna une fraction de seconde pour la regarder. Elle avait les yeux du bleu pâle le plus pur.

« Je suis au régime », dit-elle.

Karen, la sœur de Matthew, tentait d'éviter de croiser les yeux de son père. Il en faisait trop, il buvait trop ; il criait des plaisanteries qui sonnaient faux à travers la table pour tenter de dissimuler le fait que la mère de Matthew aurait dû être là ; elle n'était pas là parce qu'elle avait refusé de venir au mariage. Non seulement elle avait refusé de venir, mais elle n'avait cessé depuis de commenter bruyamment son refus, et avait fini par s'enfermer dans sa chambre le matin de la cérémonie.

« Je n'ai aucune intention de la forcer à venir, avait dit le père de Karen. Je n'essaierai même pas. Sa désapprobation se glisse sous cette porte comme de la fumée noire, et j'espère qu'elle l'étouffera. »

Karen avait mal à la tête. Elle venait de terminer une semaine de service de nuit en gériatrie, et elle se sentait si fatiguée qu'elle ne voulait même plus savoir qui épousait qui. Elle pensa avec épuisement aux dix-sept années durant lesquelles Matthew avait été marié à Nadine, au flot continu d'insultes que Nadine déversait sur lui, à l'aspect de Nadine, à son incompétence ménagère, à ses engagements politiques absurdes — de l'avis de Karen — et à son zèle aussi inépuisable qu'adolescent pour apprendre de nouvelles techniques, étudier de nouvelles langues, embrasser de nouvelles causes. Sa belle-mère n'avait alors pas de mots assez durs pour la condamner. « Quand est-ce qu'elle va arrêter de faire l'idiote et se mettre à gagner un peu d'argent ? »

Et puis, quand Matthew était tombé amoureux de Josie, la mère de Karen avait du jour au lendemain changé de chanson. Nadine était devenue « l'épouse de Matthew », « la mère de mes petits-enfants », « ma belle-fille », comme si soudain lui était poussée une auréole. Il faut dire que Nadine ne remarqua pas plus ce changement d'opinion qu'elle ne s'était souciée de l'opinion précédente, mais Matthew avait pris les armes. Il avait poursuivi sa mère dans toute la maison pour lui crier que son problème était la jalousie. Elle était tout simplement une affreuse jalouse. Elle lui en voulait d'avoir le courage de quitter un mauvais mariage pour être heureux, ce qu'elle n'aurait jamais eu les tripes de faire, préférant rouspéter tout le temps et se venger en faisant porter à tous le poids de ses déceptions. Et c'était vrai. Karen soupira et prit son verre de champagne, tellement taché de rouge à lèvres qu'il avait perdu tout son éclat de fête. Bien sûr, que c'était vrai. Elle se demandait parfois ce qui, plus que le spectacle de parents trop mal assortis pour passer ne serait-ce qu'un week-end ensemble, sans parler d'une vie, avait fait qu'elle était toujours célibataire à trente-six ans et qu'elle n'avait jamais vécu avec quelqu'un pendant plus d'un mois. Elle prit une gorgée de champagne. Il avait perdu ses bulles et s'était réchauffé, ce qui lui donnait un goût aigre. À côté d'elle, le petit garçon de Josie, Rufus, avait reposé son couteau et sa fourchette et s'était reculé sur sa chaise, très loin, comme s'il avait l'impression de ne pas être à sa place.

« Ça va ? demanda Karen au petit gosse, qu'elle trouvait très mignon.

— J'ai mis de la sauce tomate sur ma cravate.

— Ne t'en fais pas. Regarde mon père. On dirait que la moitié de son déjeuner est restée sur la sienne. Tu veux de la glace ? »

Rufus secoua la tête. Karen lui trouva l'air d'un chaton, ou d'un de ces petits chiens dans les vitrines qui vous supplient tous de les emmener chez vous. Il avait l'air perdu. Il l'était probablement. Karen avait vu beaucoup d'enfants dans cet état à la crèche de l'hôpital, traînés dans les couloirs pour aller rencontrer des parents qui n'étaient pas leurs parents, qui jamais ne pourraient l'être, sauf si la société en décidait ainsi, pour son propre bien. Beaucoup de ces enfants avaient l'air sonné, comme Rufus à cet instant, comme si le deuil d'une famille précédente — qui souvent n'était même pas la famille de naissance, la seule acceptable — leur avait paru si douloureux, sur le coup, qu'ils n'avaient même pas entrepris de le faire. Ils s'étaient alors réfugiés dans une stupeur hébétée et docile, comme s'ils savaient, à quelque niveau profond de leur cœur lourd, combien ils étaient impuissants. Karen toucha le bras de Rufus.

« Tu l'aimeras bien, tu verras, Matthew, quand tu le connaîtras mieux. »

Rufus rougit peu à peu.

« Il est gentil avec les enfants. Il les aime bien. »

Rufus hocha faiblement la tête mais ne dit rien. Karen jeta alors un coup d'œil à son voisin, son neveu Rory. Il avait mangé toute sa pizza à l'exception du bord et buvait du Coca-Cola à même la boîte.

« Tu pourrais le verser dans un verre, Rory. On est à un mariage.

— On me l'a donné comme ça, dit-il en interrompant sa déglutition.

— Ce n'est pas une raison », dit Karen.

Rory était un enfant intelligent, tous les enfants de Matthew étaient intelligents, mais, comme ses sœurs, il avait hérité de Nadine son attitude rebelle. Nadine ne vivait que de ça : elle se rebellait contre tout ce qui était orthodoxe, traditionnel, accepté dans le comportement ou le mode de pensée. C'était justement ce côté rebelle chez elle qui avait attiré Matthew, Karen en était sûre, parce qu'il semblait si insolent, vital, ouvert, après les limites rigides de la respectabilité qu'on leur avait inculquées, à Karen et à lui, dans leurs jeunes années. On aurait dit que Nadine ouvrait toute grande une fenêtre pour qu'entrent dans la vie confinée de Matthew de vigoureuses rafales de vent chargées d'embruns, et il avait adoré ça. Mais avec le temps ça l'avait rendu fou, au point que juste avant de rencontrer Josie, cela faisait un mois qu'il était parti vivre dans une pension ; toute la famille avait dû tenir son départ secret : si des parents d'élèves de son collège découvraient la chose, ils pourraient penser qu'il avait perdu la tête. C'était presque vrai. Tout avait commencé quand Nadine était allée camper avec d'autres femmes pour protester aux portes d'une base militaire, dans le Suffolk, presque huit ans plus tôt, et, même si elle était rentrée à la maison, rien ne l'avait plus arrêtée. Elle était tombée amoureuse de sa rébellion, et elle était antitout : antimaternité, antimariage, anti-éducation dans le collège de Matthew, anti tout ordre quel qu'il soit. Elle pourchassait les stéréotypes comme si c'étaient des rats d'égouts et collait des slogans extrémistes sur la porte du réfrigérateur. Karen savait qu'elle était impossible à vivre, mais elle avait tout de même quelque chose : son énergie débordante, ses plaisanteries, ces repas fous qu'elle préparait au milieu de la nuit dans un soudain élan d'affection qui ne pouvait que vous faire fondre, encore et toujours, même si vous vous étiez promis de lui dire qu'elle n'était qu'une sale égoïste, et que vous le pensiez vraiment.

Karen tendit la main et la posa sur celle de Rory.

« Tu devrais t'occuper de Rufus.

— Pourquoi ? demanda Rory sans la regarder.

— Parce qu'il est ton frère, maintenant, et que vous êtes trois. »

Rory rota.

« Ne fais pas le malin, dit Karen.

— Rien n'a changé, dit Rory en regardant en face de lui.

— Quoi ?

— Maman l'a dit. À propos du mariage. Ça ne change rien. Elle l'a dit.

— Excuse-moi, répliqua Karen après une longue inspiration, mais ça change quelque chose. Ça change beaucoup de choses. Tu as une belle-mère et un nouveau frère, maintenant, et il faudra que tu t'y fasses. »

Il y eut un petit bruit entre eux. Une larme, bien involontaire, coulait sur la joue de Rufus, et il avait levé un bras horrifié pour l'arrêter.

« Oh, mon Dieu ! » dit Karen.

Rory but une dernière gorgée de Coca et repoussa sa chaise.

« Tu veux donner des coups de pied dans la boîte ? » demanda-t-il à Rufus sans le regarder.

« Ça va ? » murmura Matthew.

Josie hocha la tête. En dépit de l'allégresse de ce jour où elle était devenue l'épouse de Matthew, elle n'avait pu écarter longtemps son regard de Rufus. Il avait l'air si incroyablement petit, beaucoup plus petit que ses huit ans, aussi petit que le jour où elle l'avait emmené à l'école pour la première fois et où, après avoir observé la cour où il était venu tant de fois l'été précédent pour s'y habituer, il avait dit :

« Non.

— Rufus, avait-elle protesté. C'est ton école ! C'est la rentrée que tu as tant attendue. Tu vas adorer ça. »

Il lui avait repris sa main et l'avait cachée dans son dos pour qu'elle ne la saisisse pas à nouveau.

« Non », avait-il répété.

Maintenant, il ne pouvait plus dire non de cette manière absolue qu'ont les enfants de cinq ans qui se moquent de ce qu'on pensera d'eux, mais tout son corps le disait pour lui : la manière dont il était penché sur son assiette, la manière dont il ne regardait personne, la manière dont il ne parlait qu'en monosyllabes murmurées. Josie avait vu Karen essayer de lui parler, puis elle avait senti plutôt que vu — parce que le dos à demi tourné de Karen l'en empêchait — ce qui lui avait semblé un petit incident, qui avait entraîné le brusque départ de Rory, suivi de Rufus, tête baissée. Ils n'avaient demandé ni l'un ni l'autre l'autorisation de quitter la table.

Matthew se pencha si près d'elle qu'elle sentit son haleine chaude sur son oreille.

« Je ne peux plus attendre.

— Matt...

— Oui ?

— Les garçons sont partis.

— Ils doivent jouer sur le parking. Tout va bien.

— Je crois qu'aucun des enfants ne va bien.

— Non, dit-il en lui prenant la main. Non, ils ne vont pas bien. Mais ça va changer. Ce n'est que le début.

— Peut-être ne devrions-nous pas partir.

— Chérie, nous ne partons que trois jours, c'est tout. C'est pour nous. Comme aujourd'hui. Regarde ! dit Matthew en montrant la table du menton. Ta mère, mon père, nos enfants, ta meilleure amie, ma sœur, mon meilleur copain — ils sont tous là pour nous, grâce à nous, pour ce que nous allons faire de notre avenir, pour la façon dont nous allons réparer le passé. Je t'aime, dit-il en lui serrant la main.

— Moi aussi... Moi aussi. Mais je dois te dire que ma meilleure amie pense que nous n'avons pas été assez discrets. Elle pense que nous aurions dû faire ça en catimini, juste avec nos témoins.

— Laisse-la dire. Ce n'est pas elle que nous épousons. Nous n'épousons personne d'autre que nous.

— Je n'aime pas qu'on me désapprouve. Pas même quand il s'agit de quelqu'un que je connais aussi bien que Val.

— C'est adorable de ta part de t'en inquiéter ! dit-il en la regardant, les yeux fixés sur sa bouche à la façon qui l'avait toujours fait fondre. Nadine aurait savouré chaque instant de cet événement. »

De l'autre côté de la table, Val Saddler, la plus vieille amie de Josie, depuis les lointaines années passées au lycée à Wimbledon, demandait au père de Matthew si elle pouvait fumer.

« Pourquoi pas, répondit-il, il y a des cendriers partout ! Je me joindrais à vous si ce n'était la seule chose à laquelle j'aie vraiment renoncé. »

Val sortit un paquet de cigarettes et un briquet de son sac à main et les posa près de son assiette.

« Ça fait une heure que j'attends d'en fumer une.

— Des événements comme celui-là rendent nerveux, dit le père de Matthew.

— J'étais au premier mariage de Josie. Un grand mariage en blanc, à l'église — alors qu'elle était enceinte. Et celui de Matthew ?

— Non, répondit l'homme en vidant le fond d'une bouteille dans son verre. À la mairie et au restaurant indien. J'ai encore le goût de ce curry dans la bouche !

— Je n'arrive pas à admettre qu'on parle de noces. Un second mariage, ce n'est pas une noce, juste un second mariage. Il devrait être si discret qu'on en entende à peine parler. Est-ce ce que ressent votre épouse ?

— Depuis quarante-cinq ans, répondit le père de Matthew en vidant son verre, je n'ai pas la moindre idée de ce que ressent mon épouse.

— Je veux dire, c'est cette histoire de belle-famille, continua Val comme s'il n'avait rien dit. Je sais que c'est devenu monnaie courante, mais un beau-père ou une belle-mère, cela doit être très insatisfaisant pour un enfant. Je sais que ce n'est la faute de personne. Je sais qu'il en va ainsi. Mais toute la journée nous avons considéré comme une évidence que tout allait bien se passer, ce mariage, leur vie ensemble, ces enfants, comme si c'était *naturel.*

— Êtes-vous mariée ? demanda le père de Matthew en la regardant soudain.

— Non, mais j'ai vécu sept ans avec quelqu'un.

— Des enfants ?

— Non.

— Il me semble, dit l'homme en se grattant l'oreille, qu'il y a de bons parents et de mauvais parents, de bons beaux-parents et de mauvais beaux-parents, et que toute cette affaire, de nos jours, est une telle purée de pois que si on en trouve un bon sur le tas, on a bien de la chance. » Val prit son paquet de cigarettes et son briquet puis les reposa, d'un geste précis, l'un sur l'autre.

« Oh ! » dit-elle.

« Elle fume », dit Becky.

Ted Holmes, qui avait rencontré Matthew lors de vacances à la montagne en France vingt ans plus tôt et était resté son ami depuis, demanda :

« Et alors ?

— Alors je vais en faire autant », dit Becky.

Ted la regarda. Elle était grande pour son âge, avec une poitrine déjà bien formée et les yeux bleus surprenants de sa mère, aussi clairs et limpides que les yeux des *aliens,* si beaux et si dangereux, du roman de John Wyndham.

« Et qui cherches-tu à ennuyer ?

— Personne, répondit Becky en haussant les épaules.

— Ou tout le monde.

— Qui le remarquera ?

— Ton père. Ton grand-père.

— Maman, ça lui est égal.

— Elle n'est pas là pour s'en inquiéter ou non. »

Ted avait toujours considéré Nadine comme un pur et simple cauchemar. Quand Matthew l'avait rencontrée, peu après leurs vacances communes, Ted avait été horrifié.

« Écoute, Matthew, lui avait-il dit, ne fais pas ça ! Surtout pas. Elle est le chaos même. Elle est folle. »

Matthew lui avait donné un coup de poing. S'était ensuivie, sur l'aire de stationnement d'un pub, une bagarre maladroite entre deux hommes peu habitués à se battre. Le policier accouru n'avait eu qu'à leur dire d'arrêter pour que les coups cessent. Matthew avait persisté et épousé Nadine, et puis Ted avait rencontré une fille au club de squash, et il s'était embarqué dans une histoire si longue et si tranquille que parfois il se disait que cela durerait encore si Penny ne lui avait pas dit qu'elle le quitterait s'il ne l'épousait pas. Une fois marié, il fut heureux. Penny était une meilleure épouse encore qu'elle n'avait été une bonne petite amie, et au bout de cinq ans, sans faire d'histoires, elle avait donné naissance à des jumeaux. Aujourd'hui, ils étaient à la maison avec la varicelle, et Penny était restée les soigner, au lieu d'être ici avec

Ted, dans un restaurant italien de Sedgebury, pour soutenir ce vieux Matthew.

« Je crois, dit Ted à Becky, que tu devrais oublier ces cigarettes jusqu'à ce que tu sois dans le train. Tu rentres à Hereford ce soir, non ? »

Becky hocha la tête.

« Ta maman viendra te chercher ?

— Si sa vieille bagnole veut bien. C'est une ruine. C'est tout ce que papa lui a laissé.

— Allons, voyons !

Il y a un trou dans le plancher à l'arrière. On voit la route en dessous.

— Est-ce que ta mère a un travail ? demanda Ted en regardant les ongles de Becky, noirs et blancs comme une pie.

— Non.

— Si elle en avait un, elle pourrait s'acheter une meilleure voiture.

— Et pourquoi est-ce qu'elle ferait ça ?

— On doit tous essayer. On doit tous faire notre part.

— Pas quand c'est injuste, dit Becky en tirant une mèche de cheveux devant elle pour l'examiner.

— Injuste ?

— *Elle,* elle a une nouvelle maison, non ? dit Becky sans regarder Josie. Et leur voiture est presque neuve.

— Et envers qui est-ce injuste ?

— Maman.

— Becky, ta mère ne saurait reconnaître la justice même si elle la trouvait dans son porridge. »

Il avait eu un cri du cœur, et elle lâcha sa mèche de cheveux pour le regarder.

« Porc ! dit-elle.

— D'accord, si ça te permet de te sentir mieux. »

Elle prit une inspiration.

« Rien ne peut faire que je me sente mieux, cria-t-elle, rien ! Et jamais rien n'y arrivera. »

Elle éclata en sanglots et s'écroula sur la table, la tête dans sa pizza froide et intacte.

« Ted s'est excusé », dit Matthew.

Josie, la tête posée les yeux fermés contre le dossier de son siège dans la voiture, demanda pourquoi il en avait ressenti le besoin.

« Parce qu'il a bouleversé Becky.

— Que lui a-t-il dit ?

— Il n'a rien voulu me raconter, mais c'était en rapport avec Nadine. Une vérité bien crue, sans doute. Il n'a jamais pu supporter Nadine. »

Josie ressentit pour Ted Holmes une petite lueur d'affection qui la réchauffa et combattit les frissons qui l'avaient saisie, en dépit de l'excitation du jour, quand elle avait dit au revoir à Rufus. Il allait rester trois jours chez sa grand-mère Elaine. Il lui avait tendu, pour qu'elle l'embrasse, un petit visage presque sans expression, comme s'il consentait à ce qu'une personne presque inconnue lui donne un baiser qu'elle aurait réclamé.

« Au revoir, mon chéri.

— Au revoir.

— Amuse-toi bien, avait dit Elaine. Ne t'en fais pas. Ne pense pas à lui. »

Josie lui avait adressé un regard reconnaissant. Elaine n'aurait rien choisi de tout cela, mais elle faisait ce qu'elle pouvait non seulement pour l'accepter mais pour en tirer le meilleur parti.

« Maman a été parfaite, dit-elle à Matthew.

— En effet, répondit-il en lui prenant la main. Et mon père a été bien aussi, et Karen. Ma mère, en revanche... oublions ce désastre. »

Josie tourna la tête pour voir son profil et sa

mâchoire dont elle admirait tant la ligne. Elle l'avait découvert avec surprise, car jamais auparavant elle n'avait été consciente d'avoir même remarqué la mâchoire des hommes.

« Et les enfants...

— Josie, dit Matthew en reposant la main sur le volant. Josie, nous avons trois nuits et deux jours à passer seuls, et pendants ces trois nuits et ces deux jours, nous ne ferons même pas allusion aux enfants. Nous avons le reste de notre vie pour ça », ajouta-t-il d'une voix beaucoup moins positive.

2

Elizabeth Brown se tenait à une fenêtre de la maison qu'elle venait d'acheter et baissait les yeux vers son jardin. Baisser est le mot juste, car le jardin descendait de façon si abrupte jusqu'à la ruelle en contrebas qu'un propriétaire précédent y avait aménagé des terrasses, des sortes de marches géantes, et tracé un sentier en lacets pour qu'au moins on puisse atteindre la porte d'entrée sans avoir recours à l'escalade. Si Elizabeth quittait cette chambre et se rendait dans la petite pièce, juste derrière, qui allait devenir une salle de bains, elle verrait que la colline, comme si elle n'avait pas du tout remarqué la rangée de maisons qu'on lui avait imposée, était tout aussi pentue à l'arrière qu'en façade. En haut, la propriété donnait sur une seconde rue, avec un portail et un garage. De l'avis de son père, c'était comme vivre à mi-palier d'un escalier.

« Je sais, lui avait-elle répondu. Est-ce que je suis folle ? »

Elle adorait son père et avait confiance en son jugement.

« Pas si tu la veux vraiment. »

C'était le cas. Cela la troublait de vouloir ainsi cette maison, parce qu'elle n'avait rien à voir avec celle qu'elle avait eu l'intention d'acheter. Elle aurait voulu un cottage à l'opposé de l'appartement, pratique mais sans âme, qu'elle occupait pendant la semaine dans un immeuble londonien. À la mort de sa mère, son père avait décidé de vendre sa librairie de livres anciens à Bath et de s'installer là dans un appartement assez grand pour qu'y trouvent place les ouvrages, les bouteilles de whisky et les boîtes de soupe qui suffisaient à son existence, et il avait donné de l'argent à Elizabeth. Une belle somme ; suffisante, si elle le voulait, pour changer la couleur d'une vie professionnelle confortable, mais dure et sans grand intérêt ; suffisante pour acheter un cottage. Un cottage dans les collines entourant Bath, avec un jardin.

« Tu devrais jardiner, avait dit son père. Il semble que cela convienne bien aux femmes, parce qu'il s'agit de nourrir et de produire, sans doute. Cherche un jardin. »

Elle avait vu des dizaines de jardins, des dizaines, et les cottages qui allaient avec. Elle avait même fait une offre pour deux d'entre eux, et curieusement n'avait pas été déçue quand quelqu'un d'autre avait surenchéri et remporté la vente. Elle avait visité des jardins et des cottages pendant tout l'été, quittant Londres le vendredi soir et s'installant bien inconfortablement chez son père, entre les piles de livres, pour visiter tout le samedi, et parfois le dimanche matin. Le dimanche après-midi elle rentrait à Londres afin de se préparer à la semaine à venir.

« Il n'y a pas d'idéal, avait dit son père. L'idéal, tu dois le faire toi-même. Tu vas t'installer à ta façon, Eliza. Tu dois faire le saut. Prendre un pari.

— Jamais tu ne l'as fait.

— Non, mais cela ne veut pas dire que j'ai eu raison. Achète une tour. Achète un moulin à vent. Mais achète quelque chose. »

Et c'est ce qu'elle avait fait. Par une chaude matinée de septembre, elle avait annulé la visite d'un cottage à Freshford pour partir se promener dans les ruelles et les sentiers escarpés derrière l'appartement de son père. Tout était étrangement charmant, et les rangées de maisons bruissaient de la vie sereine d'un dimanche matin : familles et couples écoutant la radio, fenêtre ouverte ; coups de cisailles sur une haie ; chiens qui aboyaient ; bébés qui gazouillaient dans un landau ; jet d'eau sur une voiture. Çà et là, des panneaux *À vendre* jaillissaient comme au hasard des buissons à côté d'un portail, mais Elizabeth ne voulait pas d'une maison de ville, si bien qu'elle ne les regardait pas, sauf pour penser, avec cette nostalgie qui faisait à ce point partie de ses pensées quotidiennes qu'elle ne la remarquait même plus, combien ce devait être agréable d'avoir *besoin* d'acheter une maison en ville, près des écoles, pour y élever une famille ; combien il devait être agréable de *devoir* faire quelque chose au lieu de se demander que choisir, avec cette liberté que lui enviaient bruyamment ses amis et qui lui donnait plutôt l'impression d'être un peu perdue.

Elle s'arrêta près d'un portail bas en fer forgé qui portait un panneau maladroitement peint à la main où on pouvait lire : *Attention à l'amaryllis.* À côté, une pancarte *À vendre* penchait d'un air fatigué contre un jeune citronnier, comme si elle était là depuis longtemps. Elle leva les yeux. Le terrain, envahi de ronces entremêlées, gardait pourtant l'air d'un jardin naguère dessiné et planté avec soin. Il montait vers une petite maison en pierre de deux niveaux au milieu d'une rangée de dix maisons à la façade sans ornement. Elizabeth remarqua le porche Régence en fer forgé et une cheminée en briques. Dans le jardin voisin, une petite fille en short rose et chapeau de sorcière chantait à l'intention d'une boîte à chaussures qui devait bien contenir quelque chose. Elizabeth ouvrit le portail et s'engagea sur le sentier en lacets.

Maintenant, trois mois plus tard, la maison était à

elle. Le citronnier avait perdu ses feuilles et le jardin n'était plus qu'un désert brun, mais le citronnier était à elle, ainsi que les étranges terrasses à demi cultivées qui, de l'avis de Tom Carver, recélaient de nombreuses possibilités. Tom Carver était architecte. Le père d'Elizabeth le connaissait parce que l'architecture avait été une des spécialités de sa librairie, et il avait suggéré à Elizabeth de lui demander conseil.

« Un gentil garçon. Et un bon architecte. »

Dans le petit salon, Tom avait dit :

« Oui, je réussis bien ce genre de choses. Je sais créer l'espace. »

Elle avait hoché la tête avec gratitude. Cela la déconcertait — elle qui passait toute sa vie professionnelle soit à orienter subtilement les gens vers certaines décisions, soit à les prendre très vite elle-même — de se sentir si désemparée dans cette maison, comme si elle offrait toutes sortes de possibilités auxquelles elle n'était pas certaine de pouvoir faire face.

« Vous savez... Je ne suis même pas sûre de vouloir une maison, dit-elle à Tom Carver.

— Mais vous voulez celle-ci.

— Il semble bien. »

Il avait sans doute plus de cinquante ans, cet homme bien charpenté à la tête ornée d'une épaisse chevelure un peu grisonnante et qui se mouvait avec une surprenante légèreté. Elle remarqua qu'il portait ses vêtements avec la même aisance, comme s'ils étaient exactement ceux qu'il voulait porter. Il était rare qu'Elizabeth ressente cela. Au travail, ça allait ; le travail ne posait pas de problèmes, parce que tout ce qu'il exigeait en matière vestimentaire était une netteté sobre et autoritaire. C'étaient les loisirs qui posaient un problème. De toute sa vie, elle n'avait jamais trouvé quels vêtements porter pour se sentir à l'aise.

« Je crois que nous devrions abattre tout ça, dit Tom

Carver, en frappant les cloisons du poing, et vous donner un bel espace où vivre. Comme ça vous aurez la lumière du nord et du sud, et assez de place pour élever toute une portée de chats. Quel est votre métier ?

— Je suis fonctionnaire.

— Au Trésor ? »

Elle rougit et secoua la tête.

« Au Patrimoine. Les bibliothèques, surtout.

— Pourquoi rougissez-vous ? Les bibliothèques sont des lieux admirables.

— Justement.

— Voulez-vous ici une maison tout à fait excentrique ? demanda-t-il avec un sourire.

— Je serais terrorisée ! répondit-elle dans un éclat de rire.

— Je plaisantais. Mais il n'est pas mauvais de se déboutonner un peu. Si on met la cuisine au nord de cette pièce, vous pourrez vous asseoir au sud.

— Je ne suis pas censée m'asseoir. Je dois jardiner. »

Je dois apprendre à jardiner, se disait-elle maintenant en regardant son jardin. Dans son appartement fonctionnel de l'avenue Draycott, elle n'avait pas même un bac de fleurs à la fenêtre, et les plantes en pots que lui offraient ses amis — elle était le genre de femme, avait-elle remarqué, à qui ses amis apportent des plantes, pas des bouquets de fleurs, des brassées de roses ou de lilas — mouraient toujours ; sans doute, se disait-elle, parce qu'elle les soignait avec trop d'angoisse. Mais ce jardin était différent. Les jardins ont la nature en eux, pas seulement des instructions sur une étiquette en plastique. Tout bonnement, la nature, même de façon arbitraire, fournit des énergies et des répits miraculeux, si bien que le jardinage ne consiste pas simplement à suivre la recette. Je suppose que j'ai l'âge de jardiner, se dit-elle. N'est-ce pas à la quarantaine que les gens commencent, quand ils se rendent compte que c'est leur seule chance de faire naître et croître quelque chose de vivant ?

Une voiture s'arrêta en bas, devant le portail, et Tom Carver en sortit. Il tenait sous le bras un rouleau de papier, les croquis qu'il avait promis d'apporter de son nouvel espace de vie, de sa nouvelle salle de bains, de la nouvelle chambre d'amis très ingénieuse dans l'ancienne salle de bains, de son nouveau patio, à l'arrière, qu'on creuserait dans la colline et qu'on meublerait d'une table et de chaises où, Tom Carver l'avait promis, elle pourrait prendre son petit déjeuner avant que disparaisse le soleil du matin. Elle cogna à la fenêtre ; il leva les yeux et lui fit un signe de la main. Elle descendit dans l'étroite entrée qui ne tarderait pas à se retrouver absorbée dans le vaste séjour et le fit entrer.

« Quel froid ! dit-il.

— Vraiment ?

— Bien plus froid ici qu'en bas, où je vis. Comment allez-vous ?

— Très bien.

— Quand j'étais en plein divorce, et que les gens me demandaient comment j'allais, je répondais : “Je touche le fond, merci”, et ils avaient l'air vraiment offensé. C'est une obligation sociale d'aller bien, n'est-ce pas ? Sinon, vous embêtez tout le monde.

— Néanmoins, je vais bien, insista Elizabeth.

— Si vous le dites. »

Il lui jeta un coup d'œil et la précéda dans le salon pour dérouler ses projets sur le sol.

« Cette maison n'est pas du tout régulière. On croit toujours que le style anglais néo-classique est très symétrique et rigoureux, mais la plupart des maisons de Bath ne sont qu'approximatives. J'aime bien ça. Cela les rend plus humains, en quelque sorte, ces constructeurs du XVIIIe siècle qui se sont dit l'un à l'autre : “Rogne un peu ici, Will, jamais ils ne s'en apercevront.” »

Elizabeth s'agenouilla par terre. Les plans lui plaisaient, avec toutes ces lignes bien nettes, les zones ombrées en indigo et les lettres élégantes des indications.

« Est-ce que vous avez toujours rêvé d'être architecte ? demanda-t-elle.

— Non, je voulais être médecin. Mon père l'était, ainsi que mon grand-père, mais j'ai refusé de l'envisager, par dépit, quand mon frère aîné a décroché une bourse pour la faculté de médecine de Cambridge. »

Elizabeth caressa du doigt le rectangle ombré qui serait sa banquette sous la fenêtre sud.

« Le regrettez-vous ?

— Oui.

— Croyez-vous que ces regrets font de vous un meilleur architecte ?

— Très bonne question, mademoiselle Brown, dit-il en s'accroupissant près d'elle.

— Elizabeth.

— Merci. La réponse la plus juste est que cela m'a permis d'assez bien réussir ma carrière d'architecte.

— Comme j'ai assez bien réussi ma carrière de fonctionnaire.

— C'est un reproche ?

— Juste une mise en garde, dit Elizabeth en se levant. Vous n'avez pas mis l'évier sous la fenêtre nord.

— J'ai préféré la transformer en porte vers le jardin.

— Mais je ne veux pas deux portes vers l'extérieur dans cette pièce.

— Alors nous devons le repenser, dit Tom en se levant lui aussi.

— Il me faudrait un endroit où enlever mes bottes

en caoutchouc, non ? Et mon manteau. Un endroit pour me déshabiller quand il pleut dehors.

— Ici, dit Tom en se penchant pour poser un doigt sur le plan.

— Oh ! oui, désolée.

— Et il y a une porte pour tout ça ici. La nouvelle porte, j'avais pensé qu'elle serait agréable en été, pour sortir un plateau, ce genre de chose. Un samedi d'été. Des amis qui seraient venus prendre un verre... »

Il se tut et se redressa pour la regarder.

« Vous n'arrivez pas vraiment à imaginer votre vie ici, n'est-ce pas ? demanda-t-il d'une voix toute différente.

— Non, répondit-elle en glissant ses mains dans les poches de son manteau. J'ai cru que oui, quand j'ai vu la maison pour la première fois. C'était sans doute dû en partie à tout ce qui se passait autour. Mais je suis sûre que ça reviendra. L'imagination n'a jamais été mon fort. »

Tom donna aux plans par terre un petit coup de pied habile qui les fit sagement s'enrouler à nouveau.

« Voilà ce qu'on va faire. Je vais vous emmener chez moi, où au moins il fait chaud, et nous bavarderons devant un café.

— Je n'ai pas de regrets...

— J'aimerais en être certain avant de vous dire combien je vous ai déjà coûté.

— Je veux cette maison », affirma Elizabeth avec une certaine force.

Tom se pencha et ramassa le rouleau de papier. Il la regarda. Il souriait.

« Je suis convaincu de la sincérité des deux premiers mots de cette phrase, dit-il. Au moins. »

Elizabeth était assise à la table de cuisine de Tom Carver, une longue table en vieux bois couleur cidre couverte de choses disparates — une pile de journaux, une coupe où voisinaient pommes, clés et lettres ouvertes, des bougeoirs, une bouteille de vin entamée, une tasse à café et une lampe torche. Mais tout semblait néanmoins se sentir bien à sa place, comme Tom dans ses vêtements. La cuisine était une pièce lumineuse qui traversait toute la profondeur de la maison, avec à une extrémité des portes-fenêtres par lesquelles Elizabeth voyait une rampe en fer peinte qui sans doute assurait un escalier pour descendre au jardin. C'était le genre de cuisine qu'on voit dans les expositions ou les magazines, où, quelle que soit la quantité d'objets d'extrême bon goût qui traînaient, on ne pouvait oublier que chaque centimètre avait été pensé, chaque poignée de placard, chaque lumière étudiée solennellement avant d'être choisie.

Tom Carver posa une tasse de café devant elle.

« Votre regard n'est pas très admiratif.

— Je ne suis pas habituée à me trouver dans des maisons où tout a été pensé avec tant de soin.

— C'est mon métier.

— Oui, bien sûr. Je ne voulais pas être désagréable.

— Je n'ai pas pensé que vous l'étiez, dit-il en s'asseyant en face d'elle. Ceux qui ont les premiers occupé cette maison devaient en prendre grand soin, ne croyez-vous pas ? Surtout des pièces de réception. Souvenez-vous à quel point Bath était à la mode. Pourquoi voulez-vous vivre à Bath ? demanda-t-il en poussant vers elle un bol de sucre roux.

— Parce que mon père y vit. Parce que je connais bien la ville. Parce que c'est facile d'y venir depuis Londres.

— Pourquoi n'avez-vous pas acheté à Londres une maison avec un jardin ? Vous auriez pu venir de temps à autre voir votre père. »

Elizabeth fit lentement couler une cuillerée de sucre dans sa tasse et tourna son café.

« Je n'en sais rien. Je n'y ai pas pensé. Mon esprit est resté orienté vers cette idée d'un cottage et d'un jardin.

— La campagne anglaise idyllique...

— Peut-être.

— C'est très romantique, et très convaincant. On s'imagine des Saxons dansant autour d'un mât de mai enrubanné.

— Mais ils ne le faisaient jamais, n'est-ce pas ? Ils rampaient dans la boue, vêtus de haillons, et mouraient avant leur trentième anniversaire.

— Les mythes n'aiment pas ce genre de faits. Ils n'existent que lorsqu'il n'y a pas de boue et que vous avez toutes vos dents. Avez-vous un rêve d'idéal ?

— Non, dit Elizabeth après avoir pris une gorgée de café.

— C'est très raisonnable.

— Je ne suis pas sûre d'être raisonnable, mais après la mort de ma mère, j'ai pris très vivement conscience d'un désir de changer quelque chose, de faire quelque chose de nouveau, d'ajouter quelque chose. Je ne voulais pas changer de travail, parce que je ne suis qu'à un ou deux ans de prendre du galon, mais j'ai senti... enfin... J'ai senti que je risquais bien de devenir une de ces femmes qui enseignaient dans mon collège. Avec notre vision supérieure et sans doute erronée de gamines de quatorze ans, nous avions pitié d'elles, parce que nous pensions qu'elles n'avaient que nous dans leur vie.

— Avez-vous déjà été mariée ? demanda Tom en entourant sa tasse de ses deux mains.

— Non, répondit Elizabeth après un court silence.

— L'avez-vous jamais souhaité ? »

Elizabeth baissa les yeux vers son café. Elle aurait à la fois voulu lui dire froidement qu'il n'avait aucun droit de lui poser une telle question alors qu'ils se connaissaient si peu, et se confier à lui, se soulager en lui disant qu'elle n'avait jamais voulu épouser que des hommes déjà bien mariés de leur côté, et que cela la troublait de n'être capable de se donner à l'amour que si elle ne courait pas le danger de devoir réellement s'engager. Et pourtant — et cela la faisait de plus en plus souffrir —, la solitude qu'entraînait cette inhibition devenait chaque jour plus dure à porter, commençait à imposer sa couleur à tout le reste. Cela amenait Elizabeth à penser, comme son père le lui avait fait remarquer, que tout verre à demi plein de whisky était en fait à demi vide. Dans sa petite maison de Lansbury Crescent, ce matin, elle avait pu visualiser sa solitude, là, mais pas la scène qu'avait brossée Tom, celle d'une soirée d'été, avec la porte du jardin ouverte et un plateau de boissons sur une table, dans le patio, pour un groupe d'amis. Elle avait des amis, bien sûr, des amis avec qui elle allait au cinéma et au théâtre, des amis qui l'invitaient à déjeuner le dimanche, et qui n'arrivaient pas à la berner, en dépit de leurs gémissements comiques et de leurs plaintes, sur leur profonde satisfaction d'avoir des enfants. On pouvait — et certains de ses amis célibataires l'avaient fait — transformer les amis en une sorte de famille ; mais finalement, il fallait toujours se séparer, et retourner non pas tant à son appartement vide qu'à son cœur vide. Ce fait ne s'était vraiment imposé à elle que la semaine précédente, alors qu'elle remplissait un dossier de donneur de rein à la clinique de son quartier. Qui prévenir en cas de décès ? *Mon père,* écrivit-elle. Puis elle songea : quand son père serait mort, qui devrait-on prévenir ?

« Je croyais, dit-elle à Tom Carver, que nous devions parler de ma maison.

— C'est ce que nous faisons.

— Mais...

— J'essaie de vous faire dire si vous voulez sérieusement dépenser dans les quinze mille livres pour quelque chose qui ne vous tient pas vraiment à cœur.

— En quoi cela vous importe-t-il ? demanda brutalement Elizabeth. Qu'est-ce que ça peut vous faire ? De toute façon, vous serez payé, que j'aime cette maison ou non. »

Tom Carver se leva et traversa la cuisine pour aller prendre la cafetière sur le plan de travail.

« Vous avez tout à fait raison, dit-il d'une voix calme. Avec la plupart des clients, cela m'importe peu. Après tout, ce sont leurs choix, et les conséquences de ces choix relèvent de leur responsabilité. Mais...

— Mais quoi ?

— Vous êtes une femme de valeur, dit-il simplement en approchant la cafetière de sa tasse. Encore un peu de café ? »

Elle secoua la tête et il remplit sa propre tasse.

« Est-ce que je peux vous montrer quelque chose ? demanda-t-il.

— Bien sûr. »

Il posa la cafetière et gagna l'autre bout de la cuisine, organisé en une sorte de salon, avec un canapé et des fauteuils face à un téléviseur. Il revint avec une photo dans un cadre, qu'il posa devant Elizabeth. C'était la photo d'un petit garçon d'environ sept ans, à son avis — Elizabeth n'était pas très forte pour deviner l'âge des enfants. Il semblait très mignon, avec une épaisse chevelure, des yeux clairs et des taches de rousseur. Il portait une chemise écossaise et un jean, et il était assis sur un portail ou une clôture, regardant droit dans l'objectif, comme s'il n'avait rien à cacher.

« Mon fils, dit Tom. Il s'appelle Rufus. Il a huit ans.

— Il a l'air angélique.

— Je crois qu'il l'est. Du moins en son absence ! »

Elizabeth repoussa la photo de quelques centimètres.

« Est-il à l'école à cette heure-ci ?

— Non. Il vit avec sa mère.

— Oh...

— Sa mère m'a quitté il y a presque un an. Elle est partie avec un directeur adjoint de collège de la célèbre ville de Sedgebury, dans les Midlands.

— Je suis vraiment désolée, dit Elizabeth en regardant à nouveau la photo.

— Elle aussi enseigne. Ils se sont rencontrés à une conférence sur l'éducation religieuse à l'école publique. Il a trois enfants. Ils se sont mariés la semaine dernière.

— Je suis vraiment désolée, répéta Elizabeth.

— J'aurais peut-être dû m'y attendre. Plein de gens m'avaient prévenu. Elle a quinze ans de moins que moi. »

Elizabeth se dit que cette femme envolée avait sans doute à peu près le même âge qu'elle. Avec précaution, elle suggéra :

« N'était-ce pas plus un problème de tempérament qu'un problème d'âge ? Mes parents avaient douze ans de différence, et ils étaient très heureux.

— Dans notre cas, dit Tom en lui souriant, c'étaient les deux. »

Le téléphone sonna.

« Excusez-moi », dit-il.

Il traversa la cuisine pour décrocher le téléphone au mur et se tint le dos tourné à Elizabeth.

« Allô ? Bonjour, ma chérie. Non. Non, il y a quelqu'un. Non, une cliente. Oui, bien sûr que tu peux venir. Dimanche matin. Tout va bien ? Bonne semaine ? J'aimerais qu'ils te donnent un téléphone portable pour tous ces trajets en voiture. D'accord, chérie, parfait. Je suis ravi. À demain. »

Il raccrocha.

« Ma fille.

— Votre fille ? s'étonna Elizabeth.

— Ma fille Robin, dit-il avec un sourire en revenant vers la table. Cette conversation se transforme en confession. Cela doit venir de votre visage. J'ai une fille de vingt-cinq ans et un autre fils de vingt-huit ans.

— Comment ça ?

— Par la méthode habituelle. Ma première épouse est morte il y a vingt ans d'un virus contracté lors de vacances dans les îles grecques. Elle est morte en dix jours.

— Dire que c'est de la malchance semble bien inapproprié, dit Elizabeth en se levant.

— C'était pourtant ça. J'ai cru mourir de douleur, mais même au fond du trou, je savais que personne n'était responsable. C'était le hasard, le destin, ce *fatum* que les Anciens respectaient tant.

— Avez-vous élevé les enfants seul ?

— Oui, jusqu'à il y a neuf ans, quand Rufus a été en route et que j'ai épousé Josie.

— Mais vos enfants étaient déjà grands.

— Assez. Cela n'a pas été facile. Assez horrible, en fait. Robin et Lucas, Robin surtout, étaient habitués à m'avoir tout à eux. »

Elizabeth se détourna pour chercher son manteau.

« Je n'ai jamais eu à partager mon père, dit-elle. J'ai sans doute eu de la chance.

— Écoutez, je suis désolé. Sincèrement. Je ne voulais pas vous accabler de tout ça. Tout ce que je voulais, par simple gentillesse, c'était découvrir ce que vous vouliez vraiment pour votre maison. »

Elle prit son manteau sur le dossier d'un fauteuil. Il se leva et le lui ôta des mains pour l'aider à l'enfiler.

« Maintenant, je ne sais pas.

— Maintenant ?

— Vous m'avez donné à réfléchir. Ou du moins, cette matinée m'a donné à réfléchir. »

Il laissa une seconde les mains sur les épaules d'Elizabeth quand elle eut mis son manteau.

« Est-ce que ça vous a fait plaisir ?

— Oui.

— Même si je me suis confié à vous ?

— Ça, ça ne m'ennuie pas. Parfois... parfois les gens ne le font pas, parce qu'ils croient que je ne comprendrais pas. »

Il se plaça face à elle pour la regarder.

« J'aimerais vous inviter à déjeuner.

— Maintenant ?

— À l'instant même. »

« Alors, demanda le père d'Elizabeth, tout est réglé ?

— Non. Du moins pas en ce qui concerne la maison. N'avais-tu pas dit que tu avais trouvé quelqu'un pour faire ton ménage ? dit Elizabeth en regardant la pièce.

— Oui, deux matins par semaine.

— Elle est déjà venue ?

— C'est un homme. Il est barman à temps partiel au Fox and Grapes. Non, il n'est pas encore venu.

— C'est horrible, papa. C'est vraiment sale.

— Vraiment ?

— Oui.

— Je n'ai pas remarqué.

— Dis plutôt que tu t'en moques.

— Pas du tout.

— Je crois que je devrais au moins nettoyer ta salle de bains.

— Et si tu me racontais plutôt ta journée ?

— Ça me gêne un peu.

— Pourquoi ?

— Parce que j'ai appris beaucoup de choses sur Tom Carver, et en peu de temps.

— Et pourquoi cela te gêne-t-il ? demanda Duncan Brown en retirant ses lunettes de lecture.

— Parce que, répondit sa fille en s'appuyant au chambranle de la porte qui donnait sur le petit couloir, parce qu'il m'a dit beaucoup de choses. Je n'y suis pas habituée. Je ne suis pas habituée à ce que les gens me disent des choses sur eux, sauf quand ils veulent se vanter. Et ce n'était pas le cas pour lui. Il semblait... enfin, on aurait dit qu'il voulait que je sache.

— Ah !

— Ne fais pas cette tête de celui qui sait !

— Je ne sais pas vraiment, mais l'aube se lève.

— Il n'y a pas d'aube. On a déjeuné dans un bar à vin et il a beaucoup plus parlé que moi.

— Cela ne me surprend pas. Tu n'as jamais été très bavarde.

— Papa, je commence à me demander si j'aurais dû acheter cette maison. »

Duncan remit ses lunettes et la regarda par-dessus la monture.

« Tom m'a demandé si je m'imaginais y vivant, et je ne suis pas sûre d'y arriver.

— Ma chérie, quand tu avais cinq ans et que nous nous préparions à aller camper en Bretagne, tu disais très poliment à ta mère et moi que tu ne pensais pas venir parce que tu n'arrivais pas à imaginer comment ce serait.

— Et qu'est-ce que j'ai pensé une fois là-bas ?

— Tu as semblé contente. Je t'ai appris comment aller acheter le pain et tu te rendais chaque matin chez le boulanger, l'air très sérieux, et tu revenais avec le bon pain à chaque fois.

— Mais c'est différent.

— Vraiment ?

— C'est plus gros.

— Question de proportions. Tu es plus grande aussi.

— Je ne veux pas, dit soudain Elizabeth, acheter un autre morceau de solitude. Je ne veux pas me griser d'un changement alors qu'en fait je retrouverai la même chose en un lieu différent. »

Duncan se leva. Des miettes des biscuits secs qu'il mangeait avec sa soupe tombèrent en pluie comme des pellicules des plis de son cardigan. Avec sa tête qui partait en avant au bout d'un long cou sur un corps maigre, il avait l'air, comme toujours, d'un vieux héron. Elizabeth trouva son aspect consolant, et c'est affectueusement qu'elle lui dit :

« Tu as l'air d'une vieille dame très digne.

— Et toi, tu es une femme de valeur.

— Tom Carver me l'a dit.

— Eh bien, du moins il est assez vieux pour savoir. »

En rentrant chez lui, Tom Carver ouvrit une boîte de lapin en gelée pour le chat. Il n'aimait pas particulièrement les chats, mais celui-là était celui de Josie, et elle l'avait laissé en partant, si bien que pour Tom il était devenu une sorte d'allié, un partenaire d'abandon. De toute façon, c'était un gentil chat. Énorme, carré, Basile, comme un coussin, se posait dans les taches de lumière et progressait majestueusement d'une pièce à l'autre de la maison en suivant le soleil au fil du jour. Récemment, une de ses oreilles s'était infectée, et Tom l'avait conduit chez le vétérinaire. L'homme de l'art avait déclaré que l'obésité considérable de l'animal lui fatiguait le cœur. Il avait prescrit un régime, et ces petites boîtes de viande maigre dans une savoureuse gelée en faisaient partie. Basile les trouvait délicieuses, mais misérablement petites, et il avait pris l'habitude de compléter l'ordinaire avec tout ce que Tom laissait traîner, beurre, bacon ou biscuits. Tom se dit, en lui frottant son large front rembourré entre les oreilles, qu'il était probablement plus gros que jamais.

Basile rassasié, Tom descendit au sous-sol. Il pensa que si Elizabeth Brown avait déploré le manque de naturel de sa cuisine, elle aurait été horrifiée par le sous-sol. C'était une sorte de machinerie artistique, sauf qu'il y régnait un silence absolu. Pâle et calme, meublé d'immenses placards et de longues tables comme des vitrines pour cartes géographiques dans lesquelles Tom glissait ses plans et ses dessins, il était éclairé comme une salle d'opération. Seul objet laid : le photocopieur géant, que Tom cachait derrière un paravent japonais en merisier et papier translucide. La pièce était austère et sereine, et Tom, ce samedi après-midi, après le déjeuner et le vin pris avec Elizabeth, la trouva presque un peu précieuse.

Il s'approcha d'une table à dessin et alluma la lampe soigneusement orientée au-dessus. La table portait les plans de transformation d'une grange, une belle grange, une solide grange du XIXe siècle. Tom avait grand mal à convaincre son propriétaire de ne pas fermer par un vitrage les immenses pignons est et ouest à travers lesquels la pluie entrait naguère. Il se jucha sur son tabouret et regarda son projet. Il était bon, mais pas extraordinaire. Il manquait d'originalité. Il pensa à Elizabeth, agenouillée sur le sol de son salon à Lansbury Crescent, absorbée dans la contemplation de son plan. Il la revit assise en face de lui au bar à vin, l'écoutant, mangeant très proprement une salade niçoise. Il se dit qu'il aimerait beaucoup prendre à nouveau son repas en sa compagnie ce soir, après un concert, peut-être, ou une séance de cinéma. Il se dit que peut-être il pourrait l'appeler chez son père et suggérer un déjeuner demain, dimanche, avant qu'elle reprenne le train pour Londres. Puis il se souvint qu'il ne pouvait pas. Il se leva et erra un moment dans son sous-sol. Robin arrivait demain. Robin avait eu des problèmes récemment, avec ce garçon qui l'avait laissée tomber, et tout ça. Tom arriva à la fenêtre à une extrémité du sous-sol et regarda le jardin déjà plongé dans la pénombre. Il se dit qu'il ne parlerait pas d'Elizabeth à Robin.

3

Becky se demandait si, à quinze ans, le froid pouvait vous tuer. Elle savait qu'il tuait les vieux qui ne pouvaient pas beaucoup remuer et qui ne voulaient pas trop se chauffer parce qu'ils n'avaient pas de quoi payer les factures. Becky avait du mal à imaginer une telle situation. Selon elle, on faisait ce qu'on voulait ou ce qu'on devait faire, si on le pouvait sans grand risque, et on laissait le problème du paiement à quelqu'un d'autre. C'était son attitude habituelle. Mais, curieusement, pas à cet instant, où elle était allongée, raide de froid dans son lit, avec tous ses vêtements, dans la maison glaciale et humide de sa mère. S'il y avait eu un radiateur dans sa chambre — ce qui n'était pas le cas —, même *elle* aurait hésité à l'allumer. Pas parce qu'on lui aurait dit de ne pas le faire — après tout, faire ce qu'on lui disait de ne pas faire était une de ses spécialités depuis l'enfance —, mais à cause de l'horrible scène à laquelle elle avait assisté deux heures plus tôt, en bas, quand Rory avait dit qu'il avait encore faim et que Nadine, qui riait à gorge déployée d'une chose ridicule lue dans le journal local, était soudain entrée dans une rage tonitruante et avait fourragé dans la cuisine en désordre jusqu'à ce qu'elle trouve son sac, dont elle avait vidé le porte-monnaie sur la tête et les épaules de Rory en criant sans interruption qu'il pouvait manger ça si ça lui faisait plaisir, parce que c'était tout ce qu'il y aurait jusqu'à ce que son enculé de père se souvienne de ses responsabilités.

Rory était resté immobile, le visage gris, avec la monnaie qui glissait sur son blouson de cuir et tombait de son jean par terre. Il y avait une pièce d'une livre. Elle s'était arrêtée sur le tapis près de ses pieds, et elle semblait d'un luxe presque choquant parmi les autres, plus modestes. Il n'avait pas essayé de ramasser l'argent. Aucun d'eux ne l'avait fait. Ils étaient simplement restés figés sur place sans se regarder, sans regarder Nadine.

« Deux cents livres par semaine ! hurlait Nadine. Deux cents foutues livres ! Et qu'est-ce que je peux faire de ça pour toute une famille ? »

Les enfants ne dirent rien. Très lentement, Claire releva ses pieds bottés sous les plis légers de sa jupe orange et serra ses genoux contre sa poitrine. Papa lui avait dit — et aussi à Becky et à Rory — que ça suffisait pour payer le loyer du cottage et que ce serait lui qui leur achèterait leurs vêtements et leurs fournitures scolaires. Mais maman disait que ce n'était pas vrai, que rien de ce que papa disait n'était vrai, *rien*. Elle disait que papa était un menteur. Elle disait aussi que papa était bien d'autres choses, que Claire ne comprenait pas vraiment toutes. Mais alors qu'elle frissonnait dans cette cuisine froide et en désordre, avec Nadine qui hurlait et Rory qui avait la tête de celui qui pourrait à tout instant vomir sur l'argent tombé par terre, Claire comprenait très bien que l'absence de son père, qu'il soit ou non un menteur, signifiait des souffrances. De réelles souffrances pour eux tous.

Quand Nadine commençait à crier, il semblait qu'elle ne pouvait s'arrêter. Elle cria contre Josie et contre Matthew, et puis contre Josie et Matthew ensemble, et contre ses enfants qui n'auraient jamais dû être déloyaux au point d'aller à leur mariage, contre l'état de sa voiture et l'état du cottage. Elle dit que sa vie était finie. Puis elle embraya sur Rufus.

Elle n'avait vu Rufus qu'une fois, mais elle le traita de tous les noms et l'accusa de prendre les choses — le confort, l'argent, l'amour — qui appartenaient de droit à ses enfants à elle. Quand elle avait commencé à parler de Rufus, Becky avait levé la tête et croisé les yeux de Rory, qui lui avait signifié du regard de ne rien dire, de ne pas émettre un son, de ne pas *bouger*. Il leur avait semblé que les cris et les accusations continuaient pendant des heures, et soudain, aussi brutalement que ç'avait commencé, ça s'était arrêté, et Nadine les avait serrés contre elle et embrassés en leur disant qu'ils étaient tout au monde pour elle. Elle était allée fouiller dans un tiroir et en avait extrait, triomphale, une boîte de sachets de chocolat soluble dans l'eau — pas besoin de lait, dont ils n'avaient plus.

Le chocolat bu, Nadine leur avait dit qu'ils devraient aller se coucher. Becky avait protesté qu'il n'était que 21 heures, et Nadine avait demandé — avec à nouveau cet accent inquiétant dans la voix — ce que Becky suggérait de faire à 21 heures dans un trou au milieu de nulle part où même la télévision avait rendu l'âme — et qui pouvait lui en vouloir ? Becky était montée, sans un mot, derrière Claire. Elle avait pensé demander à sa sœur de venir avec elle dans son lit pour se tenir chaud, mais elle avait senti, à la façon dont les épaules de Claire étaient voûtées sous son cardigan, que la petite fille dirait non pour la punir, parce que, après un épisode comme celui qu'ils venaient de vivre en bas, il fallait punir quelqu'un de l'horreur de leur vie.

Ils étaient allés dans leurs chambres en silence, Claire et Becky dans celle qu'elles partageaient, Rory dans l'espace tordu sous le toit, qu'il avait choisi de préférence à la troisième chambre, que Nadine avait alors transformée en une sorte d'atelier plein de pinceaux dans des pots, de sacs en plastique bourrés de bouts de laine et de coton, de sculptures inachevées en fil de fer et papier mâché, avec au milieu un petit métier à tisser. Rory s'était fait une espèce de tente dans les combles, et dedans un nid de vieilles couettes et de sacs de couchage. On ne pouvait y entrer qu'à quatre pattes. Becky le regarda s'y engouffrer, et elle sut que, comme elle, il dormirait ainsi, avec tous ses vêtements, même ses bottes.

Allongée dans le noir cru, elle se demandait si ses organes internes étaient encore chauds. Elle ne croyait pas avoir jamais eu aussi froid, avoir jamais été aussi paralysée par le froid, incapable de le surmonter. De l'autre côté de la pièce, Claire était une forme plus sombre contre le mur sombre. Elle ne bougeait plus. Avant, elle pleurait, mais quand Becky avait dit : « Claire ? », elle avait répondu : « Tais-toi ! » Sa jupe orange et son cardigan noir étaient en tas par terre, parce que Claire les avait retirés pour mettre un vieux jogging avec sur le devant du sweat-shirt les personnages du *Livre de la jungle* dessinés par Walt Disney. C'était papa qui le lui avait offert. Claire le portait tout le temps pour dormir, maintenant, et parfois — Becky gardait bien au chaud cette information pour la lui lancer à la figure la prochaine fois qu'elles se disputeraient —, elle suçait son pouce.

La maison était silencieuse. Becky n'avait pas entendu Nadine monter. Il y avait eu quelques coups et chocs une demi-heure plus tôt environ, comme si Nadine, à sa manière, mettait la maison au lit, mais, depuis, c'était le silence. Ce n'était pas un silence serein, mais Becky se dit qu'une scène comme celle dont ils avaient été témoins laissait l'air tremblant, comme le tonnerre. Elle roula sur le côté, et glissa ses mains entre ses cuisses. Les coutures de sa veste en jean lui rentraient dans les côtes et les bras, et c'était très inconfortable. Peut-être devrait-elle se lever et trouver ses gants, ses mitaines plutôt. Nadine portait des gants en laine de couleurs lumineuses tricotés par des Péruviens. Nadine s'était enflammée pour le Pérou, l'année passée ; elle parlait de la corruption au sein du gouvernement, de la pauvreté du peuple, de la prostitution enfantine dans la capitale, Lima. C'était un des sujets à propos desquels Becky se souvenait d'une violente querelle entre Nadine et Matthew, quand il avait découvert qu'elle avait donné cent livres à une organisation charitable pour aider les habitants des bidonvilles de Lima. Nadine s'était jetée sur lui toutes griffes dehors, et, pendant un moment, Becky avait cru qu'il allait vraiment la frapper. Mais il n'en avait rien fait. Il était passé des cris au silence, au silence absolu, et il avait quitté la maison. Claire avait essayé de le suivre. Elle essayait toujours de le suivre. Toutes ces querelles, toutes ces horribles bagarres pleines d'insultes où Matthew disait à Nadine qu'elle était folle, et Nadine à Matthew qu'il ne valait rien, se terminaient toujours par le départ de Matthew, que Claire essayait alors de suivre.

Jusqu'à maintenant. Becky remonta ses mains glacées et souffla dessus. Jusqu'à maintenant, quand Matthew avait fini par épouser Josie et qu'ils avaient tous su qu'il n'y aurait plus de bagarres, pour la simple et bonne raison que Matthew et Nadine ne vivraient plus jamais ensemble. Becky ne pouvait le supporter. Cela lui faisait mal d'y penser, si mal qu'elle tentait de ne pas y penser du tout, mais de se dire plutôt que rien n'était jamais définitif, rien. Il n'y avait rien qu'on ne puisse changer, si on le voulait vraiment. *Rien.*

Elle s'assit. C'était sans espoir. Elle avait encore plus froid que quand elle était montée.

« Claire ? »

Pas de réponse. Elle dormait peut-être, ou bien elle

faisait semblant, mais de toute façon Becky n'obtiendrait pas de réponse. Elle repoussa sa couette et posa les pieds par terre. Ils étaient si froids, même dans ses bottes, que leur plante semblait grumeleuse. Elle se leva. Elle voulait descendre voir si elle pourrait trouver quelque chose, quelque part, avec quoi faire du feu. Nadine ne les avait pas autorisés à allumer un feu dans le salon parce qu'elle prétendait que la cheminée fumait, mais Becky se moquait de la fumée. La fumée n'était qu'un détail comparée à la perspective d'une ou deux flammes chaudes.

Elle ouvrit la porte. Le palier et l'escalier étaient sombres, mais en bas il y avait un rai de lumière sous la porte de la cuisine. Elle descendit l'escalier, toute raide, et s'arrêta en bas. Le problème, avec Nadine — cela avait toujours été vrai, mais jamais autant que cette dernière année —, c'était qu'on ne savait jamais à quoi s'attendre. Becky posa la main sur la poignée de la porte de la cuisine et la tourna avec précaution.

« Maman ? »

Nadine était assise à la table, enroulée dans une vieille couverture. Elle n'avait pas fait la vaisselle du dîner, ni débarrassé leurs tasses de chocolat. En fait, il ne semblait pas qu'elle ait bougé, sauf pour aller chercher la couverture. Elle était assise la tête dans les mains, et ses longs cheveux noirs tombaient devant son visage et sur ses épaules. Elle pleurait. Elle pleurait de telle manière que Becky pensa qu'elle pleurait probablement depuis très longtemps.

« Maman ? »

Lentement, Nadine leva les yeux. Elle avait le visage défait, noyé.

« Je te croyais endormie.

— Je ne peux pas dormir, j'ai trop froid.

— C'est horrible, n'est-ce pas, le froid ? Je n'ai jamais eu aussi froid de ma vie, moi non plus. »

Elle prit un coin de la couverture et s'en essuya les yeux.

Becky entra dans la pièce.

« Tu veux du thé ? demanda-t-elle.

— Merci », dit Nadine, qui tremblait d'avoir tant pleuré.

Becky mit de l'eau dans la bouilloire, une vieille bouilloire tapissée de calcaire à l'intérieur et toute ternie à l'extérieur. Dieu seul savait d'où elle venait. Becky ne l'avait jamais vue.

« Je suis désolée », dit Nadine.

Becky ne dit rien. Elle se pencha sur l'évier et regarda l'eau couler dans la bouilloire.

« C'est que... »

Becky attendit.

« C'est tellement affreux, et je me mets en colère parce que je suis tellement impuissante. Cet horrible cottage...

— Tu l'as choisi, dit Becky en fermant le robinet.

— Ce n'est pas vrai ! cria soudain Nadine. Je ne l'ai pas *choisi*. C'était le seul que nous pouvions nous offrir ! »

Becky ferma un moment les yeux et avala sa salive. Puis elle les rouvrit, et brancha la bouilloire. Le dos tourné, elle resta près de la bouilloire qui crachotait en revenant à la vie. Elle n'aurait pas dû dire cela à Nadine. Elle n'aurait pas dû la contrer. Cela ne pouvait que tout déclencher à nouveau. Même si elle avait raison, même si, au souvenir de Becky, Nadine, Rory, Claire et elle avaient sillonné l'Herefordshire pendant des semaines pour visiter des cottages à louer, Nadine disant « non, non, non », pour chacun, même les plus corrects, avec de vraies salles de bains et un arrêt de bus tout près, même si, enfin, ils étaient arrivés, désespérés, devant cet endroit désolé qui ressemblait à une maison de sorcière dans un conte de fées — avec même des champignons qui poussaient sur le toit —, à des kilomètres de tout lieu habité, et que Nadine avait dit « oui ». Ils avaient tous grogné et protesté, incrédules et horrifiés. « Oui, avait répété Nadine. *Oui.* »

« Est-ce que tu m'as entendue ? dit Nadine d'une voix plus calme.

— Oui, répondit Becky.

— C'est vrai. C'était le moins cher, et il nous fallait le moins cher. Tu sais pourquoi. »

Becky ne répondit rien. Elle pensa à la voiture, que Nadine avait aussi cherchée longtemps, avec ses taches de rouille et son plancher troué, garée sous un appentis pourri de planches et de tôle ondulée. Cela l'effrayait qu'un engin aussi fragile soit son seul lien avec le monde extérieur, un monde où, à cet instant précis, même l'école semblait séduisante. Un instant, elle songea à la voiture de son père, puis en détourna son esprit, violemment, *bang !*

« Je sais que c'est horrible pour vous, ici, dit Nadine. J'en suis désolée. C'est horrible pour moi aussi. Jamais je n'ai vécu comme ça, pas même quand j'étais étudiante. »

Becky déposa un sachet de thé dans une tasse et versa de l'eau bouillante dessus, pressa le sachet avec une cuiller et le repêcha avant de déposer la tasse devant Nadine.

« Est-ce que tu pourrais trouver un travail ?

— Comment ? dit Nadine. Comment ? Sans personne d'autre que moi pour vous conduire en classe et vous en ramener ? »

Becky tenta de se souvenir de tous les cottages qu'ils avaient vus sur le trajet des bus.

« Est-ce que tu ne pourrais pas trouver un emploi à temps partiel, à Ross, par exemple, pendant qu'on a cours ?

— Comme vendeuse ?

— Peut-être. Je ne sais pas. Moi, j'aimerais assez travailler dans une boutique le samedi.

— Tu es trop jeune. Et puis, de toute façon, comment irais-tu à ton travail ?

— À vélo, peut-être, dit Becky avec un haussement d'épaules.

— Et où trouveras-tu un vélo ? »

Becky ouvrit la bouche pour dire : « Je demanderai à papa », et elle la referma. Trop tard.

« Tu demanderas à ton père, sans doute ? dit Nadine. Ton père en lune de miel avec sa jolie maison neuve où rentrer le soir !

— Elle n'est pas si neuve, dit Becky.

— Plus que la mienne », dit Nadine de sa voix dangereuse.

Becky sentit soudain la fatigue l'écraser. Elle posa les mains sur la table entre les assiettes sales et laissa pendre sa tête. Ses cheveux tombèrent, lourds et noirs, comme ceux de Nadine.

« J'aimerais bien...

— Qu'est-ce que tu aimerais bien ?

— J'aimerais bien... que tu ne le détestes pas comme ça. »

Nadine avala une gorgée de thé et grimaça.

« Que ferais-tu à ma place ? »

Becky ne dit rien. Elle vit que le vernis noir de ses ongles s'était écaillé et décida de le laisser s'écailler jusqu'à ce qu'il parte tout seul, peu à peu. Après, elle mettrait du vernis vert.

« Si l'homme que tu aimes et auquel tu as été mariée pendant dix-sept ans — *dix-sept ans* — te disait soudain qu'il épouse quelqu'un d'autre et qu'il ne te reste plus qu'à partir vivre ailleurs presque sans argent, que ressentirais-tu ? »

Dans la tête de Becky, une petite phrase se forma et resta suspendue : « Ce n'est pas ainsi que cela s'est passé. » Elle dit :

« Mais *nous,* il faut qu'on le voie. On doit continuer à le voir. »

Nadine la regarda de ses yeux bleu clair agrandis par la ferveur.

« Exactement. *Exactement.* Et ne peux-tu utiliser un gramme de ton imagination pour voir à quel point c'est une torture pour moi ? »

Au matin, Nadine les conduisit tous en classe, Claire à l'école primaire la plus proche, Rory et Becky au collège où Claire les rejoindrait quand elle aurait onze ans. Cela faisait deux trimestres qu'ils y étudiaient, depuis qu'il avait été évident que Matthew allait vraiment épouser Josie et que Nadine avait décidé que rester à Sedgebury était intolérable pour elle et pour les enfants. Matthew aurait voulu qu'elle reste, pour que les enfants bénéficient au moins d'une certaine stabilité en continuant dans la même école, avec leurs amis et leurs grands-parents tout près, mais elle avait refusé. Elle souffrait si violemment qu'elle croyait, avec passion, que la seule façon possible de surmonter sa douleur était de partir, de quitter tout ce qui lui était familier et qu'on lui refusait maintenant. Les enfants avaient protesté violemment — ils se plaignaient beaucoup plus à l'époque, avait-elle remarqué, qu'ils ne le faisaient maintenant —, mais elle leur avait dit que c'était inéluctable. Personne ne voulait de cette nouvelle vie, mais ils devaient la vivre.

« Vous devez vous y habituer, avait-elle dit. Vous devez vous y faire. »

Ils n'aimaient pas beaucoup leurs nouvelles écoles, se dit-elle, mais ils les supportaient. Ils se retrouvaient inévitablement dans un milieu plus rural que dans les écoles de Sedgebury. Même s'il n'était pas plus violent, la violence y prenait une forme différente. Nadine s'inquiétait que ses enfants ne comprennent pas vraiment les règles implicites de cette communauté plus réservée, plus paysanne, qui recélait sa propre dureté tacite. Elle les trouvait plus calmes. Quand elle leur parlait, ou qu'elle était en colère, elle accusait Matthew et Josie de ce nouveau calme, mais quand elle était seule dans le cottage au milieu de la journée, il lui arrivait, en dépit de la turbulence effrayante de ses sentiments, d'admettre que ce n'était pas aussi simple. Quand elle les laissait à l'école, elle leur disait toujours : « Quinze heures trente ! » comme pour les encourager à penser qu'ils n'avaient que sept heures à tenir. Becky avait suggéré qu'elle ne les conduise pas jusqu'au bout, mais qu'elle les laisse à un carrefour, à mi-chemin, où ils pourraient prendre le bus scolaire. Mais elle avait refusé.

« Vous avez besoin de moi, avait-elle répondu à Becky. Pour le moment, en tout cas. Vous avez besoin que je sois là. »

Et moi, se disait-elle en faisant demi-tour devant le collège de Becky et Rory, j'ai besoin qu'ils soient là. Sans eux, je me noierais.

En rentrant chez elle, elle prit la décision de nettoyer le cottage et de faire la lessive, de mettre des taies d'oreiller propres dans chaque lit — si elle en avait — et de trouver de quoi faire du feu. Elle pourrait peut-être même téléphoner à un ramoneur. Elle pourrait aussi, avec le billet de cinq livres qu'elle avait retrouvé dans la poche de sa veste — une grosse veste en tricot qu'elle n'avait plus portée depuis l'hiver précédent —, acheter à dîner. Des macaronis et du fromage, peut-être, ou des pommes de terre et des œufs. Quand elle était étudiante, elle vivait de pommes de terre et d'œufs. Pour deux livres et quelque, on pouvait en acheter assez pour tenir trois jours. Sa peau n'avait pas apprécié le régime. Elle s'en souvenait très bien, parce qu'elle avait toujours eu une belle peau, le genre de peau dont on n'a pas à s'occuper, qui semble se débrouiller très bien toute seule. Et voilà qu'elle était devenue rêche, avec des taches, et qu'elle sembla bientôt morte, comme pour protester contre les œufs au plat et les frites. Alors elle avait tout changé, avec cet enthousiasme exagéré qui l'avait toujours menacée, pour un régime macrobiotique ; elle n'avait plus avalé alors que du tofu et du riz complet. Sa peau n'avait pas apprécié davantage.

Nadine leva ses doigts qui sortaient de mitaines multicolores et se toucha le visage. Jamais sa peau ne s'en était vraiment remise. Matthew lui avait dit, quand un jour elle s'en était plainte, qu'elle était allée trop loin, qu'elle avait dépassé les limites. Il l'accusait toujours de cela, il lui disait toujours qu'elle allait trop loin en tout — à propos des gens, des causes pour lesquelles elle s'enflammait, des opinions qu'elle défendait, de lui. Matthew... Rien que son nom fit pousser à Nadine un petit cri et frapper le volant d'impuissance.

Elle entra lentement dans l'allée menant au cottage — la première fois qu'elle l'avait vue, elle était bordée de buissons bien verts, avec des mûres et des roses, mais maintenant elle était noire et mouillée — et gara la voiture sous l'appentis. Il y avait tant de trous dans son toit qu'elle aurait aussi bien pu laisser la voiture dehors, pour la protection qu'il lui apportait. Mais cela plaisait à Nadine de la garer là, religieusement et sans raison, chaque fois qu'elle rentrait au cottage, ce qui imposait aux passagers de traverser péniblement le jardin négligé en portant cartables et sacs de courses, et toutes ces choses qu'elle achetait sans arrêt — une cage à oiseau, une machine d'occasion pour faire les pâtes, une peinture mexicaine sur bois — et dont elle avait soudain été farouchement convaincue, à l'instant où elle les avait vues, qu'elles allaient changer sa vie.

Retrouver la cuisine exactement dans l'état où elle

l'avait laissée une heure plus tôt fut pour elle un choc. Elle avait proposé aux enfants pour le petit déjeuner des céréales trempées dans un vieux jus d'orange en carton parce qu'il n'y avait ni pain, ni beurre, ni lait, et ils avaient tous refusé. Claire avait bu une tasse de chocolat soluble dans l'eau et Becky avait trouvé, quelque part, une boîte de Coca-Cola *light*, que Rory et elle s'étaient partagée en se battant comme des chiffonniers. Mais aucun n'avait rien mangé. Nadine s'était alors souvenue d'enfants de l'école de Matthew qui ne prenaient rien le matin et qui n'avaient pas d'argent pour le déjeuner ; elle les avait surpris en train de fouiller dans les poubelles à l'heure du dîner.

« J'ai au moins essayé, dit Nadine à la cuisine. Je leur ai au moins *proposé* quelque chose. »

Elle traversa la pièce et remplit la bouilloire. Elle pensait qu'il serait plus économique de laver la vaisselle et le carrelage avec de l'eau chauffée dans la bouilloire que d'utiliser le chauffe-eau électrique. Il *mangeait* de l'argent. Il y avait dans l'entrée un compteur qui cliquetait toute la journée, que les lumières, la cuisinière ou le chauffe-eau soient allumés ou non, rappelant de manière sonore et menaçante à Nadine qu'il dévorait de l'argent, tout le temps. Par la fenêtre au-dessus de l'évier, elle vit le misérable jardin entré dans l'hiver, et sentit soudain une nouvelle vague de désespoir l'étrangler à l'idée qu'elle n'allait pas quitter cet endroit pendant les quatre ou cinq heures qui venaient, qu'elle serait seule avec ses pensées jusqu'à ce que, par bonheur, elle doive aller chercher les enfants et qu'elle sorte ainsi de sa cage. Jamais auparavant la solitude ne l'avait gênée, elle l'avait même recherchée, l'avait préservée ; elle disait même à Matthew qu'elle deviendrait littéralement folle sans solitude. Mais maintenant elle en avait peur. Elle la craignait comme jamais elle n'avait rien craint auparavant. Des larmes de peur et de misère — d'apitoiement sur soi, aurait dit Matthew — lui montèrent aux yeux.

« Oh, Seigneur ! dit Nadine. Oh, Seigneur, aide-moi ! Aide-moi ! »

Le téléphone sonna. Nadine retira ses mains de ses yeux et renifla. Puis elle alla décrocher.

« Allô ?

— Nadine ?

— Oui...

— C'est Peggy, dit la mère de Matthew. Tu as reconnu ma voix ?

— Non », dit Nadine en s'appuyant au plan de travail.

Pendant tout le temps où Nadine avait été mariée à Matthew, jamais Peggy ne lui avait téléphoné — jusqu'à ce que Josie entre en scène. Elle avait alors commencé à appeler comme pour suggérer à Nadine une sorte de conspiration entre elles deux. Nadine lui avait raccroché au nez. Elle aurait sans doute pu apprécier une conspiration contre Josie, mais pas avec Peggy.

« Comment vont les enfants, chérie ?

— Très bien.

— Vraiment ? Est-ce que vous avez assez d'argent ? »

Nadine ne répondit pas.

« Écoute, dit Peggy. Écoute, j'appelle pour te proposer quelque chose. Derek et moi voulons t'aider. On ne peut pas te donner beaucoup, mais on veut t'aider, pour les enfants.

— Non, merci.

— Tu n'as pas une bonne voix, chérie.

— Je suis fatiguée. Je n'ai pas très bien dormi la nuit dernière...

— Tu as tant de soucis !

— Peggy, il faut que je parte..., commença Nadine en éloignant déjà le combiné de son oreille.

— Oui, oui, bien sûr. Tu dois avoir beaucoup de choses à faire, maintenant que tu es seule à tout assumer. Je voulais juste que tu saches que nous sommes là, Derek et moi. De l'argent, n'importe quoi, il suffit de demander.

— D'accord.

— Embrasse les enfants pour moi, et pour leur grand-père.

— Au revoir. »

Nadine raccrocha et posa la tête sur le téléphone. Pourquoi fallait-il qu'alors qu'elle avait tant besoin de compagnie, de communication, d'un petit signe indiquant qu'elle n'était pas vraiment aussi abandonnée qu'elle le croyait, pourquoi fallait-il que le téléphone sonne et qu'elle entende une des rares personnes qu'elle avait toujours détestées, une personne qui avait sans cesse conspiré contre toute chance de succès qu'aurait pu avoir son mariage avec Matthew ?

La bouilloire commença à chanter, son couvercle mal ajusté tremblant sous la pression de la vapeur. Nadine la débrancha, puis elle entreprit de rassembler bols, assiettes et tasses en piles périlleuses qu'elle emporta jusqu'à l'évier pour les déposer dans une bassine en plastique. Elle prit la bouteille de liquide vaisselle Écoclair, qui avait coûté presque deux fois plus qu'une marque moins douce pour l'environnement, et qui, comme Rory l'avait fait remarquer, était inefficace : il se déposait en une pâle pellicule à la surface de l'eau et n'avait que peu d'effet sur les assiettes sales depuis la veille. Nadine pressa la bouteille en plastique, qui émit un sifflement. Elle était presque vide.

Nadine alla prendre dans le buffet la dernière tasse propre. Elle y mit une cuillerée de café en poudre et la remplit d'eau chaude. Puis elle trouva un paquet de sucre roux en poudre presque soudé en un bloc et en détacha un morceau à l'aide du manche de sa cuiller ; elle tourna son café avec une concentration farouche jusqu'à ce que le sucre ait fondu, et but une gorgée. Le goût étrange, sucré mais un peu moisi, lui rappela celui qu'avait presque tout pendant les mois inconfortables, mais ô combien enthousiasmants, qu'elle avait passés à camper avec d'autres femmes contestataires dans le Suffolk.

Sa tasse à la main, Nadine retourna près de la bouilloire, et de sa main gauche en versa le contenu sur la vaisselle dans l'évier. Puis, serrant sa tasse à deux mains, elle sortit de la cuisine, ignora le compteur bruyant dans l'entrée et monta l'escalier. Toutes les portes étaient ouvertes, laissant voir les piles de vêtements par terre, les lits défaits, les sacs en plastique pleins des choses indicibles que les enfants transportaient partout. Dans la salle de bains, le siège des toilettes était relevé et il y avait des tas de serviettes humides devant la baignoire, dont le rideau de douche en plastique était tombé, formant des plis raides et encombrants.

Nadine retourna sur le palier et ferma toutes les portes. Ce qu'elle ne verrait pas, elle pourrait l'oublier. Puis elle s'agenouilla, prenant bien garde de ne pas renverser son café, et rampa dans l'antre de couettes de Rory, sous le toit, pour s'y enfouir.

« On attend depuis presque une heure », dit Becky en montant dans la voiture à côté de Nadine.

Dans le rétroviseur, Nadine vit Rory se glisser près de Claire, le visage fermé comme toujours quand il voulait que personne ne lui parle, qu'on ne lui demande rien.

« Je suis désolée, dit Nadine, je me suis endormie. Je n'avais pas passé une bonne nuit, et je me suis rendormie ce matin, bêtement. Et trop longtemps. »

Elle regarda dans le rétroviseur. Claire bâillait. Ses

cheveux, qu'elle avait voulu couper en boule, auraient eu besoin d'un shampooing, et des mèches rebelles partaient en tous sens, ce qui lui donnait un aspect négligé.

« Je suis désolée, répéta Nadine. Vraiment. J'étais trop fatiguée. Vous avez passé une bonne journée ? »

Les enfants ne répondirent pas. Nadine n'insista pas et fit marche arrière. Elle voyait bien qu'ils ne boudaient pas. C'était juste qu'ils ne savaient pas quoi lui répondre qui soit vrai et ne la bouleverse pas. Ils s'engagèrent sur la route. Nadine pinça légèrement la cuisse de Becky.

« Tu as faim ?

— Tu parles !

— On va s'arrêter à l'épicerie du village. J'ai retrouvé un billet de cinq livres. On va acheter des pommes de terre et des œufs et on les fera frire. Qu'en dites-vous ? Des œufs au plat et des frites ! »

Il y eut un silence. Rory regardait par la fenêtre et Becky regardait ses ongles écaillés.

« On a eu des œufs au plat et des frites pour déjeuner, à l'école », dit alors Claire.

4

Robin Carver se gara avec maestria dans un espace à peine plus long que la voiture et presque sous les fenêtres de l'appartement de son frère. Elle bloqua le volant, descendit, et, afin de dissimuler tout ce qu'elle transportait dans sa voiture pour son métier de représentante d'édition, alla tirer l'écran noir qui occultait la vitre arrière. Puis elle verrouilla les portières et leva les yeux. Les rideaux du salon de Lucas étaient tirés, et les lumières allumées. Il était chez lui. Il avait dit qu'il essaierait d'être là avant 19 heures, mais, comme beaucoup de ses collègues de la radio locale avaient la grippe, il risquait d'avoir à rester tard pour remplacer quelqu'un. À moins que les lumières n'aient été allumées par Amy, la fiancée de Lucas. Elle était chef maquilleuse pour une chaîne de télévision, et ils s'étaient rencontrés dans leur travail. Robin savait que son père, Tom, même s'il aimait bien Amy — « Charmante, avait-il dit, très gentille, charmante » — , considérait que le choix de Lucas concernant sa future épouse était, pour le moins, assez peu aventureux.

Tenant à la main une bouteille de sauvignon blanc de Nouvelle-Zélande et les épreuves d'un nouveau roman américain pour Lucas — Robin s'était rendu compte qu'elle ne pouvait s'empêcher de lui offrir ces cadeaux un peu intellectuels devant Amy —, Robin monta les marches du perron et pressa la sonnette du milieu. Il y eut un crépitement dans l'interphone et la voix de Lucas demanda :

« Robin ?

— Salut !

— Monte.

— Dix secondes ! »

C'était un jeu entre eux, pour voir à quelle vitesse elle pouvait traverser l'entrée — tout dépendait de ce qu'elle portait — et monter l'escalier orné de vieilles gravures de Bath et Bristol — il y avait une pénalité si elle en faisait tomber une — jusqu'à la porte de l'appartement où Lucas l'attendait en comptant.

« Onze, dit-il.

— Jamais de la vie !

— Presque douze.

— Menteur ! »

Il embrassa sa sœur. Il portait une chemise et un pantalon noirs ainsi qu'un gilet ouvert vaguement folklorique avec des rayures inégales grises et noires. Robin le pointa du doigt.

« Joli.

— Un cadeau d'une admiratrice, dit-il en fronçant le nez.

— Hé ! Amy est au courant ?

— Tout à fait », dit Amy.

Elle apparut derrière Lucas, avec ses cheveux blonds et mousseux ; Robin se demandait parfois en secret comment Lucas pouvait les toucher : on aurait dit de la laine, comme des poils de caniche.

Lucas fit un clin d'œil à Amy.

« C'est mieux qu'un caleçon. Ou que des préservatifs ! »

Amy se renfrogna.

« Arrête !

— Je vous ai apporté ça, dit Robin en tendant à Lucas le livre et la bouteille.

— Ouah ! dit-il en regardant le titre du livre. Formidable !

— C'est génial, dit Robin. On se dit que plus jamais on ne voudrait lire un mot de plus sur le Vietnam, mais ce livre est différent.

— Merci », dit Lucas, qui regardait toujours le livre.

Amy lui prit la bouteille de vin des mains.

« Je vais le mettre au frais. »

Elle portait un caleçon, des bottines et un ample tee-shirt.

« C'est un type fascinant, dit Robin à Lucas à propos de l'auteur du livre. Il a eu une enfance horrible, presque sans éducation, mais c'est un écrivain-né, et très brillant.

— J'ai hâte de le lire, dit Lucas en souriant à sa sœur.

— Vous voulez du café ? demanda Amy depuis la cuisine.

— Je préférerais un verre, répondit Robin en gagnant le centre du salon entre les canapés jumeaux couverts de lin pâle et rugueux. Un verre bien tassé. J'ai passé la journée à Plymouth, et j'ai souffert le martyre dans la circulation. »

Lucas prit une bouteille de vodka sur le plateau posé dans la bibliothèque et la montra à sa sœur avec un regard interrogatif.

« Parfait, dit Robin. Exactement ce qu'il me faut.

— Pourquoi, demanda Lucas en la servant, ne te trouves-tu pas un autre boulot ? Pourquoi ne fais-tu pas quelque chose qui n'exige pas tous ces trajets ? Si tu veux rester dans l'édition, tu pourrais te tourner vers le vrai travail éditorial, non ?

— Cela voudrait dire aller à Londres, et je ne veux pas vivre à Londres. »

Amy sortit de la cuisine, une tasse de café à la main.

« Je croyais que tu aimais bien Londres.

— C'est vrai pour quelques jours de visite, pas pour y vivre.

— C'est drôle, dit Amy, comme tous les deux vous voulez toujours rester près de votre père. »

Lucas tendit à Robin un verre de vodka agrémentée de tonic et de glaçons.

« Pas du tout, dit-il, pas délibérément, en tout cas. Ça se trouve comme ça parce qu'on nous a proposé du travail dans le coin.

— Moi, je n'avais qu'une hâte, c'était de quitter Harlepool », dit Amy.

Elle s'assit sur un des canapés avec sa tasse et regarda Robin, son tailleur-pantalon, ses bijoux discrets, ses cheveux lisses retenus sur la nuque par un ruban de velours noir.

« J'avais tout aussi hâte de quitter mon père, continua Amy. Rien au monde ne pourrait me faire vivre à proximité de lui !

— Nous n'en avons pas l'intention, dit Lucas. Tu es un peu maigre », ajouta-t-il à l'intention de sa sœur.

Robin fit une grimace. Elle s'assit sur le canapé en face d'Amy et prit une grande gorgée de son verre.

« Mes affaires ne sont pas brillantes, ces derniers temps. D'abord Neil qui me quitte... et maintenant, papa », dit-elle après avoir bu une autre gorgée.

Lucas s'assit près d'Amy et se carra dans le canapé, les bras en croix sur le dossier.

« Qu'arrive-t-il à papa ?

— Il a trouvé une femme.

— C'est pas vrai ! s'écria Amy.

— Mais non, pas du tout, insista Lucas. Je l'ai beaucoup vu ces derniers temps, et jamais il ne m'en a dit un mot.

— Il ne m'a rien dit non plus. Mais je sais.

— Allons ! dit Lucas en riant. Enfin, Josie est partie depuis moins d'un an...

— Les hommes font ce genre de chose, non ? dit Amy. Ils ne peuvent supporter d'être seuls, alors quand leur femme meurt ou part, ils se jettent sur la prochaine. Mon père l'a fait. Maman n'était pas partie au Canada depuis un mois qu'il avait cette pute à la maison.

— Robin, dit Lucas sans s'intéresser à Amy, tu te fais des idées. Tu es bouleversée à cause de Neil, et c'est bien compréhensible, alors tu vois des fantômes. Nous n'avons aucune preuve. De toute façon, nous n'aurions pas besoin de preuves. Papa nous le dirait. Il nous raconterait tout.

— Il ne dirait rien, répondit Robin en jouant avec un glaçon dans son verre, s'il ne voulait pas que nous sachions.

— Mais pourquoi nous le cacherait-il ?

— Parce qu'il sait que cela ne nous plairait pas. »

Lucas sourit et serra l'épaule d'Amy.

« Parle pour toi. Ça ne me gênerait pas.

— Non ?

— Non.

— Je ne te crois pas. »

Amy se pencha et posa sa tasse sur la table basse noire.

« Elle a raison, dit-elle. Vraiment. On n'aime pas qu'une autre femme arrive et prenne ce qui est à vous. Vous avez déjà dû subir Josie.

— Elle n'a pas pris grand-chose, dit Lucas.

— Mais Rufus, si, affirma Robin sans quitter son verre des yeux.

— Hé, calme-toi ! Ce pauvre vieux Rufus, il est notre demi-frère, n'oublie pas !

— Il ne le serait pas s'il n'y avait pas eu Josie.

— Écoute, dit Lucas en lâchant l'épaule d'Amy

pour se pencher en avant, les coudes sur les genoux. Écoute, Josie est partie. Josie, c'est fini. Papa n'a plus un sou à verser à Josie. Il lui a donné de l'argent pour qu'elle puisse acheter une maison, mais il ne lui verse plus rien depuis qu'elle a épousé ce Matthew. Il ne lui reste qu'à subvenir aux besoins et à l'éducation de Rufus, comme il l'a fait pour nous, jusqu'à ce que Rufus trouve du travail et conquière son indépendance, comme nous l'avons fait.

— D'accord, dit Robin, d'accord. Oublions Rufus. C'est cette nouvelle femme qui m'inquiète.

— Quelle nouvelle femme ?

— Elle s'appelle Elizabeth Brown. C'est une cliente de papa. Son père tenait une librairie de livres anciens sur la place de la Reine. Il y a des projets pour sa maison dans tout le bureau de papa. C'est une toute petite maison, et les honoraires seront ridicules.

— Et alors ? Papa a un petit projet pour une cliente...

— Je l'ai entendu au téléphone, dit Robin. Il l'a invitée à déjeuner. Ou à dîner.

— Est-ce interdit ? Est-ce qu'il ne peut pas prendre un repas en compagnie de temps en temps ?

— Bien sûr. Mais il y avait quelque chose dans sa voix... Tu sais. On ne peut pas le cacher, dans sa voix, si on parle à quelqu'un qui compte pour vous.

— Lui, il y arrive très bien, dit Amy en montrant Lucas.

— Tu tires des conclusions trop hâtives, dit Lucas à sa sœur.

— Pas du tout. Il a l'air heureux.

— C'est un type comme ça. En général, il a l'air content...

— Non, non. Il n'avait pas seulement l'air content du type pour qui tout va bien. Il avait l'air du type pour qui la vie est excitante et merveilleuse et qui en est heureux.

— Alors ?

— Arrête de faire comme si tu t'en moquais ! » s'écria Robin en posant brutalement son verre sur la table basse.

Lucas se leva du canapé. Il alla verser du tonic *light* dans un verre, y ajouta une rasade de vodka et une tranche de citron avec deux glaçons. Il avait commencé à essayer de se rendre régulièrement dans une salle de gymnastique, et cette nouvelle activité lui avait soudain semblé incompatible avec la quantité d'alcool qu'il avait l'habitude de boire. Robin buvait toujours, si on le lui proposait. Il goûta le résultat. Ça sentait à peine la vodka. Il aurait tout aussi bien pu se passer d'en mettre.

« Encore un peu et tu vas me dire que Josie t'était égale aussi ! » l'accusa Robin.

Lucas ne se retourna pas. Il regarda ses étagères de livres, sa collection de romanciers contemporains, de poètes modernes, de livres de voyage. Josie ne l'avait pas gêné, finalement. En fait, une fois qu'il avait dépassé le choc qu'éprouverait tout gamin de dix-huit ans à voir son père donner son amour à quiconque en dehors de ses enfants, il avait commencé à sentir, très tôt dans sa relation avec Josie, que sa présence rendait la maison plus agréable, plus équilibrée, plus vivante. Et, dès le début, il avait aimé Rufus. Cela le déconcertait d'imaginer la conception de Rufus, parce que, très préoccupé à l'époque par ses propres pulsions sexuelles turbulentes d'adolescent, Lucas avait du mal à imaginer son père en proie, même temporairement, aux mêmes désirs. Mais une fois Rufus né, il n'avait pas semblé revendiquer quoi que ce soit de particulier, et il fallait dire qu'à leur honneur, ni Tom ni Josie n'avaient rien revendiqué de particulier pour lui. Il était le bébé, comme Basile était le chat, et dans l'attitude de son père envers Rufus — presque méfiante au début —, Lucas avait senti une chose à laquelle il n'avait jamais pensé avant : il avait commencé à comprendre, ou cru comprendre, que son père se sentait coupable ; coupable, pour commencer, d'avoir mis Josie enceinte, coupable de s'être montré si inconscient et léger pour la seule chose qu'on ne devrait jamais prendre à la légère : une vie humaine. Peut-être avait-il épousé Josie parce qu'il se sentait coupable, et à cette culpabilité s'était ajoutée celle d'introduire un élément aussi important qu'une belle-mère dans le foyer stable des Carver. Toutes ces pensées s'étaient bousculées pendant quelques années dans la tête de Lucas, sans violence, parce qu'il ne pouvait honnêtement dire que sa propre vie — de plus en plus indépendante — ait été beaucoup troublée par le remariage de Tom ou par la naissance de Rufus. Une ou deux fois, il avait essayé d'en parler à Robin, de lui faire entrevoir la complexité d'un père qu'ils croyaient connaître jusqu'au fond de l'âme. Mais il y avait chez Robin quelque chose qui empêchait qu'elle l'entende. Ses sentiments pour son père, le besoin qu'elle avait de lui, l'avaient rendue sourde.

Lucas se retourna lentement. Amy avait posé ses jambes sur le canapé et avait fermé les yeux. Robin s'était rassise, les bras croisés, comme si elle retenait quelque chose de dangereux ou de douloureux. Elles auraient pu se trouver dans des pièces différentes, tant elles semblaient ne pas avoir conscience l'une de l'autre. Lucas aurait bien voulu, et ce n'était pas la première fois, que sa fiancée et sa sœur se rendent compte qu'il avait son mot à dire.

« Robin, dit Lucas sans obtenir qu'elle le regarde. Robin, papa ne va pas se remarier. Réfléchis un peu, continua-t-il sans s'intéresser au fait qu'Amy avait rouvert les yeux. Il a perdu maman dans des conditions tragiques et il est resté seul plus de dix ans. Pendant tout ce temps, il n'a jamais essayé d'épouser qui que ce soit. Nous le savons. Nous étions là, et nous le savons. Je crois qu'il a eu ses raisons pour épouser Josie, et elles ne se résumaient pas uniquement à ses sentiments amoureux pour elle. Il l'aimait bien, et elle était enceinte. Tu le sais, Robin. Tu l'as vu. Et quand elle l'a quitté, il a été bouleversé. Il n'arrivait pas à croire qu'une personne pour qui il avait tant fait puisse le traiter ainsi. Il était démoli, non ? Il a eu l'impression que toute sa confiance lui était jetée à la figure. Nous avons été très inquiets pour lui pendant son divorce, tu te souviens ? Tu voulais même qu'il consulte un médecin ! Alors..., conclut Lucas après une grande inspiration qui rendit Robin plus immobile encore, alors, papa est-il le genre d'homme — avec sa personnalité, avec deux expériences différentes mais aussi amères du mariage —, est-il le genre d'homme à risquer une autre aventure ?

— Mais il est seul, dit Robin en décroisant ses bras pour prendre son verre. Maintenant, nous ne sommes plus à la maison, et... Josie est partie. Il souffre de sa solitude.

— Bien sûr. Mais la solution n'est pas dans le mariage, pour l'amour de Dieu ! La solution, pour papa, c'est assez de travail, et il en a, et la compagnie de quelques Elizabeth Brown. Tous les avantages et pas de liens.

— Tu aimerais ça, Luke ? demanda Amy du fond de son canapé.

— Robin, dit-il sans relever, papa ne va pas se remarier, tu m'entends ? Papa ne se remariera *jamais.* »

Robin regarda longuement son verre, puis elle leva les yeux vers son frère.

« Promis ? » dit-elle.

Robin partie — elle avait à l'évidence espéré qu'on l'inviterait à dîner, mais Lucas avait semblé oublier de le proposer et Amy, si elle y avait pensé, n'en avait volontairement pas parlé —, Amy prépara des pâtes, les arrosa d'une sauce au basilic achetée au supermarché et disposa sur le plan de travail de leur petite cuisine deux sets de table, deux fourchettes et une bougie, afin d'empêcher Lucas d'aller manger devant la télévision. Amy aimait la télévision, mais elle n'aimait pas passer en second quand il s'agissait de tenir compagnie à Lucas. Pour sa part, elle ne buvait pas d'alcool — elle n'en aimait pas le goût — mais elle sortit un verre à vin pour Lucas, espérant ainsi compenser l'absence de télévision.

Puis le téléphone sonna. C'était le producteur de l'émission de la nuit — réponse aux appels des auditeurs et musique — qui appelait pour dire que la fille de trois ans du présentateur venait d'être emmenée d'urgence à l'hôpital pour une probable méningite. Lucas pouvait-il le remplacer ?

« Non ! » dit Amy.

C'était une émission qui la mettait mal à l'aise. Elle attirait tous les gens bizarres, tous ceux qui n'arrivent pas à avoir des relations avec les autres dans la vie réelle et se rabattent sur les numéros de téléphone d'associations d'entraide, ou sur Internet. Le genre de personnes qui aiment la nuit, aussi, et le fait qu'on ne peut voir à qui on parle. Amy pensait qu'il n'était pas bon pour Lucas d'avoir des contacts avec ce genre de marginaux un peu tordus.

« Il le faut, dit Lucas. Je suis vraiment désolé. Mais réjouis-toi de ce que ça va me rapporter.

— Je préférerais t'avoir ici.

— Je ne peux pas faire ça. Pense à cette pauvre gosse et à l'inquiétude de ses parents. »

Amy songea que ce serait bien si Lucas pensait parfois à ce qu'*elle* ressentait. Quand ils s'étaient rencontrés, sa délicatesse était une des choses qui l'avaient séduite, mais après qu'il lui eut demandé de l'épouser et qu'elle se fut installée chez lui, il n'avait plus semblé considérer que ses sentiments étaient très importants. C'était comme s'il les connaissait, maintenant, et que son attention première avait fait partie du processus de découverte, qui lui avait plu en son temps. Mais il avait aussi découvert quelques détails, comme la difficulté de contact entre Amy et Robin, qu'il aurait souhaité ignorer. Si maintenant elle lui disait : « Je ne veux pas que tu retournes au travail, en partie parce que je n'aime pas cette émission, mais surtout parce que je veux qu'on dîne ensemble pour que je puisse te parler de ce qui m'ennuie à propos de Robin, et de Robin et toi », il la regarderait comme s'il ne l'avait pas entendue et changerait de sujet de conversation.

« D'accord, dit Amy. Vas-y. »

Il se pencha et l'embrassa.

« Demain, on sortira, je te le promets. Ou vendredi. »

Elle hocha la tête. Il prit son blouson de cuir, son trousseau de clés et la sacoche de photographe dans laquelle il transportait ses bandes magnétiques et ses disques.

« Dors bien, dit Lucas avec un sourire. Profite de ces cinq heures sans ronflements. »

Amy retourna dans la cuisine et jeta le contenu de leurs deux assiettes dans la boîte à ordures. Puis elle glissa deux tranches de pain dans le grille-pain et brancha la bouilloire. Sur l'égouttoir, elle vit la tasse où elle avait bu son café et les verres de vodka de Lucas et Robin. Sur celui de Robin, il y avait une marque de rouge à lèvres, très précise, comme si elle avait placé sa bouche exactement au même endroit à chaque gorgée. Amy tourna le verre pour ne plus voir la marque.

Lucas avait raconté à Amy à quel point Robin avait été bouleversée par la mort de leur mère. Elle n'avait que cinq ans, et elle était très dépendante, toujours dans les jupes de sa mère. Elle venait juste d'accepter à contrecœur d'aller à l'école, et elle en ressortait chaque jour écrasée par le fardeau de la séparation qu'elle avait dû supporter. Quand Tom avait dit à ses enfants que leur mère était morte, à l'hôpital, et qu'elle ne rentrerait plus jamais à la maison, Robin s'était précipitée à l'étage et s'était pelotonnée à la place de sa mère dans le lit conjugal, refusant d'en sortir. Puis elle avait eu des crises de nerfs que jamais Lucas n'oublierait — la chambre plongée dans la pénombre et son père désespéré penché sur l'enfant qui hurlait et se débattait sur son lit et lui, Lucas, debout dans le noir, étreint d'une douleur si vive qu'il avait l'impression qu'elle risquait de le briser en mille morceaux.

Puis Robin avait transféré son affection farouche sur leur père. Elle hurlait quand il ne voulait pas qu'elle dorme avec lui. En pleine nuit, elle allait se glisser près de lui pendant qu'il dormait, dans l'espoir qu'il s'en apercevrait trop tard. Amy lui avait demandé pourquoi Tom n'avait pas eu recours à une aide extérieure pour elle.

« Il l'a fait, avait répondu Lucas. Une certaine Doris était là quand papa ne pouvait nous accueillir à la sortie de l'école.

— Non, je veux parler d'une aide psychologique.

— Il savait ce qui n'allait pas ! s'étonna Lucas. C'était la mort de maman qui avait tout déclenché. Il avait l'impression...

— Quoi ?

— Il se disait que c'était à lui d'arranger les choses. Autant qu'il le pouvait. »

Mais il n'y était pas parvenu, pensait Amy. Les pères ne peuvent pas faire ce genre de chose. Les pères ne savent pas s'occuper de leurs filles parce qu'ils sont des hommes et que jamais les hommes ne grandissent vraiment, alors que les femmes — la plupart des filles — sont nées adultes. Sauf Robin. On pouvait regarder Robin maintenant, très chic avec son tailleur, avec sa mallette professionnelle, sans un cheveu de travers, et voir quand même la gosse en train de se débattre sur le lit et de crier au point d'affoler son père et son frère.

Amy sortit ses toasts du grille-pain. Elle aimait bien Tom Carver ; elle le trouvait gentil, et il lui parlait comme s'il la voyait vraiment, mais elle restait indifférente quand Robin lui faisait une scène. En revanche, avec Lucas, c'était différent. Quand Amy voyait en Robin quelque chose qui affectait Lucas, qui l'affectait au point que cela le distrayait de tout, de *tout,* sauf de son travail, alors Amy était blessée au plus profond d'elle-même.

Robin était dans son bain. L'eau parfumée à la lavande lui avait été recommandée, au centre de médecine parallèle des établissements thermaux de Bath, pour dissiper le stress ; pour tout éclairage il n'y avait qu'une bougie et Robin n'entendait que le son d'une musique vaguement New Age venant de son lecteur de CD dans la pièce voisine. Les yeux fermés, Robin tentait, par des mouvements doux de ses mains qui envoyaient des ondes d'eau chaude sur sa poitrine et son ventre, de susciter dans son esprit un mouvement apaisant et répétitif équivalent.

Après avoir quitté l'appartement de Lucas, elle était rentrée en s'arrêtant au passage chez une amie qu'elle s'était faite lors d'une de ses visites dans une librairie. Élevant seule ses deux enfants, Ruth ne s'embarrassait pas de protocole, et sa porte était toujours ouverte pour les amis qui ne manquaient pas de venir se servir en café et tartines. Robin avait usé et abusé de cette hospitalité après que Neil — l'acteur et chanteur avec qui elle avait cru construire sa première relation adulte, profonde, intéressante et sincère — lui eut annoncé sans ménagement qu'il quittait la région pour Londres, et que tant qu'il y était, il quittait Robin aussi. Robin avait pleuré des litres de larmes dans la cuisine accueillante de son amie, et même si maintenant elle réussissait à penser à Neil sans fondre instantanément en larmes irrépressibles, elle avait conservé l'habitude d'aller chez Ruth plusieurs fois par semaine.

Ce soir-là, pourtant, la maison de Ruth était pleine. Ses enfants avaient ramené quatre amis pour la nuit, et des mères isolées rencontrées au centre où Ruth travaillait à temps partiel étaient venues aussi pour discuter, et sans doute se plaindre, de la manière dont l'endroit était géré. Robin n'avait donc pas pu parler à Ruth de Tom et Elizabeth. En lui donnant pour dîner des pommes de terre au four et une salade, Ruth lui avait dit qu'elle la trouvait trop maigre et qu'elle avait des cernes sous les yeux.

« Au lit, lui avait-elle conseillé. Couche-toi tôt. Combien de kilomètres as-tu faits, aujourd'hui ? »

Alors Robin était rentrée chez elle, en bordure de Bristol, l'esprit encore préoccupé. Elle avait acheté l'appartement avec Neil, parce qu'il disait que ses chances de carrière étaient meilleures à Bristol, avec le théâtre et la forte présence des médias ; elle avait été d'accord, en partie parce qu'elle aimait être d'accord avec Neil, et en partie parce qu'il lui donnait une excuse pour quitter Bath, même si la ville d'eaux n'était qu'à une vingtaine de kilomètres. Mais quand Neil était parti, il avait semblé emporter avec lui tout le charme de l'appartement de Bristol. Il n'y avait pris que très peu de choses, mais beaucoup de son atmosphère. Un lieu qui apportait stimulation et satisfaction, qui était rassurant, qui se suffisait à lui-même, n'avait plus été, du jour au lendemain, qu'un lieu où habiter.

Robin songea à Lucas. Elle appréciait sa patience avec elle, et la façon dont il avait toujours tenté de la rassurer. Même le fait qu'il ait choisi Amy était rassurant pour elle, parce qu'Amy ne pourrait jamais constituer une menace ou un défi pour Robin, ni pour la relation qu'elle entretenait avec son frère. Si elle était jalouse — « Quant à moi, avait-elle avoué à Neil un jour en riant de pouvoir l'admettre, j'ai *inventé* la jalousie » —, elle savait que ce n'était pas à cause de ce qu'Amy avait fait, ni même à cause de la présence d'Amy. C'était parce qu'elle, Robin, était d'humeur jalouse, comme les phases de la lune. Sa jalousie, songeait-elle parfois, naissait de la peur, cette peur qu'elle avait ressentie toute sa vie, que tous ceux qu'elle aimait, tous ceux dont elle avait besoin, ne finissent par la quitter. Il lui arrivait de se demander si son besoin de ces êtres chers n'était pas aliénant. Personne, sauf Neil, ne l'avait quittée délibérément, et elle ne pouvait guère en vouloir à sa pauvre mère d'être morte par erreur, même si, dans sa solitude, elle y avait songé ; mais cela ne semblait pas vraiment avoir d'effet sur ce qu'elle ressentait. Sa crainte que les gens ne la quittent recelait une réalité, ou une force, tout à fait indépendante de ce qui était vraiment arrivé.

Elle avait même vécu un moment de panique quand Josie était partie. Elle avait souhaité son départ, elle y avait œuvré, mais quand elle avait vu les dégâts que ce départ causait chez son père, elle n'avait pas tant éprouvé un sentiment de triomphe qu'un retour aux premières années de son enfance sans sa mère. Ses peurs ravivées avaient donné naissance à cette nouvelle peur — infondée, elle le reconnaissait maintenant — que son père ne la quitte pour une femme. Elle avait exaspéré Neil avec cela, et à y repenser, c'était probablement ce qui avait déclenché la fin de leur relation. Il disait qu'il était impossible de vivre avec quelqu'un qui se montrait aussi délibérément, intentionnellement, irrationnel.

« Mais c'est la réalité, pour moi ! » s'était écriée Robin.

L'eau du bain refroidissait. Robin arrêta le mouvement de ses mains et chercha le savon. Ruth lui avait dit un jour, pendant les semaines noires après le départ de Neil, qu'elle devait comprendre que l'amour, ce n'était pas posséder les gens, les avoir près de soi en cas de besoin ; c'était au contraire les libérer, les laisser aller.

« Autre chose encore. On ne possède pas en soi une quantité définie d'amour à distribuer de telle manière qu'on courre le risque qu'un autre en prenne une part. Certains ne peuvent aimer qu'une seule personne, d'autres peuvent en aimer des centaines, mais cela ne signifie pas que c'est le même amour à chaque fois. Il est possible que je tombe à nouveau amoureuse, n'est-ce pas ? Et toi aussi. Mais alors, est-ce que j'en aimerai moins mes gosses ? Est-ce que tu cesseras d'aimer ton frère et ton père ? »

Robin se leva et prit une serviette dans laquelle elle s'enroula comme dans un sarong, et sortit de l'eau. Puis elle partit, ses pieds nus et mouillés sentant la rugosité du tapis en sisal du salon que Neil et elle avaient choisi avec tant de soin, pour décrocher le téléphone-répondeur-fax sur la table basse. Elle composa le numéro de Tom. Elle entendit une, deux, trois sonneries, puis le message sur son répondeur :

« Vous êtes bien chez Tom Carver et associés. Nous ne sommes malheureusement pas là... »

Elle raccrocha et resta à contempler son téléphone. Tom était sorti. Elle serra les dents. Avec qui ?

5

Rufus était assis sur le muret du jardin, le dos à la maison, et y cognait ses talons à coups réguliers. Elaine venait de le ramener. Elle avait garé sa voiture devant la maison et Rufus en était sorti lentement, pour se soumettre aux embrassades de Josie. Puis, sans un mot, il avait refusé d'entrer. Il s'était dégagé de ses bras, s'était assis sur le muret et avait commencé à cogner ses talons contre la pierre.

« On n'a qu'à le laisser, avait dit Elaine avant d'élever la voix juste assez pour que Rufus l'entende. Il pourra rentrer quand il aura froid. »

Josie avait regardé la rue avec anxiété. C'était une rue résidentielle comme tant d'autres, bordée de paires de maisons mitoyennes construites à la fin des années soixante-dix, toutes semblables à la leur. Certains jardins étaient propres et vides, d'autres luxuriants, mais la plupart se contentaient d'indiquer, par les jouets éparpillés, les fils à linge, les poubelles et les voitures sur cales attendant qu'on les répare, qu'on y menait une vie de famille. Josie n'y connaissait encore personne, et elle ne savait pas quel genre de rue c'était, si on pouvait laisser sans crainte un gamin de huit ans dehors, si les voitures qui y passaient aux heures de pointe pour aller au centre de Sedgebury et en revenir n'allaient pas d'un instant à l'autre déferler en masse.

« Entre, avait-elle dit à Rufus. Viens. On t'a acheté un cadeau. »

Il ne l'avait pas regardée. Il fixait des yeux la maison d'en face et son puits ornemental surmonté d'un chat en plastique.

« Non, merci », avait dit Rufus.

Josie et Elaine avaient fini par rentrer. Rufus ne s'était pas retourné, mais il sentait qu'elles étaient à la fenêtre du salon pour le surveiller. Il eut envie de se lever et de partir, mais il n'arriva pas à pousser son sentiment de rébellion aussi loin. Il ne voulait pas non plus faire peur à Josie. Il voulait juste qu'elle sache, pour que surtout elle ne se méprenne pas, que le 17, rue Barratt était peut-être le lieu où elle l'avait emmené vivre, mais que ce n'était pas chez lui. On ne se sentait chez soi que si une maison était associée émotionnellement à des choses familières, qu'on a connues une grande partie de sa vie, si bien que c'est un lieu naturel où se trouver. Le 17, rue Barratt n'avait rien de cela, du moins pas pour Rufus, et ce n'était en aucune façon un lieu où il lui semblait naturel de se trouver. C'était plutôt un lieu très dur pour lui, et il voulait que ce soit tout à fait clair — pour Josie, pour sa grand-mère... pour Matthew.

Le temps lui sembla long avant que quelqu'un vienne le voir, si long qu'il commençait à avoir vraiment froid et que le soir tombait. Certaines des maisons de la rue avaient déjà décoré leur sapin de Noël. Rufus voyait leurs lumières, surtout des lumières multicolores, que Rufus savait être inférieures esthétiquement aux lumières blanches toutes simples. Il se dit qu'ils auraient sûrement un arbre, eux aussi, au 17. Il n'en avait pas vraiment envie, mais il le fallait, en quelque sorte, à Noël. En dépit des arbres scintillants de la rue, Rufus n'arrivait pas à croire que Noël soit pour bientôt. Il n'en ressentait pas l'esprit du tout, loin de Bath, avec la perspective de la venue des enfants de Matthew. Rufus cogna plus fort. Les enfants de Matthew lui posaient un problème que Josie semblait ne même pas commencer à comprendre. Il entendit des pas sur le béton de l'allée, pas les pas de Josie, puis il observa, du coin de l'œil, que Matthew s'asseyait sur le muret, à trois mètres de lui. Matthew ne dit rien. Il était tourné vers la maison, et il avait enfoncé ses mains dans ses poches. Rufus courba le dos.

« Entre donc ! » dit Matthew au bout d'un moment.

Rufus ne dit rien. Il ne voulait pas entrer, mais il commençait à ne plus vouloir vraiment rester dehors non plus.

« Je n'entrerai pas avec toi, dit Matthew. J'ai quelque chose à faire au garage. Si tu entres, il n'y aura que maman et mamie. »

Rufus baissa la tête et marmonna quelque chose.

« Quoi ?

— C'est pas ça...

— Non, je sais. Mais c'est tout ce que j'ai trouvé, sur le moment, pour t'aider. »

Matthew regarda la maison. Ils l'avaient achetée deux mois plus tôt, après avoir passé huit mois dans un appartement exigu où ils s'assuraient l'un l'autre combien les choses seraient différentes s'ils avaient une vraie maison. Les lampes étaient allumées au salon et Elaine et Josie étaient assises respectivement sur le canapé et dans un fauteuil, devant des tasses de thé. Le fauteuil venait de la maison que Matthew avait partagée avec Nadine, et Josie avait trouvé le canapé dans la rue voisine, dans une benne où l'on jetait les objets encombrants.

La moitié de leurs meubles venaient de la rue, la moitié que n'avait pas fournie Matthew, ou qui n'appartenait pas à Josie. L'autre moitié des anciens meubles de Matthew était empilée dans le garage inutilisé d'un ami, à l'autre bout de Sedgebury. C'était la part de Nadine, mais elle avait refusé de l'emporter dans le Herefordshire, montrant la même véhémence que pour refuser d'utiliser sa part de la vente de leur ancienne maison afin de s'acheter un appartement à Sedgebury. Matthew savait qu'elle avait acheté une voiture, mais il ne savait pas ce qu'elle avait fait d'autre avec l'argent. Cela ne faisait pas une très grosse somme, hélas, après le remboursement de leur emprunt, mais assez pour que Nadine la gaspille ou, tout simplement, la perde. Elle perdait l'argent comme d'autres perdent leurs chaussettes. Ça le rendait fou.

Il regarda Rufus. Il faisait assez sombre, mais il distinguait encore son visage qui regardait ses pieds toujours en mouvement. Rufus était entré dans la vie de Matthew avec son propre argent, l'argent de Tom Carver, qui le nourrirait, le vêtirait, le transporterait et l'enverrait en excursion. Il était juste qu'il en soit ainsi, bien sûr, juste que Tom Carver subvienne aux besoins de son propre fils, mais il y avait dans le fait que l'argent de Tom Carver intervenait dans son foyer quelque chose que Matthew avait du mal à supporter. Matthew s'inquiétait pour l'argent. Sans l'aide de Josie, jamais il n'aurait pu verser l'apport personnel nécessaire à l'achat de cette maison. Mais cela ne l'empêchait pas de préférer l'indépendance et l'anxiété à la nécessité de reconnaître que l'argent d'un autre homme l'aidait à passer le cap. Josie avait dit que presque tout l'argent qu'elle avait placé dans leur maison était le sien propre, de l'argent qu'elle avait économisé sur son salaire d'enseignante à Bath ; mais en voyant certains de ses vêtements et certains des objets qu'elle possédait, Matthew se demandait parfois si elle n'avait pas seulement fait preuve de délicatesse. Une délicatesse un peu exagérée, peut-être, presque compatissante, comme si elle pensait que la vérité quant à son argent était une chose qu'elle ne pouvait espérer le voir accepter. Et il le ressentait, très vivement.

Josie admirait si franchement ce que Matthew faisait, en particulier ses talents d'enseignant, sa capacité à parler aux jeunes, à travailler avec eux, à les mettre sur la voie avec plus de confiance en eux ! « Tu fais le *bien,* lui avait-elle dit souvent. Tu fais le bien qui compte. » Mais quand on en venait aux questions d'argent, ou de l'attitude à avoir envers l'argent, elle semblait ne plus avoir confiance, et il l'avait remarqué.

Les voitures commençaient à déferler rue Barratt ; leurs phares balayaient la nuit de haut en bas tandis qu'elles franchissaient les ralentisseurs que la municipalité avait disposés. Certaines prenaient Rufus et Matthew dans leur brève lueur jaune et Matthew vit alors que Rufus frissonnait.

« Il faut que tu rentres...

— Pourquoi c'est pas maman qui est venue ? demanda Rufus sans le regarder.

— Pour te faire rentrer ? Parce que j'ai proposé de venir. Tu avais l'air un peu seul.

— J'aime ça.

— Oui, dit Matthew en se levant pour venir poser une main sur l'épaule de Rufus. Viens. »

Rufus bondit loin de lui sur le trottoir, puis il tourna dans l'allée menant au garage et partit vers la maison. Matthew entendit la porte s'ouvrir et claquer. Il se souvint alors de ce rêve qu'il avait entretenu pendant des mois, quand il avait l'âge de Rufus : il était un orphelin que tous plaignaient et admiraient dans un monde qui, définitivement, ne comportait ni son père ni sa mère ni sa petite sœur Karen. Il se souvenait, même trente-cinq ans plus tard, des merveilles de cette solitude et de ce courage imaginaires. Quand il leva les yeux, il vit, dans le salon éclairé, Josie se lever pour accueillir Rufus, qui entrait très lentement, image même d'un profond refus. Ma Josie, songea Matthew, qui était toujours troublé en la voyant, la mienne. Il vit qu'elle tentait d'enlacer Rufus et que Rufus l'évitait gracieusement pour s'asseoir sur le canapé près de sa grand-mère. Matthew se détourna et gagna le garage. La mienne — et aussi celle d'un autre, bien avant moi.

Claire s'arrêta au seuil de la chambre.

« C'est là que je dors ?

— Oui », dit Josie en souriant.

Il lui avait fallu plusieurs jours pour préparer la chambre des filles. Elle était même allée extraire, dans le garage, les couettes et le linge de nuit des enfants de Matthew. Elle les avait lavés, et elle avait fait les lits avec ; elle avait acheté des lampes de chevet et mis un tableau en liège et un tapis grec blanc en laine qui couvrait le sol de la nursery de Rufus, à Bath. Le résultat était très joli. Matthew, qui avait peint les murs et accroché les rideaux bleu nuit semé d'étoiles que Josie avait trouvés dans une boutique d'association charitable, avait affirmé que les filles seraient ravies. Jamais, assura-t-il, elles n'avaient eu une chambre aussi jolie. Il avait pris Josie dans ses bras et l'avait embrassée ; il lui avait dit qu'elle était généreuse.

« C'est notre premier Noël tous ensemble, et tu y mets tant de cœur !

— Ça me fait plaisir », dit-elle.

C'était vrai. Elle aimait ça. Elle aimait le sentiment de faire quelque chose pour stabiliser la vie des enfants de Matthew qui, c'était clair, avaient toujours vécu d'une manière très incertaine et irrégulière. Josie n'avait rencontré Nadine qu'une fois, brièvement, et bien que cette rencontre eût été déconcertante, elle avait gardé l'espoir — un espoir bien réel — qu'elle n'aurait pas de mal à prendre le relais de Nadine.

« Ils ont peur d'elle », avait dit Josie à Matthew.

Il avait semblé dubitatif.

« Si, c'est le cas, avait-elle insisté. Ils ont peur de ses humeurs.

— Je crois qu'ils l'aiment », avait dit Matthew d'un air malheureux.

Même dans ce cas, s'était dit Josie en brossant la frange du tapis grec, cela ne les empêcherait pas de voir combien il était bon et rassurant d'avoir des repas à des heures régulières et une maison propre et gaie, sans disputes. Car il n'y aurait pas de disputes. Les disputes, avait raconté Matthew, avaient ponctué sa vie avec Nadine de leur implacable régularité, cassant autant la vaisselle que les enfants. Josie en avait été choquée. Tom et elle s'étaient bien disputés, surtout à cause de Robin, mais jamais ni l'un ni l'autre n'avait rien cassé. Cela ne leur serait pas venu à l'idée et, si on la laissait faire, cela ne viendrait plus à l'idée des enfants de Matthew comme moyen de communication. Elle serait très patiente avec eux, se dit-elle, *très,* et elle n'attendrait rien d'eux en retour pendant des mois. Elle pensait qu'ayant la charge de la maison et de la famille, elle devait montrer à ses membres une patience infinie en échange de ce pouvoir, un pouvoir qu'elle n'avait jamais vraiment eu dans la maison de Bath, parce qu'elle y était entrée alors qu'elle était déjà complète, avec la famille Carver et toutes ses habitudes, ses traditions, y compris — et cela avait été le plus horrible — le fantôme de l'épouse morte de Tom, Pauline. Pauline, canonisée pour être morte si jeune et si injustement, occupait la maison avec une force subtile que Josie aurait respectée si elle ne s'était pas aussi sentie menacée par elle. Il avait fallu des années avant que Robin autorise Josie à entrer dans sa chambre, sans même parler de l'aider à choisir son décor ou ses draps, et quand enfin elle l'avait fait, Josie avait eu un choc en découvrant le nombre de photos de Pauline dans la pièce. Nadine, en comparaison de Pauline, était une adversaire beaucoup plus facile : mauvaise mère, mauvaise maîtresse de maison, femme oisive qui n'avait jamais fait entrer un centime dans la maison — et bien vivante.

Claire laissa tomber trois ou quatre sacs en plastique près d'un lit. Ils se renversèrent et divers vêtements dans un état décourageant s'en échappèrent.

« Elle te plaît ? » demanda Josie.

Claire ne dit rien.

« Ce sont vos housses de couettes et vos taies d'oreillers... »

Claire accorda aux lits un coup d'œil indifférent.

« Vraiment ?

— Oui. Tu n'es pas contente de les revoir ?

— Je ne m'en souviens pas, dit Claire en commençant à jouer avec le bouton du bas de son cardigan.

— J'espère, insista Josie, que je les ai bien mises sur les bons lits. J'ai mis les tiennes ici, et celles de Becky sur le lit près de la fenêtre.

— Becky ne voudra pas dormir près d'une fenêtre. Elle ne se sert des fenêtres que pour jeter ses mégots.

— Désolée, dit Josie avec un sourire, mais je ne veux pas qu'elle fume ici. »

Claire soupira. Elle se traîna à travers la pièce, rebroussant le tapis grec au passage, et regarda le tableau de liège.

« C'est pour quoi ?

— Pour des photos. Vos photos, vos cartes postales, ou bien les dessins que tu fais en classe.

— Cette année, on fait de la poterie.

— Alors, je suis sûre que tu as des photos de groupes de chanteurs, de mannequins...

— *De mannequins ?*

— Ce n'était qu'une suggestion, dit Josie en se baissant pour remettre le tapis à plat.

— Becky aime Oasis, dit Claire. Mais l'affiche est trop grande pour tenir là-dessus.

— Claire, dit Josie, je vais te laisser t'installer et mettre tes affaires dans le placard. Tu sais où est la salle de bains. »

Claire lui jeta un coup d'œil.

« Pas question que j'utilise les toilettes, avait déclaré Becky le matin même à la gare de Hereford. Je refuse de m'asseoir où *elle* s'est assise.

— Alors, qu'est-ce que tu vas faire ? avait demandé Rory.

— J'irai chier dans le jardin », avait répondu Becky en exhalant un nuage de fumée.

Rory et Claire n'avaient pas bronché. Becky avait depuis longtemps perdu le pouvoir de les choquer. Mais Nadine, qui attendait avec eux l'arrivée du train, avait éclaté de rire. Claire aurait préféré qu'elle ne rie pas, qu'elle ne rende pas toujours plus difficiles les choses, déjà très difficiles de toute façon. Comme de se trouver dans cette chambre avec quelqu'un dont elle ne voulait pas dans sa vie et qui, c'était clair, attendait quelque chose d'elle, comme un signe que la chambre était jolie, qu'elle avait été gentille de la préparer. Claire tourna la tête et regarda par la fenêtre. Si elle posait du papier hygiénique sur le siège, peut-être pourrait-elle s'asseoir où Josie s'était assise. Tant que Becky ne la voyait pas faire.

« Nous n'avons pas décoré l'arbre, dit Josie. N'est-ce pas Rufus ? Nous avons attendu que vous veniez pour nous aider. »

Sa voix sonnait faux à ses propres oreilles, claire et bête comme une parodie d'institutrice de maternelle dans une classe de gamins pleurnichards de trois ans.

« Est-ce que vous avez décoré un arbre pour votre mère, dans le Herefordshire ? demanda-t-elle à Rory.

— Non », répondit-il.

Il portait, comme les deux autres, les mêmes vêtements que ceux qu'ils avaient au mariage. Il était planté près des boîtes de décorations de Noël et des sacs de guirlandes argentées, en train de grignoter une peau à l'un de ses pouces. Il avait un bouton sur le côté du nez et sentait le sale, comme si ni lui ni ses vêtements n'avaient été lavés depuis des semaines.

« Allez », dit Josie à Rufus.

Rufus se pencha et prit la boîte de guirlandes lumineuses.

« C'est des neuves...

— Je sais. »

Il la regarda. Il lui adressa un long regard fixe de reproche pour avoir acheté une guirlande lumineuse si différente de l'incroyablement long chapelet de petites lampes blanches acheté par Tom, et qui chaque année ornait l'arbre, à Bath.

« Je n'ai pas pu en avoir des blanches », s'excusa Josie.

Elle aurait dû dire, pour être franche, que ces lumières colorées, achetées à un marchand sikh au marché de Sedgebury, étaient les moins chères qu'elle avait pu trouver, mais elle n'était pas encore prête, décida-t-elle, à admettre devant Rufus les restrictions financières qu'elle devait s'imposer.

« Celles-là sont ordinaires », dit Rufus avec dédain.

Rory cessa un instant de se manger les peaux et le regarda.

« Elles devraient être blanches. »

Josie leva les bras et se passa les mains dans les cheveux pour empêcher le bandeau qui les retenait de tomber sur son visage.

« C'est tout ce qu'on a.

— Où est la télé ? demanda Rory.

— Là », dit Josie en la montrant du doigt.

Rory commença à s'en approcher.

« Après avoir décoré l'arbre, dit Josie. Allons, c'est amusant, de décorer l'arbre ! »

Cela avait été vrai, une fois, avec Tom aux commandes, quand le petit Rufus accrochait maladroitement des objets sur les branches les plus basses, et que même Robin, à la fin, s'était jointe à eux. Cela avait été un des rares moments où Josie avait senti qu'elle avait eu raison d'épouser Tom, qu'ils avaient une bonne vie ensemble, que cela n'avait pas d'importance qu'elle ne puisse l'aimer comme elle avait toujours espéré aimer son mari, d'un amour excitant et triomphant qu'elle avait tenté de faire surgir lorsque, la tête droite, elle remontait la travée centrale de l'église, enceinte de presque cinq mois, dans une robe de soie ivoire dont la jupe partait très haut sous la poitrine, comme une robe médiévale, pour dissimuler son ventre. Maintenant, bien sûr, ce genre d'amour était facile. Il lui suffisait de voir Matthew, ou même simplement de penser à lui, pour sentir en elle un sursaut, comme une flamme ou un jet d'eau. Elle s'était demandé, au début, si cet enthousiasme était juste sexuel, mais il demeurait, presque dix-huit mois après leur première rencontre à une conférence à Cheltenham. Il était là, et plus fort encore. Elle aimait Matthew, elle l'*aimait.* Il la rendait heureuse et fière et contente, et dans le bon sens du terme, provocante. Et voilà que le fils de Matthew, dans son salon, se montrait totalement obtus vis-à-vis d'une tâche qui, au fil des longues années de déception affective, avait toujours réussi à susciter en Josie de la joie.

« D'accord, dit-elle aux garçons. Je vous mets au défi de prendre ces lampes ordinaires et tous ces bidules, qui à l'évidence ne vous inspirent que du mépris, et d'en faire quelque chose. Je vais préparer le déjeuner. Que diriez-vous de spaghetti bolognaise ? »

Ni l'un ni l'autre des garçons ne montra qu'il l'avait même entendue.

« J'en ai pour vingt minutes, dit Josie. Et quand je reviendrai ici, j'espère être éblouie, d'accord ? »

Elle les regarda. Rufus, avec un soupir, retira le couvercle de la boîte de lampes et Rory, son pouce toujours contre ses dents, plongea sa main libre dans le sac le plus proche et en tira une guirlande. Josie sortit du salon et ferma la porte. Rufus regarda Rory. Rory ne le regarda pas. Il laissa tomber la guirlande et s'approcha de la télévision.

« Où est la télécommande ? » demanda-t-il.

Becky avait fumé. Quand enfin elle daigna venir dans la cuisine pour déjeuner, elle baignait dans une odeur de cigarette. Elle portait sa veste en jean et une longue jupe noire déchirée. On voyait à peine ses mains dans les épaisses mitaines de laine noire, fuchsia et vert émeraude. Elle apportait quelque chose dans un vieux sac en plastique blanc, et quand elle s'assit, elle le laissa tomber sur le set de table en paille devant elle.

Josie, près de la cuisinière pour prendre les pâtes cuites et les égoutter, décida d'attendre et de ne rien dire. Ce n'était pas facile. Rien ce matin-là n'avait été facile et larmes et colère montaient dans sa poitrine et sa gorge, lui rappelant les premiers jours de son mariage avec Tom, quand une Robin de seize ans, d'un ton autoritaire, parlait sans arrêt à son père de sa mère morte. Les problèmes de la matinée avaient été d'un genre différent, mais aussi bouleversants en intensité. Aucun des enfants de Matthew n'avait fait la moindre tentative pour s'installer, ni pour montrer le moindre intérêt pour la maison ou les possibilités qu'elle pouvait leur offrir, même quand elle leur avait rappelé qu'ils allaient revoir leurs vieux camarades de classe de Sedgebury. Becky avait même laissé ses sacs dehors, près de la porte du jardin, et avait refusé d'aller voir sa chambre. Puis elle avait disparu. Quand Josie était montée pour vérifier si Claire allait bien, elle avait trouvé la chambre telle qu'elle l'avait laissée et le carrelage de la salle de bains mystérieusement jonché de morceaux de papier hygiénique propre mais froissé. Rien n'indiquait que le savon ou une serviette aient été touchés. Dans la chambre de Rufus, que Rory devait partager avec lui, le sac à dos de Rory, noir et blanc, couvert de stickers mal collés au nom des joueurs de foot du Newcastle United, se trouvait dans le passage de la porte, comme prêt pour une fuite imminente.

C'est à cet instant que Josie avait cru entendre la télévision. Elle était descendue et avait ouvert la porte du salon. Par terre, vautrés sur les coussins retirés au canapé et aux fauteuils, Rory et Claire. Rory tenait la télécommande et zappait à toute vitesse. Claire suçait son pouce. Rufus, l'air misérable, enroulait des guirlandes et accrochait des boules multicolores à l'arbre, toutes du même côté, aussi loin que possible des autres enfants. Il avait jeté un coup d'œil à Josie quand elle était entrée. Rory et Claire n'avaient pas bougé.

Josie avait pris une profonde inspiration, puis d'une voix aussi aimable que possible, elle avait demandé :

« Éteignez ça, s'il vous plaît. »

Rory avait fait comme s'il ne l'avait pas entendue. Claire avait retiré son pouce de sa bouche et l'avait caché dans sa jupe. Josie s'était avancée et avait pris la télécommande de la main de Rory.

« Nom de...

— Qu'as-tu dit ?

— ... Dieu », avait dit Rory d'une voix épuisée.

Il s'était éloigné d'elle en roulant sur les coussins.

Josie avait éteint la télévision, glissé la télécommande dans la poche arrière de son jean et dit à Claire :

« Pourquoi est-ce que tu n'aiderais pas Rufus ?

— Il a fini, avait dit Claire après un coup d'œil à l'arbre.

— Non, il n'a pas fini. Il n'a fait qu'un côté. »

Claire s'était levée très lentement. Rufus était allé se cacher derrière l'arbre. Claire avait pris une boule rouge et l'avait accrochée sur la seule partie de l'arbre déjà densément décorée.

« Voilà !

— Non, ça ne va pas. Les trois quarts de l'arbre sont encore vides.

— Qui va le regarder, de toute façon ? avait grogné Rory, la voix étouffée par les coussins dans lesquels il pressait son visage.

— Nous, dit Josie. Vous quatre, les enfants, votre père et moi. C'est un arbre de Noël pour... pour la famille. »

À l'instant où le mot était sorti de sa bouche, elle avait regretté de l'avoir prononcé. Les enfants s'étaient soudain figés, et le silence avait envahi la pièce, palpable comme une offense glacée. Elle s'était mordu la lèvre. Devait-elle s'excuser ? Devait-elle dire : « Aïe ! Désolée, je me suis trompée, je n'aurais pas dû dire ce mot aussi tôt » ? Elle les avait regardés. Elle avait songé aux chambres à l'étage, aux pâtes et à la salade presque prêtes dans la cuisine, à la table mise, à la bougie rouge qui l'ornait, parce qu'on était la semaine précédant Noël. Puis quelque chose était monté en elle et s'était frayé un chemin, bousculant sa première envie de s'excuser, de reconnaître son erreur en se montrant d'une patience angélique, surhumaine.

« C'est un *mot,* avait dit Josie aux enfants silencieux. Famille est un mot. De même que belle-famille. Belle-famille est un mot dans le dictionnaire, que cela vous plaise ou non. Et ce n'est pas seulement un mot, c'est un fait, et c'est un fait que nous représentons tous maintenant, que cela vous plaise ou non. Lève-toi ! » avait-elle dit à Rory.

Il n'avait pas bougé.

« Lève-toi et remets ces coussins en place ! »

Avec une lenteur infinie, il s'était levé et avait jeté les coussins du canapé sur les fauteuils, et vice versa.

« Comme il faut ! avait dit Josie qui, du coin de l'œil, pouvait voir Rufus l'implorer en silence de ne pas contrarier Rory. Allez ! »

Rory avait soupiré.

« Tu m'as entendue ! »

Claire avait laissé l'arbre et s'était mise à disposer correctement les coussins. Elle gardait la tête baissée pour que Josie ne puisse voir son visage. Rory la regardait, les mains dans les poches.

« Si votre père était là, est-ce ainsi que vous vous comporteriez ? Ou bien cela m'est-il réservé ? »

Claire avait posé le dernier coussin du canapé à l'envers, la fermeture à glissière sur le dessus.

« Où est papa ? avait-elle demandé d'une voix hésitante, comme si elle était sur le point de fondre en larmes.

— Au collège. Il devait faire tous les bulletins de fin de trimestre.

— Je veux qu'il rentre », avait dit Claire, les yeux brillants.

Moi aussi, s'était dit Josie. Oh, Seigneur, combien je le voudrais ! Moi aussi. Elle avait tendu la main vers Claire qui l'avait évitée et était allée se cacher derrière son frère.

« Il va bientôt rentrer. Il sera là après le déjeuner, avait-elle dit en refoulant une envie de crier, la voix raidie par le contrôle qu'elle lui imposait. Si nous allions manger ?

— J'en veux pas, disait maintenant Becky.

— Est-ce que tu ne voudrais pas enlever tes mitaines ? demanda Josie.

— J'ai froid, dit Becky en posant les mains sur la table.

— Mais on ne peut pas manger avec des mitaines...

— Je ne mangerai pas *ça* », dit Becky en regardant, par-delà Josie, les casseroles fumantes.

Rufus était blême de tension. Rory et Claire avaient l'air tout à fait habitués à entendre Becky se conduire ainsi.

« Tout le monde aime les pâtes, dit Josie, et tout le monde aime les spaghetti bolognaise.

— Pas moi, dit Becky en posant brièvement sur elle ses yeux bleu pâle.

— As-tu pris un bon petit déjeuner ? demanda Josie en dissimulant un soupir.

— Non.

— Tu n'as rien mangé de la journée ? Écoute, tu as quitté Hereford à un peu plus de 8 heures et il est 13 h 30. Si tu n'as rien mangé depuis hier, tu dois mourir de faim, dit-elle en garnissant de pâtes en sauce une assiette qu'elle posa devant Rufus. Est-ce que cela n'a pas l'air bon ? »

Becky se mit à essayer de défaire le nœud qui fermait son sac en plastique.

« Où sont les assiettes ? demanda-t-elle à Claire.

— J'en sais rien..., répondit Claire, qui se tourna vers Rufus : Où sont les assiettes ? »

Rufus se tourna vers sa mère. Josie lui tendit une assiette de la pile devant elle.

« Prendras-tu de la salade ? demanda-t-elle à Becky.

— Non. »

Rufus passa l'assiette à Claire et Claire, sans le regarder, la donna à sa sœur. Becky la posa sur son set de table, et posa dedans le sac en plastique. Puis elle essaya à nouveau de défaire le nœud. Josie servit deux assiettes de pâtes qu'elle posa devant Claire et Rory. Ni l'un ni l'autre ne la remercia même d'un simple mouvement de la tête. Ils regardaient Becky. Rufus aussi. Ils se concentraient tous sur ce qui allait finalement apparaître quand Becky aurait défait le nœud.

« Arrêtez de me regarder ! » ordonna Becky.

Josie se servit une petite portion de spaghetti et fit le tour de la table pour aller s'asseoir, délibérément, entre Becky et Rory.

« Pouvez-vous me passer le poivre, s'il vous plaît ? »

Personne ne sembla l'entendre. Tous les yeux étaient rivés sur les mains de Becky qui, dans leurs mitaines, venaient à bout du nœud. Puis, lentement, elle rabattit les côtés du sac et en renversa, très soigneusement, le contenu sur son assiette : une masse de riz grisâtre parsemé de morceaux d'un rouge orangé et de bouts d'une substance noire apparemment molle.

« Qu'est-ce que c'est ? demanda Josie.

— Risotto, dit Becky d'une voix fière. C'est maman qui l'a fait. »

Elle regarda Rory et Claire, les défiant de faire un commentaire, les défiant de raconter que, quand Nadine avait fait cuire le risotto la veille, ils avaient tous refusé d'en manger et qu'il y avait eu une dispute à ce propos, et encore des cris, plus tard, quand Nadine avait trouvé Claire et Rory sous le toit avec un sac en plastique plein de pain en tranches qu'ils dévoraient presque sans le mâcher.

« Je croyais que tu n'avais pas faim, dit Josie en regardant la masse répugnante dans l'assiette de Becky.

— J'ai dit que je n'aimais pas les spaghetti.

— Je vois. Alors pendant que nous mangerons ce repas bien chaud, tu vas manger du vieux risotto froid ?

— Oui, et j'en ai d'autre ! dit-elle d'une voix légère et presque agréable en regardant Rufus, de l'autre côté de la table. J'en ai assez pour tenir jusqu'à mon retour chez moi. Je n'aurai besoin de rien de ce qu'on préparera ici. »

6

Shane, le barman, dit que nettoyer l'appartement de Duncan Brown, c'était comme entrer dans le boudoir d'une dame après avoir dû supporter les types au Fox and Grapes.

« J'aimerais bien que ma fille Elizabeth vous entende ! lui dit Duncan.

— Les femmes ont des problèmes avec les normes, répondit Shane avec un clin d'œil. Jamais elles ne comprennent ce que sont les vraies priorités. À mon avis, la poussière n'est pas une priorité. Je vous ferai une cuisine et une salle de bains assez propres pour y mettre un nouveau-né, mais je ne m'embêterai pas avec la poussière. Personne n'est jamais mort d'un peu de poussière. »

Duncan regarda le tapis. Même lui pouvait voir que les motifs afghans, agréablement asymétriques, étaient en grande partie dissimulés sous les miettes, les moutons et des bouts de fil. D'où pouvaient bien venir les bouts de fil ? se demanda-t-il. Jamais, de toute sa vie, il n'avait tenu une aiguille.

« Elle a parlé de passer un coup d'aspirateur... »

Shane regarda lui aussi le tapis.

« Vraiment ?

— J'oublie toujours de prendre une assiette, quand je mange des biscuits...

— Je vais vous dire. Comme nous ne voulons

perdre ni mon temps ni votre argent, j'aspirerai cet endroit, jusque-là, j'y vaporiserai un peu de ce truc remarquable qui fixe la poussière, et voilà !

— Elle craignait que des souris...

— C'est mignon les souris ! Pour moi, une maison n'en est pas une sans une ou deux souris. »

Cette conversation commençait à fatiguer Duncan. Les tâches domestiques ne lui avaient jamais semblé un sujet sur lequel il y avait beaucoup à dire, puisque par nature elles exigeaient de l'action, pas des mots. Cela ne l'ennuyait pas de bavarder, mais il aurait préféré qu'ils abordent des sujets plus familiers à Shane, comme les courses de chevaux, ou l'effet de l'alcool sur le corps humain, des sujets qui auraient davantage intéressé Duncan.

« Écoutez, dit-il, faites ce que vous pouvez. Elle va venir quelques jours pour Noël, et je ne veux pas qu'elle m'ennuie avec le ménage.

— Je vais faire les vitres. Rien de tel qu'une fenêtre propre pour oublier la poussière. »

Duncan le regarda. C'était un drôle de petit homme proche de la quarantaine, avec les yeux et la peau de quelqu'un qui vit dans une atmosphère confinée lourde de relents de bière et de tabac.

« Qu'avez-vous contre l'élimination de la poussière ? » lui demanda-t-il.

Shane sourit et prit la bouteille de détergent qu'il avait apportée.

« C'est pas tant la poussière que le plumeau, dit-il. C'est un travail de femme. »

« Papa, déclara Robin, il nous faut un arbre. »

Tom Carver retira ses lunettes de lecture.

« Je préférerais pas.

— Pourquoi ?

— Nous n'avons pas besoin d'un arbre. Pour quatre adultes le jour de Noël, c'est inutile.

— Mais non ! Adultes ou pas, nous restons une famille. Du moins nous trois.

— Amy sera bientôt de la famille aussi. Robin...

— Oui ?

— Il est possible que tu n'aimes pas que je le dise, mais je ne veux pas d'arbre à cause de Rufus.

— Mais Rufus ne sera pas là.

— Justement. L'an dernier, il était là. Rufus et moi étions allés choisir un arbre près de Freshford, nous l'avions rapporté et placé ici, près de la porte du jardin, et nous l'avions décoré ensemble. C'était il y a un an seulement. »

Robin arrêta de s'acharner sur le mixeur. Elle faisait toute une histoire à propos de la soupe qu'elle voulait mixer pour son père, comme si elle était une infirmière préparant un médicament. Elle vint s'asseoir en face de Tom.

« Papa.

— Oui.

— Puis-je souligner que tu nous as toujours, Lucas et moi, tes premiers enfants ?

— Je le sais. Et rien ni personne ne vous remplacera jamais. Mais Rufus est aussi mon enfant, et depuis qu'il est né jamais je n'ai passé de Noël sans lui, alors...

— Quoi ?

— Je ne m'en fais pas un plaisir.

— Merci mille fois ! »

Tom tendit la main vers elle, mais elle s'écarta assez loin pour qu'il ne puisse la toucher.

« Il a huit ans, dit Tom, c'est encore un petit garçon. Les petits garçons — et les petites filles, d'ailleurs — donnent à Noël une autre dimension. Tu le sais bien. Autre chose encore : il est trop tôt pour que je ressente Noël comme je le ressentais...

— Quand ?
— Quand Rufus était là.
— Eh bien, dit Robin qui entendit sa voix se durcir sans qu'elle le veuille vraiment, il est peut-être trop tôt pour jouer à Noël à nouveau, mais il ne semble pas qu'il soit trop tôt pour jouer à la petite amie. »
Tom leva les mains vers son visage et se frotta les yeux.
« Je suppose que tu veux parler d'Elizabeth Brown.
— Oui.
— Une amie, pas une petite amie. »
Robin ne dit rien. Elle se leva et rechargea le mixeur de poireaux et de carottes.
« Comment es-tu au courant ?
— J'ai vu tous les plans pour sa maison dans ton atelier. Je t'ai entendu au téléphone, et tu étais absent trois soirs cette semaine quand j'ai appelé. Tu es toujours là, toujours, avec Basile, en train d'écouter un opéra ou de somnoler devant la télévision.
— Robin, est-ce que j'ai jamais remis en question ton droit à avoir une relation amoureuse avec Neil ? »
Robin lança sèchement le mixeur. Par-dessus le ronflement de son moteur elle cria :
« Non. En fait, je me suis parfois demandé si tu ne t'en moquais pas complètement.
— Je ne m'en moquais pas du tout, répondit Tom d'une voix forte et égale. Arrête ce truc ! »
Elle obéit.
« J'ai pris deux repas avec Elizabeth Brown, dit Tom. Et elle est venue de Londres trois soirs de la semaine, une fois pour un concert, une autre pour un film et une troisième pour le vernissage de l'exposition, très banale d'ailleurs, d'un ami peintre de son père. »
Robin secoua un peu le mixeur et l'épais liquide vert remonta sur les bords.
« Mais tu n'as jamais fait ça, avant.

— Non, parce que j'étais marié. J'allais au concert et au cinéma avec Josie, et tu n'aimais pas ça non plus.

— Avec Josie, ça allait.

— Tu dis ça maintenant parce qu'elle est partie et qu'elle ne m'approche plus. Mais j'ai besoin d'avoir une vie, Robin, j'ai besoin de faire autre chose que seulement travailler et nourrir le vieux Basile. Je suis un être humain, outre que je suis ton père.

— Mais tu es d'abord mon père, dit-elle avec un sourire et en le regardant droit dans les yeux.

— Bien sûr, dit-il en lui rendant son sourire. Et pour toujours. »

Elle fit le tour de la table et s'appuya contre lui. Il lui enlaça la taille.

« Tu te souviens de cette chanson que tu avais faite pour moi ? Celle de Noël ? Juste après la mort de maman ?

— Rappelle-la-moi...

— Ça disait : "Les cadeaux, c'est pour Noël, mais les pères, c'est pour toujours, Comme les étoiles sont éternelles et les gâteaux pour un seul jour." Tu t'en souviens ?

— Oui. Tu me la faisais chanter jusqu'à ce que je meure d'ennui. »

Robin se pencha et posa sa joue contre celle de son père. Tom trouva sa joue douce, fraîche et un peu élastique, comme était celle de Pauline.

« Papa ?

— Oui ?

— On peut avoir un arbre de Noël, hein ? »

« Je suis vraiment désolé, avait dit Tom à Elizabeth, mais je ne pourrai pas vous voir la semaine de Noël.

— Ce n'est pas grave », dit-elle.

Et elle était sincère. Elle ne le connaissait que depuis un ou deux mois, et cela ne faisait que quelques semaines qu'elle avait senti qu'il y avait entre eux un tout petit peu plus que de l'amitié. Ils avaient fait une demi-douzaine de sorties très agréables ensemble, et les deux dernières fois, en la raccompagnant à la gare pour qu'elle prenne le train de Londres, il l'avait embrassée sur la joue et lui avait fait promettre de prendre un taxi. Mais rien de plus. Il ne lui avait pas offert de fleurs, il ne lui avait pas tenu la main au cinéma, il ne lui avait pas laissé de messages appuyés sur son répondeur. Il semblait seulement très content de la voir chaque fois qu'ils se retrouvaient, et jamais ils ne se disaient au revoir sans prévoir une autre rencontre. Elizabeth aurait même été surprise s'il lui avait soudain dit qu'il voulait passer Noël en sa compagnie, voire un peu déconcertée. Il avait des enfants, et il savait qu'elle avait son père. Noël était une fête de famille, et elle aurait trouvé trop lourde de sens une invitation de Tom Carver.

« Serez-vous là pour le Nouvel An ? demanda-t-il.

— Oui, probablement. Il m'arrive d'aller chez des amis en Écosse, mais pas cette année.

— Que faites-vous, vous et votre père, à Noël ?

— Oh, nous allons à la messe, souvent à la messe de minuit à l'abbaye, nous nous promenons, je lui prépare autre chose que de la soupe en boîte, et nous buvons un peu trop avant d'aller nous coucher.

— Très traditionnel.

— Très. Et vous ? »

Tom marqua une pause, puis il dit :

« J'ai bien peur que nous ne revivions les Noëls que nous avons toujours connus. Cadeaux, arbre, tout. Robin veut que nous continuions la tradition des chaussettes dans la cheminée. Tout cela était très logique quand Rufus était là, mais sans lui ça me paraît un peu idiot, comme si nous insistions pour croire que rien n'a changé.

— Mais Robin reste votre enfant...

— De vingt-cinq ans. »

En repensant à cette conversation, Elizabeth eut vaguement l'impression que Tom recherchait sa sympathie. Il avait laissé entendre, avec une délicatesse infinie, que Robin lui en demandait trop, qu'elle exerçait trop de pouvoir sur lui, qu'elle savait trop ce qu'elle voulait et le lui imposait. Elizabeth avait vu des photos de Robin chez Tom, et des photos de son frère aîné, Lucas. Ils étaient très beaux. Pas jolis, ni élégants, juste beaux, avec des traits forts, des dents bien rangées, des cheveux brillants, des exemples de ce qu'on peut faire de plus admirable de ses enfants, tout en restant dans le possible. Tom avait parlé à Elizabeth de la réaction violente de Robin à la mort de sa mère. Elizabeth avait écouté poliment. Quand sa mère était morte, elle avait ressenti une peine de circonstance conforme à la petite affection et aux énormes exigences de tolérance réciproque qui avaient existé entre elles, mais certainement pas de douleur profonde. Quand son père mourrait, elle savait que ce serait différent ; elle ferait l'expérience intense de la perte d'un allié extraordinaire et, pour la première fois de sa vie, de n'avoir plus personne entre elle et les étoiles. Elle avait regardé intensément les photos de Robin Carver et s'était interrogée sur ce besoin féroce, derrière l'aspect extérieur posé, d'exercer une sorte de contrôle en insistant sur les chaussettes le matin de Noël. Elle se demanda également si, derrière le « Très traditionnel » de Tom à propos des fêtes qu'elle allait passer avec Duncan, ne se cachait pas un peu d'envie. Aucun décorum n'entourait le Noël des Brown, c'était certain, mais une sorte de liberté adulte et un manque de prétention — et de comédie. Se dire qu'un homme comme Tom Carver pouvait considérer avec envie une chose qu'elle, Elizabeth, possédait ou faisait, lui donna le frisson, et elle fut surprise de découvrir que c'était un frisson de pouvoir. Toute joyeuse, elle décida de s'arrêter en rentrant de son dernier jour de travail avant Noël à la grande épicerie de chez Harrod's et d'acheter un faisan, un pot de Stilton et une boîte d'abricots secs pour fêter Noël avec son père à Bath.

« Je n'y peux rien », dit Lucas.

Il s'habillait. Amy, en tee-shirt orné d'un ourson, était assise dans le lit et le regardait.

« Tu n'étais pas obligé de dire oui.

— Si ! J'étais obligé. Il y a tant de gens au lit avec la grippe, et la gamine de Mike toujours à l'hôpital. Il n'y a personne d'autre.

— Et Chris ?

— Il a fait Noël l'an dernier.

— Et Mandy », cracha presque Amy.

Mandy aimait bien Lucas et lui laissait des messages sur des Post-it qu'elle collait sur son bureau et qui parfois, par inadvertance, se retrouvaient dans la mallette de Lucas — où Amy les découvrait.

« Elle doit retourner à Sheffield. Sa mère est malade.

— La pauvre ! minauda Amy.

— C'est moi, le pauvre, rectifia Lucas en laçant ses chaussures.

— *Toi ?*

— Oui, dit-il en venant s'asseoir près d'Amy. Je ne *veux pas* travailler le jour de Noël. Je ne *veux pas* passer Bing Crosby et les Spice Girls pendant quatre heures à des gens qui n'ont pas la force de sortir du lit. Je veux être chez papa avec toi, papa et Robin. »

Amy froissait la housse de couette entre ses doigts.

« Tu dis toujours oui. Chaque fois qu'on te demande de faire quelque chose, tu dis oui.

— Je dis oui si c'est important. Noël, c'est important. Si Joan Collins arrivait au studio un jour qui ne te convenait pas, est-ce que tu ne laisserais pas tout tomber pour la maquiller ?

— Elle a son propre maquilleur qu'elle emmène partout avec elle, dit Amy.

— Je serai là pour le thé. Cinq heures dernier délai.

— Je ne peux pas y aller sans toi.

— Que veux-tu dire ?

— Je ne peux pas aller chez ton père avant toi.

— Mais tu y es allée des dizaines de fois...

— Pas toute seule.

— Ne fais pas l'idiote. »

Amy se pencha hors de la couette et saisit le bras de Lucas.

« Pas du tout. C'est différent, maintenant. L'an dernier, il y avait encore Josie et Rufus, et Josie était une sorte d'étrangère, elle aussi, alors pour moi, ça allait. Mais cette année, il y aura seulement ton père et Robin.

— Mais tu aimes bien mon père.

— Oui, mais c'est ta famille, et Robin aussi. Je suis la seule à ne pas en faire partie.

— Je renonce », dit Lucas en lui retirant son bras pour se lever.

Amy se laissa retomber sur son oreiller et remonta la couette jusqu'à son menton.

« Je vais attendre ici. Le jour de Noël. Je vais attendre ici que tu aies terminé, et ensuite tu pourras venir me prendre pour aller chez ton père.

— Amy, tu es ma fiancée. On va se marier. Tu vas légalement entrer dans ma famille. Je te considère comme faisant déjà partie de ma famille, et mon père aussi.

— Essaie un peu de dire ça à Robin », dit Amy en fermant les yeux.

Le soir de Noël, Tom Carver dit qu'il aimerait aller à la messe de minuit à l'abbaye.

« Pourquoi ? demanda Robin.

— J'en ai envie.

— Mais tu ne vas jamais à l'église. Tu ne crois pas à tous ces trucs. Je parie que tu n'es pas retourné à l'église depuis que tu as épousé Josie, et même ce jour-là, tu n'y es allé que pour lui faire plaisir et parce qu'elle avait beaucoup insisté. »

Tom prit Basile sur la table de la cuisine, où il attendait que quelqu'un oublie de remettre le couvercle du beurrier, et l'emporta jusqu'à la fenêtre du jardin. Tom n'était pas sorti depuis des semaines dans son jardin, que l'hiver avait détrempé, rendu sombre, plat et maussade. Même la statue d'une jeune fille tenant une colombe qu'il aimait tant semblait en être lasse. Josie et lui l'avaient trouvée dans un dépôt d'ornements architecturaux juste avant leur mariage, et ils s'étaient jetés dessus avec soulagement, comme si elle pouvait symboliser pour eux deux l'espoir et l'harmonie. C'était le même genre d'espoir qui avait conduit Tom à l'église pour ce second mariage, l'idée qu'épouser Josie dans un tel lieu — quoi qu'il signifie ou non pour lui — allait ouvrir la possibilité d'une relation aussi profonde avec Josie que celle qu'il avait connue avec Pauline. Ou du moins, aussi profonde qu'il la croyait. Josie lui avait parlé de ce sentiment. Elle lui avait dit qu'il avait idéalisé son premier mariage au point qu'il était impossible pour toute femme réelle de même rêver remplacer la sainte disparue. Il pencha la tête et frotta lentement son menton sur le front large et accueillant de Basile. Il n'avait pas cru Pauline parfaite, mais il avait préféré être marié à elle qu'être marié à Josie. Rufus mis à part. Quelle qu'ait été la perfection perdue de Pauline, c'était Josie qui lui avait donné Rufus. Et c'était quelque chose, une chose imprécise et obscure, en rapport avec Rufus, qui lui avait fait trouver si impérative l'idée d'une heure dans l'abbaye de Bath à minuit. Il se retourna.

« Robin ?

— Oui.

— Tu as ton arbre de Noël ?

— Oui.

— Et ta chaussette de Noël ?

— Oui.

— Et une dinde alors que Lucas et moi avions envie d'essayer une oie ?

— Oui.

— Alors je vais aller à la messe de minuit. Tu n'es pas obligée de venir avec moi. Je peux très bien y aller seul. Mais j'irai. »

Robin vint le rejoindre, dans son jean noir et son polo gris près du corps, un bol mélangeur de cocktail de Noël au brandy à la main. Elle en tendit une cuillerée à son père.

« Goûte ça ! »

Tom y trempa les lèvres. Basile tendit le cou, ronronnant comme un moteur de grue.

« Excellent.

— Plus de sucre ?

— Non. Pas plus. Je crois que tu devrais cesser de jouer à la parfaite maîtresse de maison et aller voir une amie, te promener, faire autre chose. »

Robin le regarda, la tête un peu penchée sur une épaule.

« Je viendrai probablement à l'abbaye. Je ne veux pas en faire une histoire...

— Bien.

— Je me demandais seulement pourquoi tu éprouves soudain le besoin d'y aller. »

Tom haussa les épaules. Il se pencha et laissa Basile rouler lourdement de ses bras sur le carrelage. Il attendit, avec résignation et un certain degré de crainte, que Robin dise : « Je suppose que c'est parce que tu espères *la* voir à l'abbaye », mais elle n'en fit rien. Il entendit le claquement de ses talons retourner à l'autre bout de la cuisine et se redressa.

« Je descends au sous-sol.

— Tu veux déjeuner ? De la soupe ? Un croissant fourré ?

— Non, merci. C'est gentil, mais non.

— Pas de problème, dit-elle avec un sourire tandis qu'elle versait le brandy dans une petite coupe verte. C'est juste que, quand je suis ici, j'aime bien m'occuper de toi. Voilà. »

Elizabeth ne pouvait pas voir Tom dans l'abbaye remplie, naturellement, de centaines de gens, et il n'avait jamais laissé entendre qu'il serait là ; mais quelque chose dans la légère jalousie silencieuse qu'il avait laissée transparaître quand Elizabeth avait évoqué ses projets pour Noël avait fait pressentir à la jeune femme une petite possibilité de le voir ce soir. Elle s'était fait couper les cheveux plus court et portait un nouveau manteau avec un col et des poignets en fausse fourrure. Elle avait décidé ces deux changements spectaculaires sur un coup de tête, quelques jours avant Noël, se stupéfiant elle-même. Son père avait admiré les deux.

« Très seyant, avait-il dit de sa coiffure. Très. Tu as l'air beaucoup plus jeune et beaucoup moins responsable. Et un manteau rouge. Rouge ! Je croyais que tu ne voyais aucune couleur en dehors du bleu marine. »

Maintenant, il était près d'elle dans l'église, vêtu de ce gros manteau de tweed qu'elle l'avait toujours vu porter, un manteau dans lequel étaient encore accrochées de très anciennes mouches de pêche. Il regardait son recueil d'hymnes à travers ses lunettes de lecture qu'elle avait réparées l'après-midi même avec du fil de fer. Il était très fier de son appartement.

« J'espère que tu as remarqué le scintillement de diamant des fenêtres.

— Je l'ai remarqué.

— Et la pureté immaculée des lavabos.

— Éblouissante.

— Il veut quatre livres de l'heure. C'est presque une de plus que ce qu'il touche au Fox and Grapes.

— Tu dois te prendre pour une dame de charité.

— Jamais je n'ai employé quiconque pour ses mains auparavant. Je ne me suis intéressé qu'à l'intelligence.

— C'est que tu as vécu dans un monde très protégé.

— Je sais, dit-il d'une voix où elle crut déceler un peu de regret. Je sais. »

Elizabeth se sentait très bien, près de lui dans la nef. Elle remarqua qu'elle était curieusement bien avec tous ceux qui l'entouraient, dans cette église avec ses ornements du XVIIIe siècle à profusion, portant sa nouvelle coiffure et les poignets noirs brillants de son nouveau manteau, en cette veille de Noël, en Angleterre, bien avec la vie. Elle ressentit le besoin de chanter de tout son cœur, heureuse de faire partie de cette congrégation, en cette occasion intime et immense à la fois, Noël sur le point d'arriver. Elle se tourna vers Duncan et lui sourit. Il lui répondit par un clin d'œil, puis il se pencha jusqu'à ce que le bord de ses lunettes touche les cheveux de sa fille.

« Ces victoriens, quels vandales ! Même avec les chants de Noël.

— Si tu avais été un paysan d'alors, murmura-t-elle, qu'aurais-tu dit au bon roi Wenceslas ? »

Duncan lui décocha un nouveau clin d'œil et revint à son chant. À quelque distance de là, Tom Carver, Robin près de lui, se rendit compte que c'était bien Elizabeth Brown, là-bas, dans un manteau rouge, avec une coiffure beaucoup plus courte. Il regarda Robin. Elle tenait son recueil très haut, presque théâtralement, devant son visage, et chantait avec une concentration apparemment solennelle. Tom descendit ses lunettes de lecture sur son nez pour pouvoir regarder confortablement au loin par-dessus la monture et, tout en chantant, il fixa son regard sur Elizabeth.

« Salut ! » dit Elizabeth.

Rufus la regarda. Il tenait Basile dans ses bras et la possession de cet énorme coussin de fourrure semblait une excuse pour ne rien dire.

Elizabeth sourit.

« Je suis une amie de ton père. Il m'aide pour ma nouvelle maison. »

Rufus frotta son visage contre Basile. Cette amie de son père avait l'air gentille, normale et gentille, pas inquiétante. Elle portait le genre de jupe qu'il avait toujours vu sur ses institutrices à l'école de Bath, plissée, très convenable. Les institutrices de Sedgebury n'avaient pas de jupes plissées, et elles n'avaient pas non plus une voix agréable. Elles avaient surtout l'air fatigué, et quand il y avait trop de bruit dans la classe, c'est-à-dire souvent, elles envoyaient un enfant chercher une autre adulte pour les aider à rétablir l'ordre.

« Tu viens d'arriver ? » demanda Elizabeth en s'asseyant sur le bras d'un des fauteuils près de la télévision pour se retrouver plus ou moins à la hauteur de Rufus.

Il hocha la tête.

« Papa est venu me chercher. »

Il ferma un instant les yeux. Il avait été si soulagé de voir son père, la voiture de son père, dans l'allée où ils étaient convenus de se retrouver, qu'à sa grande honte il avait eu envie de pleurer. Mais il ne l'avait pas fait parce qu'il se sentait coupable envers Josie. Il savait que Josie avait une mine épouvantable, le visage émacié et d'autant plus pâle qu'il se détachait sur ses cheveux roux, et il savait que son père avait dû le remarquer ; de plus Josie l'avait serré très fort contre elle avant de le laisser aller. Se concentrant sur le transfert de son sac, de ses bottes en caoutchouc et du reste de ses affaires d'une voiture dans l'autre, sa mère et son père ne s'étaient pas dit grand-chose, et quand Rufus s'était retrouvé lui aussi dans la voiture, il avait mis un temps infini à fixer sa ceinture, la tête baissée, pour que sa mère ne voie pas son visage et n'y lise pas ses sentiments alors qu'il était enfin dans la voiture de son père, avec les mêmes tapis de caoutchouc par terre, les mêmes cartes routières, le même crayon et les bonbons à la menthe dans la boîte à gants.

Elizabeth tendit la main et caressa légèrement une des pattes de Basile qui pendait nonchalamment.

« Tu as passé un bon Noël ? »

Basile se faisait lourd. Rufus tenta de mieux répartir son poids dans ses bras. Il n'y arriva pas et dut le laisser descendre sur le canapé.

« J'en sais rien...

— Je vois ce que tu veux dire. Quand on attend quelque chose avec trop d'impatience, on n'arrive pas bien à y croire, quand ça arrive. Et alors on n'arrive pas à savoir si c'était aussi bien qu'on l'avait espéré. »

Rufus se mit à donner tout doucement des coups dans les pieds du canapé.

« C'était bizarre, dit-il d'une petite voix, quand ils sont partis. »

Elizabeth laissa quelques secondes passer. Elle se disait que Tom n'aurait pas dû la laisser seule avec Rufus, dans une intimité obligée, mais elle voulait essayer de lui parler.

« Qui est parti ? demanda-t-elle doucement.

— Les autres, dit Rufus en arrêtant le mouvement de sa jambe pour se retourner, poser ses mains sur le dossier du canapé et se mettre à sauter, ses cheveux auburn sautant avec lui. Leur mère a appelé. Alors ils sont partis.

— Oh, dit Elizabeth, tu veux parler des enfants de ton beau-père. »

Rufus hocha la tête. L'appel téléphonique était arrivé assez tard le soir de Noël, quand il était déjà couché et attendait, assez nerveux, qu'on envoie Rory le rejoindre. Il avait entendu sa mère crier : « Becky, c'est pour toi », de la voix qu'elle utilisait quand elle était en colère et tentait de le cacher, puis il y avait eu des murmures pendant un moment, avant qu'il entende qu'on raccrochait et que se déclenche le chahut. Becky avait crié, Josie avait crié, Claire avait pleuré, Matthew avait crié, Rory avait allumé la télévision si fort que les voisins avaient commencé à cogner contre le mur mitoyen et à leur crier de tous se taire. Au bout d'un moment, Rory était entré en trombe dans leur chambre et avait enfourné toutes ses affaires dans son sac à dos.

« Où est-ce que tu vas ? avait demandé Rufus en s'asseyant dans son lit.

— Je rentre chez maman...

— Mais c'est Noël...

— Qu'est-ce que ça fait ? avait répondu Rory sans laisser Rufus voir son visage. Qu'est-ce que ça peut bien foutre ? »

Rufus l'avait regardé. Il avait entendu Becky et Claire s'activer dans la chambre voisine. Claire pleurait toujours, et il avait entendu Becky dire « putain » plusieurs fois, très clairement. Puis il avait entendu qu'on sortait la voiture du garage et tous les enfants avaient dévalé l'escalier et claqué la porte de la maison, puis les portières de la voiture, qui était partie dans un rugissement de voiture de course. Puis le silence s'était abattu sur la maison. Le silence était pire que le bruit qu'il y avait eu. Au bout d'un moment, Rufus était sorti de son lit et avait gagné le palier. Sa mère était assise sur l'escalier, la tête dans les mains.

« Tu pleures ? » avait demandé Rufus.

Elle avait levé la tête vers lui. Ses yeux étaient secs.

« Non.

— Pourquoi ils sont partis ?

— Nadine le leur a demandé.

— Oh. »

Josie tendit un bras vers lui.

« J'aimerais bien un gros câlin... »

Rufus descendit et s'assit près d'elle, contre elle.

« Es-tu content qu'ils soient partis ?

— J'en sais rien...

— Oui. Moi non plus. J'ai envie de tuer Nadine. Pourquoi Matthew a-t-il cédé ? »

Rufus n'en savait rien. Et il ne le savait toujours pas. Matthew était resté très silencieux tout le jour de Noël, et il avait des cernes sous les yeux. Josie et Rufus avaient été très silencieux aussi. Josie avait dit que Matthew était déçu. Le plus bizarre, c'était que Rufus était aussi un peu déçu, et cela le troublait.

« C'est dur pour toi, dit Elizabeth. Ce doit être très dur. »

Rufus cessa de sauter. Il était un peu hors d'haleine. Il resta accroché au dossier, baissant la tête assez bas pour qu'elle touche presque Basile qui avait paisiblement supporté ses sauts. Elizabeth avait dit cela d'une voix paisible, presque ordinaire, pas d'une voix larmoyante ou compatissante, mais comme si c'était vrai, comme si c'était un fait, quelque chose qu'on ne pouvait feindre de croire autre. Rufus sentit qu'il devait l'en remercier, qu'il devait montrer qu'il avait ressenti sa sympathie sincère.

Sans la regarder, les yeux toujours sur Basile, il demanda :

« Est-ce que vous aimeriez voir ma chambre ? »

7

Nadine contempla le morceau de porc froid dans le garde-manger. Elle ne savait pas combien de temps on pouvait manger la viande après l'avoir fait cuire, et elle avait fait cuire ce rôti presque une semaine plus tôt, le jour de Noël. Elle n'arrivait pas à se souvenir d'avoir cuisiné du porc auparavant — il figurait sur la longue liste d'aliments qu'elle ne goûterait jamais — mais elle n'avait pu éviter de préparer ce morceau, cadeau le matin de Noël du fermier voisin, qui était venu aussi avec un sac de pommes de terre et un autre de choux de Bruxelles. S'il n'était pas venu, elle ne savait pas ce qu'ils auraient mangé. La nourriture — et elle trouvait cela naturel — n'avait pas été une priorité dans son esprit quand elle avait téléphoné chez Matthew et supplié Becky de ne pas la laisser seule, toute seule, pour Noël.

Elle avait accepté de retrouver Matthew à mi-chemin. Au départ, elle ne voulait pas, elle voulait que Matthew vienne jusque chez elle pour qu'il voie comment elle vivait, à quoi elle en était réduite. Mais il avait refusé. Il avait dit que s'il devait faire plus de la moitié du chemin il ne viendrait pas du tout, et derrière lui Nadine entendait Becky le supplier et Claire pleurer. Elle n'arrivait pas à croire que Matthew puisse leur tenir tête ainsi, à ses propres enfants. Elle imaginait Josie et son fils souriant de satisfaction dans un coin, eux et leur chauffage central et leur réfrigérateur plein. Puis Matthew lui avait raccroché au nez, et quand elle avait essayé de rappeler, le répondeur était branché. Elle avait eu si peur de rater le rendez-vous avec les enfants qu'elle avait sauté dans la voiture et foncé dans la nuit, penchée sur le volant comme si cela pouvait l'aider à aller plus vite.

Les enfants semblaient épuisés. Elle avait décidé qu'elle ne regarderait même pas Matthew et qu'elle ne lui dirait pas un mot, mais elle l'avait assez bien vu quand même pour être rassurée : il avait l'air épuisé aussi. Et il avait maigri. Il avait toujours été mince, mais maintenant il devenait maigre et vieux. Il avait à peine dit au revoir, même aux enfants, les laissant passer en silence d'une voiture à l'autre, se contentant d'aider Claire avec ses affaires. La jupe de Claire s'était prise dans la porte de la voiture quand elle avait voulu descendre et elle s'était déchirée — et Claire avait à nouveau fondu en larmes. On aurait dit qu'elle pleurait depuis des semaines.

Et puis, à un kilomètre et demi du but, la voiture de Nadine s'était arrêtée. Elle s'était arrêtée net, au milieu de la route, et avait refusé d'émettre plus qu'un faible gémissement quand Nadine tournait la clé. Il faisait très sombre et ils n'avaient pas de torches. Du ton le plus joyeux qu'elle le pouvait, Nadine avait déclaré qu'il ne leur restait plus qu'à marcher.

« Non, avait dit Becky.

— Mais...

— Je refuse de porter tous mes trucs, et je ne laisserai rien non plus dans cette voiture qui ne ferme pas.

— Alors puis-je savoir, avait demandé Nadine avec un soupçon de sarcasme, ce que tu as l'intention de faire ?

— Aller à la ferme.

— À la ferme ?

Il y en a une, là, celle des vaches.

— Mais on ne connaît pas...

— Pas encore », avait rétorqué Becky.

Elle avait forcé Rory à venir avec elle, et ils étaient partis ensemble dans la nuit, et étaient revenus en un temps étonnamment court dans une Land Rover avec un fermier du nom de Tim Huntley. C'était un jeune homme souriant aux épaules et aux mains larges. Il avait fait un clin d'œil à Nadine et lui avait annoncé que ce n'était qu'une panne d'essence.

« Mais non...

— Mais si...

— Si ! » avait crié Becky.

Tim Huntley avait regarni le réservoir avec un jerrican tiré de l'arrière de sa Land Rover.

« Vous êtes bien, dans ce cottage ? avait-il demandé à Nadine.

— Non. Comment pourrions-nous y être bien ?

— On n'aurait jamais cru qu'ils trouveraient à le relouer ! avait-il dit avec un sourire.

— On ne pouvait pas s'offrir mieux. »

Nadine avait vu les enfants se recroqueviller à ses paroles. À la lumière des phares de sa Land Rover, Tim Huntley les avait tous regardés d'un air pensif.

« Démarrez, maintenant. »

Nadine avait essayé.

« Donnez plusieurs coups de démarreur. »

Nadine avait essayé à nouveau.

Il avait alors posé sa main sur la porte du conducteur.

« Sortez, je vais le faire. »

Il s'était installé à la place de Nadine et avait pompé sur l'accélérateur, puis tourné la clé. Le moteur avait toussé une ou deux fois et s'était mis en marche.

« Voilà ! »

Il était sorti de la voiture, tenant la porte ouverte pour Nadine.

« Je viendrai chez vous demain matin, pour voir si elle redémarre.

— Merci...

— Pas de problème. Je me lève à 5 heures pour les vaches, de toute façon. »

Il était arrivé à 9 heures, le jour de Noël, et il avait posé la viande et les légumes sur la table de la cuisine.

« Une bête qu'on a élevée pour nous, dit-il en donnant une claque à la pièce de porc. Ça devrait être bon. »

Nadine était en robe de chambre, les cheveux défaits. Elle faisait du thé et comptait avec appréhension les tranches de pain pour voir s'il y en aurait assez. Elle lui avait souri.

« Vous êtes vraiment très gentil.

— C'est rien.

— Si, vraiment. Merci. »

Il avait un peu rougi et donné une nouvelle claque au porc.

« Trente-cinq minutes par livre à four chaud. Ne le salez pas. »

Elle s'était soudain sentie extrêmement heureuse, dans cette cuisine, avec une quantité rassurante de nourriture sur la table. Elle avait posé sur lui son regard bleu.

« Bien sûr que non... »

Plus tard, elle avait entendu qu'il faisait démarrer la voiture dans l'appentis, et, plus tard encore, elle avait trouvé une pile de bûches devant la porte. Elle avait dit aux enfants :

« Vous voyez ? Vous deviez être à la maison pour Noël. C'était écrit ! »

Claire avait marmonné quelque chose.

« Quoi ? avait demandé Nadine. Qu'est-ce que tu as dit ? »

Mais Claire, qui avait dit avec désespoir : « Je ne sais pas *où* on devait être », refusa de le répéter.

Ils avaient mangé du porc le jour de Noël, et le lendemain de Noël et le surlendemain, et puis les enfants avaient refusé d'en manger davantage. Nadine avait mis le reste de la viande — un morceau énorme, digne de la table d'un fermier — dans le saloir humide où, sous les étagères, prospérait une moisissure bleu verdâtre, et avait remplacé la viande à chaque repas par des pommes de terre. Entre deux plats de pommes de terre, les enfants avaient fait les choses qu'elle leur avait demandées : la vaisselle, rentrer du bois ou aller vider la poubelle. Mais ils étaient sans entrain, et à chaque occasion, ils montaient à l'étage retrouver les cadeaux de Noël qu'ils feignaient n'avoir jamais reçus. Nadine se déclara trop fière pour demander ce qu'étaient ces cadeaux mystérieux, mais elle pouvait entendre les gémissements et les notes de musique émis par des jeux électroniques à piles et Becky, sous ses mitaines, portait une bague en argent en forme de poisson enroulé sur lui-même. Elle venait de la boutique indienne de Sedgebury, Nadine en était sûre. C'était probablement celle que Becky voulait pour son anniversaire mais que Matthew, lors d'un de ses accès d'avarice bourgeois, lui avait refusée. Mais elle l'avait obtenue, maintenant ! Maintenant qu'il fallait acheter son affection, l'acheter pour qu'elle reste avec lui et la rouquine dans leur petite maison proprette.

« Maman, dit Becky derrière elle.

— Est-ce que tu crois qu'on pourrait faire le reste au curry ? » demanda Nadine en montrant le porc. Il avait exsudé un liquide rosâtre, qui s'était figé comme de la gelée.

« Non, répondit Becky. Est-ce qu'on peut aller à Ross ?

— Non. Pourquoi ? »

Becky tourna sa bague cachée sous ses mitaines.

« Je voulais juste... aller quelque part. On est coincés ici depuis des jours.

— Et qu'est-ce que tu ferais si on allait à Ross ?

— Du lèche-vitrines, répondit Becky avec un haussement d'épaules.

— Avec quel argent ? »

Becky marmonna quelque chose en baissant la tête. Ses cheveux lui tombèrent sur la figure. Pour Noël, Josie lui avait donné un porte-monnaie noir en nylon contenant un billet de dix livres. Le porte-monnaie était affreux, bien sûr, mais les dix livres étaient bonnes à prendre.

« Elle t'a donné de l'argent ? demanda Nadine.

— Un peu...

— Est-ce que tu ne sais pas voir quand on t'achète, quand quelqu'un essaie de t'acheter ? »

Becky songea à tous ces repas qu'elle avait refusé de manger, aux lits qu'elle avait refusé de faire, à la vaisselle qu'elle avait laissée, mettant son père au défi de la forcer à s'approcher de l'évier, d'oser la toucher. Après une opposition aussi opiniâtre au remariage de son père, l'injustice de Nadine lui fit monter les larmes aux yeux.

« Comment peux-tu être assez déloyale, s'écria soudain Nadine, pour accepter quelque chose d'elle ? »

Becky s'écarta de la porte du saloir et s'effondra sur une chaise de cuisine.

« C'est tout l'argent que j'ai, dit-elle dans ses cheveux.

— Ah ! dit Nadine en allant prendre une poignée de pommes de terre qu'elle jeta dans l'évier. Bienvenue au club ! »

Becky posa ses coudes sur la table et enfonça ses paumes dans ses orbites. Si elle pressait, des flashes de couleur, des étoiles et des ronds explosaient dans le noir et brièvement, pure bénédiction, nettoyaient son esprit de toute pensée. Les pensées qui l'avaient poursuivie toute la matinée et auxquelles elle avait cru pouvoir échapper en proposant une expédition à Ross : ne plus songer à son père, à combien elle aurait voulu qu'il soit là, aux souvenirs du temps où il était là, apportant avec lui non seulement le sentiment qu'on pouvait s'appuyer sur certaines choses, mais aussi la connaissance de celles de ces choses qui valaient la peine qu'on tende vers elles, qu'on y applique ses efforts afin que, mystérieusement, elles vous apportent une récompense. Sans son père, Becky avait perdu tout sens de l'avenir, tout sentiment qu'au prochain tournant il pourrait y avoir autre chose que juste la continuation de ce qu'il y avait ici. Elle leva la tête et regarda le dos étroit de Nadine, penchée sur l'évier.

« Maman...

— Quoi ?

— Quand papa et toi avez vendu notre maison...

— Quoi ?

— Où est parti l'argent ?

— À la banque.

— Est-ce qu'on ne pourrait pas... Est-ce qu'on ne pourrait pas en utiliser un peu ?

— Non ! dit Nadine en se retournant, une pomme de terre dans une main et une vieille brosse à ongles dans l'autre.

— Pourquoi pas ?

— Parce que c'est tout l'argent que j'ai, *moi.* C'est tout ce que j'aurai jamais. »

Becky ne la regarda pas. Elle posa les mains à plat sur la table et dit d'un jet, avant que le courage ne lui manque :

« Pourquoi est-ce que tu ne trouves pas un travail ? »

Il y eut un silence pesant. Becky entendit la pomme de terre et la brosse à ongles tomber dans l'évier.

« Pardon ? dit Nadine d'une voix glaciale.

— Tu as entendu..., marmonna Becky.

— Oui, j'ai entendu, dit Nadine en venant se pencher sur la table en face de Becky. J'ai entendu. Et j'ai entendu l'autre soir aussi, quand tu as dit la même chose. Est-ce que tu te souviens de ma réponse ?

— Oui...

— Alors, la même raison est toujours valable. Je ne peux pas travailler à cause de vous, les enfants, et à cause de l'endroit où nous devons vivre. Et tu n'as aucun droit de me poser une telle question, aucun droit. *Pourquoi* est-ce que tu me la poses ? demanda Nadine en se penchant un peu plus vers sa fille.

— D'autres mères travaillent..., dit Becky au plateau de la table.

— Ah ! s'écria à nouveau Nadine en abaissant son poing sur la table. Alors c'est *ça !* C'est là que tu veux en venir ! *Elle* a un emploi, n'est-ce pas ? Elle a tout ce qui devrait être à moi et en plus un foutu boulot !

— Non, elle n'en a pas. Pas encore. Mais elle va en avoir un...

— Becky... »

Becky ferma les yeux.

« Becky, comment *oses-tu* me parler d'elle ? Comment *oses-tu* entreprendre une comparaison quand tu sais ce que j'ai fait pour toi et ce qu'elle a détruit ? *Comment oses-tu ?*

— Je ne faisais pas de comparaison...

— *Vraiment ?* Tu n'en faisais *pas ?*

— Je t'ai seulement répondu. Tu m'as demandé si elle avait un emploi, et je t'ai répondu...

— Tu devrais avoir honte de faire même *allusion* à elle en ma présence !

— Je ne l'ai pas fait. Je ne le fais jamais...

— Tais-toi ! »

Becky bascula sa chaise en arrière pour échapper au visage furieux de Nadine.

« Je pense à toi..., insista-t-elle.

— Quoi ?

— Tu devrais partir d'ici. Tu devrais voir d'autres gens que nous. Tu devrais...

— Qu'est-ce que je devrais faire encore ?

— Tu devrais utiliser ton énergie pour autre chose que juste haïr papa ! s'écria violemment Becky.

— Très bien, dit Nadine. Parfait. Ça suffit. »

Elle fit le tour de la table en trois pas et donna un coup de pied précis à la chaise en déséquilibre de Becky. Elle s'écroula, entraînant Becky qui se retrouva à genoux par terre. Elle posa les mains sur le carrelage douteux de la cuisine et attendit la suite à quatre pattes.

« Tu ne sais pas ce qu'est la souffrance ! dit Nadine d'une voix curieuse, comme si elle retenait un cri. Tu ne sais pas ce qu'est la souffrance, le rejet, la fin de l'amour. Tu as toute ta vie devant toi ! Et moi, qu'est-ce que j'ai ? Rien. Dix-sept ans d'investissement dans une relation et qu'est-ce qui me reste ? Rien. *Rien !* »

Très lentement, Becky s'assit sur ses talons. Elle leva les yeux vers Nadine. Elle ne savait pas pourquoi elle continuait, pourquoi elle ne se réfugiait pas dans le silence qui avait toujours été, finalement, sa seule défense. Mais elle ne le ferait pas. Elle était malade de peur, mais elle allait le dire. Elle allait le dire.

« Tu *pourrais* avoir quelque chose, dit-elle d'une voix tremblante. Même maintenant, tu pourrais avoir quelque chose, si tu le voulais. Tu aurais pu avoir quelque chose depuis toujours. Mais tu n'as pas voulu. »

Il y eut un petit silence stupéfait, puis Nadine se pencha et la gifla de toutes ses forces. Becky émit un petit cri. Jamais auparavant Nadine ne l'avait frappée. Elle avait crié et hurlé, tempêté et jeté brutalement son propre corps contre les murs et les meubles, mais jamais elle n'avait frappé Becky. Ni les autres. Ils avaient eu des câlins, oui, violents, et des baisers, et quand elle était de bonne humeur, des chatouilles et des pinçons, mais pas de coups. Jamais de coups. Becky posa la main sur sa joue qui la brûlait.

« Oh, mon Dieu ! dit Nadine en relevant la chaise pour s'y effondrer, la tête dans les mains. Oh, mon Dieu ! Désolée ! Oh, désolée ! »

Très lentement, Becky se leva. Elle s'appuya sur la table. Elle avait mal au cœur.

« Ça va..., dit-elle.

— Non, dit Nadine en lui tendant une main. Non, ça ne va pas. Viens ici. Laisse-moi te serrer dans mes bras...

— Je ne peux pas, dit Becky d'une voix rauque.

— S'il te plaît ! »

Becky secoua la tête. Nadine leva la sienne et regarda Becky.

« Je suis désolée, vraiment désolée. Est-ce que tu ne le vois pas ? Jamais je n'aurais dû faire ça, je n'aurais pas dû te frapper. Mais je m'énerve, je me mets en colère...

— Je sais.

— Est-ce que tu ne peux pas comprendre ça ? Est-ce que tu ne peux pas comprendre ce que c'est qu'avoir tout gâché et de découvrir qu'on n'a pas d'issue ? »

Becky soupira. Son visage devenait rouge et sa joue battait doucement comme si un bleu se formait.

« Mais..., dit-elle.

— Continue.

— Mais quoi que tu vives, continua Becky les yeux baissés sur ses chaussures, tu ne devrais pas t'en prendre à nous. »

La porte de la cuisine s'ouvrit. Claire, vêtue de son survêtement Disney et d'un vieux pull de l'île d'Aran qui avait appartenu à Matthew, entra, les écouteurs de son nouveau walkman à la main.

« Rory est parti. »

Nadine se retourna d'un bloc sur sa chaise.

« Que veux-tu dire ?

— Il n'est pas en haut et il n'est pas en bas.

— Il doit être dehors...

— Il pleut.

— Peut-être est-il dans la voiture, pour voir si elle démarre...

— J'ai regardé. »

Elle avait eu l'idée d'aller à sa recherche à cause du silence soudain dans son antre, sous le toit. Il était dans une de ses périodes de mutisme, mais Claire l'avait vu, deux heures plus tôt, entrant dans son lit avec son nouveau couteau suisse et une petite bûche de la pile que Tim Huntley avait apportée. Pendant un long moment, Claire l'avait entendu attaquer le bois au couteau, puis elle avait mis ses écouteurs et n'avait plus entendu que la musique originale de *La Mélodie du bonheur.* Elle ne se la passait que lorsqu'elle était seule, de crainte qu'on se moque d'elle parce qu'elle écoutait un air aussi vieillot, mièvre et pathétique. Mais elle l'adorait. Elle adorait le côté sentimental du portrait que faisait le film d'une famille heureuse, tendre, et qui jamais n'était menacée dans son unité si rassurante. Quand la cassette avait été terminée, elle avait retiré les écouteurs, et elle avait remarqué que les bruits de sculpture sur bois avaient cessé. Elle avait passé la tête hors de sa chambre et elle n'avait plus vu le blouson en cuir de Rory — un blouson à bas prix du marché de Sedgebury, dont les coutures commençaient à craquer — qui aurait dû se trouver par terre. Elle s'était approchée de son antre.

« Rory ? »

Il n'avait pas répondu. Elle avait rampé à l'intérieur. Les draps étaient jonchés de petits éclats de bois, et ils étaient froids. Sur l'oreiller gisait la bûche. Il ne l'avait pas sculptée, il l'avait juste attaquée au couteau. Elle était pleine de fentes et de coups, comme s'il avait juste tenté de la tuer. Claire était ressortie à reculons jusqu'au palier et avait fait le tour de la maison, à l'étage et au rez-de-chaussée. Puis elle était sortie dans la bruine pour aller voir dans l'appentis, ce baraquement horrible où l'attendait, comme un crapaud tapi dans un coin, un vieux siège de toilettes. Ne trouvant pas son frère, elle était retournée dans le cottage pour alerter sa mère.

On aurait dit que Nadine était sur le point de pleurer.

« Je ne peux pas le supporter...

— Ça va, maman, dit Becky. Pas de panique. Il ne peut pas être bien loin.

— Je dois aller à sa recherche...

— S'il n'est pas de retour pour le déjeuner...

— Quoi ?

— On partira à sa recherche s'il n'est pas de retour pour le déjeuner.

— Mais...

— Il a douze ans. C'est presque un adolescent. Qu'est-ce que tu veux qu'il lui arrive par ici, de toute façon ? Il n'y a rien que des vaches à des kilomètres à la ronde. »

Nadine la regarda, puis elle regarda Claire. Elle prit une profonde inspiration, repoussa ses cheveux de son visage et dit, d'une voix un peu tremblante :

« J'espère que vous savez, toutes les deux, combien je vous aime ? Tous ? »

« Hé ! » dit Tim Huntley.

Comme il tournait au coin de la grange, sur son tracteur, afin de prendre du foin pour ses bêtes, un mouvement avait attiré son regard. Le mouvement rapide de quelqu'un au sommet de l'amoncellement de foin, quelqu'un de pas très grand. Et puis ça avait bougé à nouveau, et il avait alors vu le gosse du « Cottage sans espoir », comme sa mère et lui l'appelaient. Le jeune garçon était accroupi là-haut et regardait Tim comme s'il s'attendait à se faire gronder.

« Hé ! Qu'est-ce que tu fais là-haut ?

— Rien », dit Rory.

Il portait un jean et un blouson de cuir qui avaient connu des jours meilleurs, et un simple tee-shirt. Il avait l'air bleu de froid. Tim sauta du tracteur et leva la tête vers Rory, à six mètres au-dessus de lui.

« T'es là-haut depuis combien de temps ?

— J'sais pas.

— Tu ferais mieux de redescendre. »

Rory hésita. Il était monté comme ça, plutôt pour voir s'il pouvait y arriver, introduisant la pointe de ses chaussures et ses doigts dans le mur de paille. Mais redescendre, c'était une autre histoire. Tim s'approcha.

« Vas-y, je te rattraperai. »

Rory recula.

« Je ne vais pas te faire mal, dit Tim. Je veux juste que tu descendes, dit-il en se plaçant juste sous Rory. Mets-toi à plat ventre et laisse-toi glisser les pieds devant. Je te recevrai. »

La tête de Rory disparut et ses pieds chaussés de baskets apparurent au bord.

« Lentement », dit Tim.

Rory glissa jusqu'à ce que seules ses mains s'accrochent encore au sommet.

« Lâche tout ! »

Rory tomba. Tim le rattrapa par la taille et ils se retrouvèrent tous les deux par terre.

« Saloperie !

— Désolé, dit Rory en se relevant pour s'éloigner un peu de la grosse masse de Tim. Désolé. »

Tim se leva lentement en brossant de la main son bleu de travail.

« Il y a de quoi. Et qu'est-ce que tu fais là ? »

Rory ne répondit pas. Il n'en savait rien, sauf qu'il était soudain sorti du cottage par désespoir, et que la ferme lui avait semblé la destination la plus simple.

« Tu sais ce que veut dire violation de propriété ? »

Rory secoua la tête.

« C'est se trouver sans autorisation sur la terre d'un autre. C'est se servir de ce qui appartient à quelqu'un d'autre.

— Je ne me suis servi de rien...

— Tu as bien dû faire tomber un peu de cette paille...

— Non.

— Tu aurais pu. »

Tim le regarda. Il frissonnait. Il n'avait pas assez de chair sur les os pour garder un moineau au chaud. Tim fit sauter ses clés dans sa poche.

« Je vais te ramener chez toi.

— Non.

— Pourquoi non ? »

Rory ne répondit pas et donna un coup de pied dans la terre meuble de la grange.

« Tu as des ennuis ?

— Non.

— Alors...

— J'y vais. J'y vais. Pas besoin de me ramener. Merci.

— Où est-ce que tu vas ?

— Je me balade un peu.

— Tu n'es pas habillé assez chaudement.

— Ça va.

— Où est ton père ? demanda Tim après un temps de silence.

— Il est pas là.

— Il travaille ?

— Non, dit Rory en baissant la tête comme pour

regarder ce que dessinaient ses pieds dans la poussière. Il vit à Sedgebury.

— Alors ta maman est seule ici avec vous tous ? »

Rory hocha la tête.

« Tu devrais l'appeler, lui dire où tu es.

— Non.

— Pourquoi non ? »

Rory ne pouvait l'expliquer. Il ne pouvait dire à cet homme qu'il connaissait à peine que s'il appelait Nadine, il y aurait une scène, un drame même, et qu'elle insisterait pour venir le rechercher et remercier Tim Huntley comme s'il avait sauvé Rory de la noyade.

« Je m'ennuyais, dit-il. Je vais y aller, maintenant.

— Chez toi ?

— Oui.

— Rentre bien », dit Tim.

Il se souvenait de Nadine désemparée sur la route sombre le soir de Noël, et puis dans sa cuisine le lendemain matin, imperturbable dans sa robe de chambre, comme si elle le connaissait depuis toujours. Elle devait avoir plus de quarante ans, pour être la mère de ces gosses, forcément. Mais elle ne les faisait pas. Elle avait l'air plus jeune que la sœur de Tim, qui n'avait que trente-deux ans, elle, mais qui, depuis la naissance de ses trois enfants, s'était laissée aller et affichait maintenant une cinquantaine grasse et fripée. La mère de ce gamin, si bizarre qu'elle soit, prenait encore un peu soin d'elle. Tim avait longuement parlé d'elle et des enfants avec sa mère.

« Ouvre l'œil, avait dit Mme Huntley. Souviens-toi de ces gosses dans la caravane. Je n'ai pas envie que ça se reproduise, je ne veux pas qu'on nous accuse de faire comme si on n'avait rien vu. Fais attention à ceux-là pour t'assurer que les choses ne se dégradent pas trop. »

Tim glissa une main dans sa poche et y trouva un paquet de chewing-gum qu'il tendit à Rory.

« Sers-toi.

— Merci.

— Je viendrai vous voir, à l'heure du dîner, et si tu n'es pas chez toi... !»

« Pourquoi es-tu parti ? » demanda Nadine.

Rory haussa les épaules.

« Pourquoi n'as-tu rien dit à personne ?

— J'y ai pas pensé... »

Il y avait des haricots dans l'assiette devant lui, et il les promenait avec la lame de son couteau. Il lui vint l'envie de dire qu'il s'ennuyait ici, qu'il en avait marre de rester coincé entre ses sœurs et une télévision si vieille que même réparée elle n'avait jamais une bonne image ; mais il savait que ça ne valait pas la peine de prendre ce risque. Qu'il commence à dire ce genre de chose et tout exploserait à nouveau, et il était trop fatigué pour ça. Il était tout le temps fatigué, lui sembla-t-il, fatigué de n'avoir rien à faire, de n'avoir nulle part où aller, fatigué des tensions, fatigué de devoir faire attention à ce qu'il disait, fatigué des pommes de terre au four. Cela lui arrivait aussi, avant, quand Matthew et Nadine se querellaient, ou quand Nadine partait et laissait Matthew s'occuper de tout. Rory avala sa salive. Il ne devait pas penser à Matthew. S'il était fatigué, il ne devait en tout cas pas penser à son père, parce qu'il aurait envie qu'il soit là, qu'il redevienne comme avant, juste papa, et pas comme il était maintenant, juste en partie papa, à cause de ce qui s'était passé, à cause de Josie et Rufus. Rory ne détestait pas Josie et Rufus comme Nadine l'aurait voulu, mais il détestait ce que leur arrivée avait fait de sa vie. La vie n'avait pas été facile, avant, sur bien des points, mais du moins papa en avait fait partie, il en était le centre, la présence nécessaire qui faisait du thé, qui bâillait dans la cuisine aux premières lueurs du jour, qui portait une vieille robe de chambre écossaise imprégnée de son odeur. Des larmes chatouillèrent les yeux de Rory. Il posa son couteau et se frotta le nez du dos de sa main.

« Tu n'as pas faim ?

— Pas vraiment... »

Nadine regarda autour de la table. Claire avait mangé la moitié de ses haricots, mais son assiette et celle de Becky étaient presque intactes. Nous sommes une bien triste équipe, se dit-elle, une triste petite équipe de déchets humains, bouts et morceaux rejetés à l'occasion de changements dans la vie d'autres humains, qui n'avaient plus besoin de nous. Pauvres enfants, pauvres enfants fatigués et négligés, avec leurs vies bouleversées, leur dépendance et leur désir sincère de ne pas me faire de peine. Je n'aurais pas dû frapper Becky. Je n'aurais pas dû. Et je n'aurais pas dû crier contre eux à propos de choses qu'ils ne peuvent éviter, comme ces expressions ou ces gestes qui me rappellent leur père, ce qui est arrivé, ce qui nous a amenés ici. Ce sont de gentils enfants, vraiment, de bons enfants, des enfants tendres, et ils sont tout ce que j'ai, ils sont tout mon avenir, de toute façon. Elle leur sourit.

« Mangez. »

Becky secoua lentement la tête.

« Non, merci,

— Écoutez », dit Nadine.

Ils attendirent. Elle se pencha, les avant-bras de chaque côté de son assiette, et posa les mains à plat sur la table.

« On doit s'en sortir, n'est-ce pas ? »

Ils ne la regardaient pas.

« On doit arriver à vivre ici, à aller à l'école ici, et à nous supporter les uns les autres. Nous n'allons pas craquer, n'est-ce pas ? Nous n'allons pas permettre à d'autres de choisir nos vies. Je vais vous dire... »

Claire et Becky levèrent la tête.

« Et si on allait à Ross cet après-midi ?

— Tu as dit qu'on n'avait pas d'argent...

— Eh bien, dit Nadine avec un sourire, je pourrais en sortir un peu de la banque. Juste un peu. On pourrait aller au cinéma, peut-être. Qu'en pensez-vous ? dit-elle en tendant une main pour serrer celle de Rory. D'accord ? »

Rory hocha la tête.

« D'accord, Claire ? »

Claire hocha la tête aussi. Nadine se tourna vers Becky.

« Alors, Becky, tu es d'accord ? »

Becky la regarda et eut un faible sourire.

« D'accord. »

8

La lettre était arrivée par le même courrier que trois factures, des publicités et un catalogue de vêtements pour enfants. Matthew avait pris les factures et les avait fait disparaître comme s'il ne voulait pas que Josie voie à quel point l'arrivée de ces enveloppes brunes l'inquiétait, puis il lui avait tendu la lettre.

« C'est son écriture, non ? »

Josie regarda la lettre. C'était effectivement l'écriture de Tom, son élégant graphisme d'architecte qu'elle trouvait trop efféminé pour un homme aussi solide.

« Oui.

— Tu ferais mieux de la lire. »

Elle mit les mains derrière son dos.

« Je ne veux pas entendre parler de lui, Matthew. »

Il la regarda et eut un petit sourire soulagé.

« Tu devrais l'ouvrir. Ce pourrait être à propos de Rufus.

— Quand il s'agit de Rufus, il me téléphone. Les lettres...

— Quoi ?

— Les lettres sont... importantes. Les lettres, c'est toujours quand les gens n'osent pas vous dire les choses en face.

— Tu veux que je l'ouvre ?

— Non. Je vais la laisser pour plus tard, après mon entretien. »

Il se pencha et l'embrassa sur les lèvres. Elle aimait cela, la façon dont il l'embrassait toujours sur les lèvres, même pour le bonjour ou l'au revoir le plus rapide. Elle avait alors la conviction que ces baisers étaient sincères.

« Bonne chance, chérie. Bonne chance pour ton entretien.

— Je suis nerveuse. Je n'ai pas postulé un emploi depuis que Rufus avait deux ans.

— Tu seras formidable. Et tu décrocheras cet emploi.

— Tu es de parti pris...

— Oui, désespérément.

— Tom ne voulait pas vraiment que je travaille, dit-elle en regardant l'enveloppe.

— Moi je le souhaite, si c'est ce que tu veux.

— Oui. »

Il regarda presque avec honte les factures qu'il n'avait pas encore ouvertes.

« Ça nous aidera...

— Je sais.

— Je suis désolé, désolé de devoir tant...

— Ne parle pas d'elle.

— Je ne veux pas que tu croies que c'est un choix de ma part.

— Bien sûr que non, dit-elle avec cette dureté dans la voix qu'elle ne pouvait éviter dès qu'ils parlaient de Nadine ou des enfants. Tu fais ça pour tes enfants.

— Tout à fait. »

Il posa sur la table de la cuisine la lettre de Tom et la coinça sous un pot de beurre de cacahuètes pour qu'elle ne s'envole pas.

« Je ferais mieux d'y aller, dit Josie.

— Oui. Bonne chance, et je suis sincère.

— Merci, dit-elle avec un faible sourire. Je t'appellerai. »

L'entretien fut finalement très paisible. La plus grande des deux écoles primaires de Sedgebury avait besoin d'une remplaçante pour l'anglais et les études générales pendant les deux trimestres où l'institutrice titulaire était en congé de maternité. Elle attendait des jumeaux, expliqua la directrice, si bien qu'elle serait absente plus longtemps que pour un congé normal. La petite dame ronde en tailleur de laine dit à Josie qu'elle attachait une importance particulière à l'enseignement de la morale, et que c'était ce qui lui avait plu dans le CV de Josie, qui mentionnait la conférence de Cheltenham.

« On ne peut rien enseigner à ces enfants, dit-elle, avant de leur avoir inculqué un peu de respect d'eux-mêmes. »

Josie hocha la tête. Dans l'école où elle enseignait à Bath — où elle n'avait jamais voulu que Rufus aille —, les enfants, bien que vêtus et nourris correctement, venaient d'un secteur de la ville où, apparemment, on ne communiquait que par des actes de violence que chacun trouvait normaux. Les enfants grandissaient dans cette violence, ils étaient tous habitués à ce que les désaccords et les frustrations s'expriment par des cris et des coups, et ils acceptaient la rage physique comme monnaie courante. Ce ne serait pas différent à Sedgebury. Le seul changement à Sedgebury serait qu'elle, Josie, mariée à Matthew et non plus à Tom, serait plus proche des enfants qu'elle essaierait d'aider, et elle ressentait une certaine fierté à cette pensée.

En la reconduisant au portail de l'école, la directrice lui dit :

« Vous savez, bien sûr, que votre belle-fille était ici. Claire Mitchell.

— Oui, bredouilla Josie, surprise.

— Et sa sœur aînée était là avant elle. Le garçon était à Wickham, si je me souviens bien. Comment s'en sortent-ils ?

— Je..., commença Josie en rougissant. Nous ne nous connaissons pas encore très bien. Je crois... qu'ils sont bien adaptés à leurs nouvelles écoles.

— De gentils enfants. Intelligents. Vous découvrirez vite que beaucoup de gens connaissaient la famille Mitchell, à Sedgebury, dit la directrice en la regardant subrepticement.

— Je commence à m'en rendre compte, dit Josie, les yeux fixés droit devant elle.

— C'est une bonne chose que vous vouliez travailler...

— Vraiment ? »

La directrice mit ses mains dans les poches de sa veste en tricot.

« Cela vous évitera de trop vous excuser. Vous aurez votre propre statut.

— M'excuser ?

— Les gens n'aiment pas les changements.

— Vous voulez dire m'excuser d'être la seconde épouse de Matthew ?

— Plutôt d'être une belle-mère, madame Mitchell.

— Je n'ai pas eu le choix, dit soudain Josie avec dureté. Il a bien fallu que je les accepte. C'est Matthew que j'ai choisi.

— Je sais, dit la directrice en lui posant la main sur le bras. Je vous mettais juste en garde contre tous ceux qui ne voient pas les choses comme cela. Je vais faire mon rapport à mes supérieurs, madame Mitchell, et je vous ferai connaître la réponse dès que possible.

— J'ai vraiment besoin de ce travail », dit Josie en la regardant.

Plus tard, alors qu'elle pédalait jusque chez elle — Matthew avait la voiture —, elle se dit qu'elle aurait dû paraître plus vulnérable, plus aux abois, et qu'elle n'aurait pas dû réagir de cette manière à l'annonce, pourtant gentille, qu'elle était en butte à l'hostilité de certains parce qu'elle était la seconde épouse de Matthew. À l'école de Rufus, tout allait bien. Elle était sa mère, sa vraie mère de naissance, mais ailleurs en ville, elle commençait à se rendre compte que son rôle n'était pas aussi facilement accepté. Elle était arrivée de l'extérieur pour prendre la place d'une autre, que son arrivée avait dépossédée. Peu importait ce que ces gens pensaient de Nadine, car avec cette faculté d'adaptation aussi arbitraire qu'irritante, ils s'étaient habitués à l'opinion qu'ils avaient d'elle, même négative, et son départ avait introduit un changement qu'ils réprouvaient.

« Cela n'a rien à voir avec toi, avait dit Matthew après que Josie eut dû affronter le garagiste qui s'occupait depuis toujours des voitures de Matthew. Ce n'est pas toi, la personne, Josie. Mais tu es une autre, et ils doivent faire un effort qui leur coûte.

— Moi aussi, dit Josie d'une voix plus aiguë qu'elle ne l'aurait voulu. Moi aussi ! La seule différence, c'est que je dois faire cent fois plus d'efforts parce que je suis la nouvelle venue ! »

Jamais elle n'aurait pensé qu'il serait aussi difficile d'être nouvelle ici. Elle s'était dit que passer d'une charmante ville renommée comme Bath à un endroit aussi profondément banal que Sedgebury ne serait difficile que superficiellement, parce que les racines de sa vie avec Matthew la nourriraient comme son mariage avec Tom ne l'avait jamais fait. Elle se voyait non seulement construire une nouvelle vie, mais la prendre en charge d'une manière qui n'avait jamais été à sa portée auparavant, parce que tant de choses dans sa vie d'alors étaient déjà tracées par le passé de Tom. Elle avait visualisé l'énergie qu'elle mettrait dans sa vie avec Matthew, la façon dont elle compenserait les privations qu'il avait subies pendant les années vécues avec Nadine, les progrès lents et pleins de tact qu'elle ferait avec toutes ces nouvelles relations autour d'elle : elle et les enfants de Matthew, Rufus et Matthew, Rufus et les enfants de Matthew, elle et la sœur de Matthew, elle et les parents de Matthew, elle et les gens que Matthew connaissait ici depuis des années — ces années de vie auxquelles il lui était si douloureux de penser, souvent, parce que leur histoire partagée était encore si courte.

Mais cela ne semblait pas vouloir se passer ainsi. Il ne semblait pas qu'on lui donnât une chance de faire le bien qu'elle avait prévu. Il y avait toutes sortes d'éléments qu'elle n'avait pas pris en compte par pure ignorance, pure inexpérience, des éléments qui semblaient conspirer contre la progression qu'elle avait si sérieusement planifiée. Il se trouvait que Sedgebury n'était pas seulement une ville terne, mais aussi isolée ; il était évident que Rufus pensait à son père sans arrêt ; il semblait frappé de passivité dès qu'on lui suggérait de se lier d'amitié avec Matthew ou un de ses enfants. Les enfants de Matthew refusaient de faire un centimètre dans sa direction, et Matthew semblait impuissant face à leur détermination obtuse. Et il y avait Nadine. Josie serra plus fort les poignées de sa bicyclette et prit une petite inspiration contrôlée. Qu'est-ce qui avait bien pu lui faire croire un instant que Nadine resterait hors de sa vie, hors de leur vie, en fait hors de la vie d'aucun d'entre eux ? À cause d'elle, Karen redoutait de voir Josie et la mère de Matthew le refusait tout bonnement. À cause d'elle, les enfants de Matthew, pour le moment, ne venaient presque pas à Sedgebury, et cela préoccupait beaucoup Matthew, qui pourtant ne pouvait en parler à Josie. À cause d'elle, une grande partie des factures qui arrivaient semblait nécessiter de la part de Matthew une attention gênée et discrète ; Josie avait plus d'une fois pensé que lorsqu'elle aurait un emploi

— si elle obtenait un emploi... —, elle paierait pour leur foyer afin que Matthew puisse payer pour celui de Nadine.

Elle tourna à droite dans l'entrée du garage. Elle ne voulait pas penser à Nadine. C'était devenu comme un refrain, comme une chanson qui ne quittait pas sa tête : « Ne pense pas à Nadine. » Elle descendit de sa bicyclette qu'elle cadenassa à l'établi de Matthew. La veille au soir, Matthew avait demandé à Rufus s'il aimerait apprendre à visser correctement deux morceaux de bois ensemble.

« Non, merci », avait répondu Rufus.

Josie avait ouvert la bouche pour le reprendre, mais Matthew avait secoué la tête pour lui imposer silence.

« D'accord, avait-il répondu à Rufus, tu t'en passeras. »

Rufus avait rougi, et Josie s'était mordu la lèvre.

« Désolé, lui avait-il dit plus tard.

— C'était inutile.

— Je sais.

— C'est un gentil petit garçon.

— Je *sais*, avait répété Matthew. Je sais, je suis désolé, je te l'ai dit, et je le pense. »

Josie introduisit sa clé dans la serrure de la porte du jardin et la tourna. La cuisine était silencieuse et vide, juste comme elle l'avait laissée, toute trace du petit déjeuner effacée et la table vide à l'exception d'un pot de jonquilles poussées en serre que Matthew lui avait rapporté du marché, et la lettre sous le pot de beurre de cacahuètes. Il fallait qu'elle prenne un chat ou une perruche, ou même seulement un poisson rouge. Il fallait qu'un être animé l'accueille quand elle rentrait dans cette maison, qui n'était pas encore chez elle, mais seulement l'endroit où ils vivaient tous, où ils se testaient les uns les autres, où ils essayaient de s'habituer aux choses. Un chien serait merveilleux, un chien serait idéal, un point de rassemblement, quelque chose sur quoi chacun pourrait reporter les sentiments douloureux que lui imposait leur nouvelle famille ; mais qui s'occuperait du chien s'ils partaient tous pour toute la journée ?

Josie retira son manteau, ses gants et son foulard, et les posa en tas sur une chaise de la cuisine. Elle mit de l'eau dans la bouilloire et la brancha. La lettre la regardait. Même en lui tournant le dos, elle le savait. Elle posa la main sur le couvercle de la bouilloire. Quand l'eau serait chaude, quand elle se serait fait un café, elle l'ouvrirait.

Devant l'école de Rufus — Whickham Junior —, plusieurs autres mères attendaient. Quelques-unes avaient un landau ou une poussette, une ou deux portaient un bébé dans un sac sur la poitrine et arboraient une expression de détachement élaborée, comme pour décourager toute moquerie, tout commentaire. Josie connaissait de vue plusieurs de ces mères, maintenant. « Salut, se disaient-elles l'une à l'autre. Il fait froid, hein ? » Leurs enfants sortaient en hurlant de la cour à 15 h 15 et, à leur vue, un léger gémissement de désespoir montait dans le groupe, comme si soudain on leur rappelait simultanément et de force la réalité de leurs responsabilités.

Rufus sortait toujours dans les derniers. Pendant le premier trimestre, il était toujours seul, et avançait vers Josie avec précaution et régularité, la tête baissée. Mais ce trimestre, il semblait qu'il ait trouvé un ami, un autre petit rouquin à l'air un peu bizarre, avec des lunettes et d'énormes oreilles. Rufus semblait soulagé d'avoir un ami, même s'il n'était pas vraiment fier de celui-là, et cela soulageait grandement Josie de le voir avec quelqu'un. Cet ami s'appelait Colin, et Rufus semblait ne rien savoir d'autre sur lui, comme s'il ne pensait pas devoir en savoir davantage.

« Bonne journée ? » demanda Josie en se penchant pour l'embrasser.

Comme il ne lui avait pas dit de ne plus le faire, elle avait décidé de continuer jusqu'à ce qu'il lui demande d'arrêter. Il hocha la tête. La plupart du temps, il hochait la tête, car il avait découvert que cela évitait les questions.

« Bien, dit Josic. J'en suis ravie. Je suis allée passer un entretien d'embauche. Dans une belle école. La directrice était très gentille. J'espère que ça marchera. »

Rufus se rappela le temps où Josie travaillait à Bath.

« Tu prendras le même sac ?

— Je crois, s'il n'est pas en trop mauvais état. Tu as faim ?

— Oui.

— Qu'y avait-il pour déjeuner ?

— Une tourte à la viande et des spaghetti.

— Pas de légumes ?

— Des carottes, mais je ne les ai pas mangées.

— Rien de vert ? »

Rufus secoua la tête. Un soulagement ! À son avis, les petits pois ça allait encore, mais tous les autres légumes ne lui plaisaient pas du tout.

« Est-ce que tu aimerais qu'on aille manger un hamburger ?

— Oui ! » s'exclama-t-il en la regardant, radieux de reconnaissance.

Il commanda un cheeseburger avec des frites et un milkshake à la banane. Josie prit une tasse de café. Elle le regarda retirer consciencieusement la laitue et la tomate de son petit pain. Elle n'arrivait pas à comprendre comment un enfant qui, dès sa toute petite enfance, avait refusé toute nourriture un tant soit peu saine, qui n'avait jamais cédé ni aux cajoleries, ni au chantage, ni aux réprimandes, pouvait avoir une peau si lumineuse, des yeux si clairs et des cheveux si brillants.

« Rufus... »

Il leva les yeux de son hamburger, la bouche pleine.

« Il faut que je te dise quelque chose. Peut-être... peut-être que ce sera plus facile de te le dire ici qu'à la maison. »

Il cessa de mâcher.

« J'ai reçu une lettre de papa ce matin... »

Il la fixait, impatient, seuls ses yeux et son nez visibles au-dessus de son petit pain.

« Mon chéri, je crois que papa va se remarier. »

Ce fut le tour de Josie d'attendre. Il la regarda un long moment, puis sembla soudain se détendre et prit une autre bouchée.

« Je sais, dit-il la bouche pleine.

— Tu sais ! »

Il hocha la tête, avala et prit son milkshake.

« Est-ce qu'il te l'avait dit ?

— Non, dit Rufus en aspirant le liquide laiteux dans sa paille. Mais elle est venue à la maison.

— Après Noël ?

— Oui.

— Et tu... tu as deviné ? »

Rufus aspira une autre longue gorgée.

« Ils riaient. »

Josie baissa les yeux vers son café. Son cœur se serra sans qu'elle puisse en analyser la raison, puis il se détendit.

« Est-ce... est-ce qu'elle t'a plu ?

— Elle n'a pas fait d'histoires, dit Rufus en hochant la tête.

— Qu'est-ce que tu veux dire ? »

Rufus prit une frite entre deux doigts.

« Elle était juste là. Elle s'appelle Elizabeth. »

Elizabeth, se dit Josie. Elizabeth Carver.

« De quoi a-t-elle l'air ? »

Rufus réfléchit. Il prit une autre frite. Elizabeth n'était pas jolie, mais elle était bien quand même. Paisible, en quelque sorte. Un peu comme mamie.

« Un peu comme mamie, dit-il.

— *Mamie !*

— Pas si vieille, mais elle fait pas de genre. Elle porte pas de bottes, ni de boucle dans le nez ni rien », dit-il après s'être représenté Becky et Claire.

Josie le regarda attentivement. Il semblait complètement calme, vraiment calme, et cela la troubla, comme si ce nouveau changement dans sa vie était plutôt bienvenu.

« Ça ne t'ennuie pas ? demanda Josie.

— Quoi ?

— Ça ne t'ennuie pas que papa se remarie avec quelqu'un d'autre ?

— J'aimerais pas qu'il se marie avec une grosse, dit Rufus en léchant du fromage fondu sur son index. Ou avec une vieille moche.

— Mais Elizabeth, ça va...

— Oui, dit Rufus. Pas pour toi ? demanda-t-il en regardant soudain Josie.

— Ça me semble juste un peu... rapide...

— Il devait se sentir seul, dit Rufus. Il était tout seul avec Basile.

— Oui.

— Je lui ai montré ma chambre, dit Rufus en reprenant son cheeseburger.

— Oh...

— Papa va m'y installer un bureau, avec une bonne lampe. »

Josie prit une gorgée de son café.

« Ils veulent se marier très vite, et ils veulent que tu ailles à leur mariage. »

Rufus hocha la tête. Josie trouva un mouchoir en papier dans sa poche et se moucha.

« Alors je peux répondre que... tu iras ?

— Oui, dit Rufus en prenant une énorme bouchée de son cheeseburger. Elizabeth sait patiner, dit-il la bouche pleine. Elle a dit qu'elle m'apprendrait. »

« Qu'est-ce que ça peut te faire ? demanda Matthew.

— Quoi ?

— Que Tom se remarie.

— Ce n'est pas le fait qu'il se remarie..., dit Josie en empilant les assiettes dans l'évier.

— Oh ?

— C'est cette Elizabeth.

— Tu ne sais rien d'elle en dehors de ce que t'en a dit Rufus, et qui était positif. Elle a l'air bien. »

Josie se retourna lentement, s'adossa à l'évier et repoussa ses cheveux.

« Mais il faudra que je partage Rufus.

— De temps à autre seulement.

— Il a été à moi, et rien qu'à moi, toute sa vie. »

Matthew repoussa sa tasse de café.

« Rien ne dit que cette Elizabeth veuille changer ça. Tu ne sais même pas si elle veut qu'il... »

Il s'interrompit brusquement. Il entrait en zone dangereuse. « Pourquoi, avait dit Josie, en larmes après leur Noël désastreux, suis-je censée aimer tes enfants quand personne ne leur demande même d'*essayer* de m'aimer ? »

« Elle a dit qu'elle lui apprendrait à faire du patin...

— C'est juste une façon de se montrer aimable, dit Matthew. Rufus est un gentil petit garçon, et elle est amoureuse de son père.

— Oui », dit Josie.

Cela la troublait d'imaginer une autre femme amoureuse de Tom. Peut-être ne voulait-elle plus de Tom, mais en imaginant Tom et la maison sous l'emprise d'une autre femme, elle sentit que cela ne la laissait pas indifférente. Il y avait eu un moment, au restaurant, où elle avait cru que Rufus lui rappellerait, avec une logique imparable, qu'elle avait Matthew, qu'elle avait choisi Matthew ; comment pourrait-elle alors s'opposer à ce que Tom ait Elizabeth ? Mais il n'avait rien dit. Il s'était contenté de respecter un silence éloquent avant de terminer son repas, en ne laissant que la salade et la tomate dans l'assiette. Puis, soupçonnant fort justement qu'on ne pourrait rien lui refuser cet après-midi, il avait demandé un autre milkshake et un brownie au chocolat. Sur le chemin du retour, il avait même pris la main de sa mère.

« C'est mieux pour tout le monde, dit Matthew en se levant. Rufus n'a plus de souci à se faire pour Tom tout seul, et tu n'as plus à te sentir coupable de l'avoir quitté. »

Il fit le tour de la table en faisant sonner des pièces de monnaie dans sa poche et l'embrassa.

« Ce sont de *bonnes* nouvelles, dit-il.

— C'est juste que... l'amour maternel est un tueur.

— L'amour paternel n'est pas une sinécure non plus.

— Désolée...

— Au moins, Rufus vit avec toi.

— Matt, je suis désolée. Je n'aurais pas dû dire ça...

— Réfléchis, dit Matthew en lui caressant légèrement la joue du dos de sa main, réfléchis parfois avant de parler. »

Elle hocha la tête. Elle avait envie de lui dire que, même si ce n'était pas tout rose pour lui, à cause de l'absence de ses enfants, il n'avait pas à lutter toute la journée contre les attentes impossibles des autres. Quand il faisait bien les choses, tout le monde applaudissait ; quand il n'y parvenait pas, les gens haussaient les épaules et disaient : « Oh, le pauvre vieux, il a au moins essayé. » Alors que pour elle, pour les femmes...

« Il faut que j'aille travailler un peu, dit doucement Matthew. Désolé.

— Bien sûr...

— Juste une heure ou deux. On a bientôt une inspection d'évaluation gouvernementale...

— Je sais.

— Merci pour le repas », dit-il en l'embrassant à nouveau.

Il sortit de la cuisine en prenant sa serviette au passage et monta à l'étage. La lumière était allumée sur le palier et la porte de la chambre de Rufus un peu entrouverte. Avec précaution, Matthew passa la tête à l'intérieur. La chambre était plongée dans l'obscurité, et la lumière du palier n'éclairait que la silhouette de Rufus sous sa couette, avec son oreiller par terre, comme toujours. De l'autre côté de la chambre, l'autre lit, le lit de Rory, était vide.

Il se détourna, et à l'aide d'un manche à balai muni d'un crochet à son extrémité, il ouvrit la trappe qui, par un escalier rétractable, donnait accès au grenier. Là-haut, Matthew s'était installé un bureau, petit et inévitablement de bric et de broc, mais c'était le seul espace disponible où il pouvait se retrouver seul avec dossiers et fichiers. Josie avait proposé de le décorer, de l'adoucir avec de la peinture et du tissu, mais il avait refusé. C'était un lieu de travail, un lieu de réflexion, et son manque de confort comme de lumière naturelle lui conférait une atmosphère studieuse. C'était aussi devenu le lieu — et il s'en sentait vaguement coupable puisqu'il avait promis à Josie de s'ouvrir à elle de tous ses problèmes — où il pouvait penser librement à ses enfants.

Bien sûr, se dit-il, il pouvait penser à eux n'importe où. Ses pensées n'appartenaient qu'à lui. Mais il avait du mal à penser à eux en présence de Josie, parce que — il était inutile de tenter de se faire des illusions — elle ne pouvait rien apprécier en eux, rien leur trouver d'aimable. Matthew savait bien qu'ils lui avaient rendu la vie impossible depuis qu'elle était arrivée dans l'existence de leur père, mais il doutait que Josie, même si elle le prétendait, eût la moindre idée du degré de loyauté que Nadine exigeait d'eux. Noël avait été atroce, il le savait. Le comportement de ses enfants envers Josie, en particulier celui de Becky, avait été affreux. Et il s'était senti tellement déchiré entre eux qu'il avait choisi la passivité, l'impuissance. Il se méprisait pour ses faiblesses.

« Tiens-lui tête ! s'était écriée Josie la veille de Noël. Pourquoi ne lui tiens-tu pas tête ? »

Il était si mal et si fatigué, il s'en souvenait, qu'il s'était fugitivement demandé pourquoi il avait commencé tout ça, pourquoi il avait jamais espéré se libérer du passé.

« Parce que, lui avait-il répondu sans la regarder, elle le ferait payer aux enfants. Quoi que je fasse, je dois me demander si cela rendra les choses pires pour les enfants. »

Il s'assit à son bureau et alluma les deux lampes. Le contreplaqué qu'il avait appliqué sur les poutres lui servait de panneau d'affichage, et devant lui s'étalait un pêle-mêle de photos de ses enfants, à tous les âges, dans leur bain, à bicyclette, au bord de la mer, dans le jardin, devant la tour de Londres, endormis, déguisés, sérieux en classe. Il posa ses coudes sur le bureau et son menton dans ses mains. Au milieu se trouvait une photo de Rory qu'il aimait particulièrement, en pyjama et chapeau de cow-boy, tenant dans ses bras un chaton qui était mort peu après. Rory devait avoir six ans. Il était grave, très conscient de sa responsabilité de protecteur. Nadine avait appelé plusieurs fois Matthew, ces temps-ci, toujours au travail, pour dire que Rory tournait mal. Pas souvent, et pas avec d'autres gamins, mais le fermier voisin l'avait retrouvé dans sa cour quelquefois, et à l'école, on avait remarqué que s'il était là pour l'appel du matin et du début d'après-midi, il s'absentait souvent aux derniers cours. Elle n'avait pas manqué d'énumérer les raisons du comportement de Rory, mais elle avait refusé, jusque-là, de laisser Matthew s'en occuper.

« Alors, pourquoi m'appelles-tu ?

— Parce que tu es son père.

— Alors, laisse-moi être son père. »

Sur ce, il avait dû raccrocher, précipitamment, de crainte que la secrétaire n'entende les insultes de Nadine par-delà la cloison trop mince qui la séparait de son bureau. Le comportement de Rory était préoccupant, bien sûr, mais Nadine refusait de les laisser venir à Sedgebury, lui et ses sœurs. Ils s'acclimataient, disait-elle. Tous s'acclimataient enfin à leur nouvelle vie de famille, et elle ne voulait pas les perturber en les mettant en contact avec une belle-mère qu'ils détestaient. L'avocat de Matthew lui avait conseillé la patience.

« Donnez-lui un ou deux mois. Ne lui accordez pas la satisfaction d'une bagarre. Si vous n'avez pas revu les enfants d'ici Pâques, on agira. »

Matthew ferma les yeux. Est-ce qu'il était en train d'idéaliser ses enfants parce qu'ils lui manquaient ? Excusait-il la formidable capacité de bouderie, de caprices et d'agressivité qu'il ne leur connaissait que trop bien simplement parce que leur absence le faisait souffrir ? Était-ce parce qu'ils lui manquaient qu'il se montrait parfois brusque envers Rufus, qui ne méritait que rarement un tel traitement ? Rufus était si jeune ! Parfois, en regardant la nuque du petit quand il penchait la tête sur un bol de céréales ou sur ses devoirs, Matthew voyait encore en lui un bébé, et quand il le voyait ainsi, quand il pensait à lui bébé, il remontait inévitablement au moment de sa conception, et une vague de jalousie sexuelle envers Tom Carver — profonde, féroce, désespérément irrationnelle — lui coupait presque le souffle.

« Matt ? »

Il se retourna. Josie avait passé la tête et les épaules dans l'ouverture de la trappe.

« Hé ! Je ne t'avais pas entendue...

— J'ai retiré mes chaussures. Ça va ?

— Comme ci, comme ça.

— Je n'aurais pas dû te parler de l'amour maternel. Je n'aurais pas dû sous-entendre...

— C'est bon.

— Je me demandais...

— Quoi ?

— S'ils ne viennent pas ici, est-ce que tu ne voudrais pas aller les voir chez... chez eux ?

— Je ne crois pas, dit-il en lui souriant. Dans l'antre du lion...

— Ou bien dans un lieu neutre. Je veux dire... Je ne viendrais pas.

— Tu n'en as pas envie...

— J'aimerais en avoir envie, mais c'est difficile de vouloir quand il est aussi évident qu'en retour, on ne veut pas de vous.

— Je sais.

— Matt...

— Oui ?

— C'est dur, hein ?

— Oui, mais pas impossible.

— Qu'arrive-t-il quand cela devient impossible ?

— Je n'en sais rien. »

Il se pencha et lui toucha une main tout en se retenant au cadre en bois de l'ouverture.

« On verra bien. »

9

« Je vais la vendre », dit Elizabeth.

Elle tenait Tom par le bras pour regarder la maison qui n'était à elle que depuis quelques mois.

« Tu viens de l'acheter !

— Je sais.

— Tu pourrais la garder et la retaper pour en tirer un bon bénéfice.

— C'est trop de tracas. Elle ne m'intéresse plus. Je lui suis reconnaissante, mais elle ne va plus faire partie de ma vie, maintenant.

— Bien, dit-il en serrant contre lui le bras d'Elizabeth.

— J'ai demandé à mon père s'il aimerait l'habiter et il a répondu qu'il avait le vertige rien qu'en y pensant.

— Et qu'a-t-il dit à propos de notre mariage ?

— Je crois qu'il te trouve solide.

— En quel sens ?

— Au-delà de l'andropause et sachant ce que tu veux.

— Oui, je sais ce que je veux.

— C'est drôle, dit Elizabeth en promenant des feuilles mortes sur le sol du bout de son pied, mais je crois qu'il est moins surpris que moi. Le fait que je vais me marier me stupéfie.

— Cela t'étonne que quelqu'un ait pitié de ton célibat ?

— Oui, dit-elle en le regardant sans sourire. J'imagine que Robin n'en aurait pas envie ? demanda-t-elle en montrant la maison du menton.

— Robin... »

Robin s'était montrée très accueillante envers Elizabeth. Elles s'étaient vues plusieurs fois, toujours en compagnie de Tom, et Robin avait joué les hôtesses, accablant Elizabeth de tasses de thé, de coussins et de conversation. Elle lui avait dit combien elle aimait la maison de leur père, leur maison de famille. « J'y ai vécu toute ma vie, vous comprenez. On m'y a ramenée après ma naissance à l'hôpital, et je ne l'ai jamais vraiment quittée, sauf pour aller en pension. Je détestais la pension. Et vous ? Et je déteste l'appartement que j'occupe maintenant. Il est si impersonnel ! »

« Pourquoi parles-tu de Robin ? demanda Tom.

— Parce qu'elle a dit qu'elle détestait son appartement. Et elle n'aime pas non plus Bristol. Ici, elle est chez elle. Alors, peut-être...

— Je ne crois pas.

— Trop grand ?

— Trop près.

— De nous ?

— Oui.

— Voyons ! Nous sommes tous des adultes, et Robin a sa vie. Et puis elle n'a montré aucune trace d'agressivité envers moi. »

Tom sourit. Il fit tourner Elizabeth et la ramena lentement vers la rue.

« Trop près pour moi, alors.

— Mais tu l'adores !

— Tendrement.

— Alors quoi ?

— Tu ne tarderas pas à te rendre compte qu'elle a un besoin viscéral de tout savoir, de participer à tout...

— Oh, elle vient juste de vivre une séparation.

— Exactement, c'est tout à fait ça.

— Je crois que je vais tout de même lui poser la question.

— À propos de la maison ?

— Oui.

— Ne le fais pas. »

Elizabeth s'arrêta de marcher.

« Qu'essaies-tu vraiment de me dire ? »

Il s'arrêta, puis il dit :

« Je veux être marié avec toi, sans une personne supplémentaire en permanence avec nous.

— Elle ferait ça ?

— Oui.

— Si tu le dis, céda Elizabeth en haussant les épaules. Mais je te trouve un peu dur.

— Ma chérie, dit-il en l'entourant de son bras, je pense à toi.

— Vraiment ?

— Je me souviens de Josie disant un jour — ou plutôt criant, à dire vrai — qu'aucune femme saine d'esprit ne peut vouloir être une belle-mère. Je ne pense pas que tu veuilles en être une non plus.

— Ça ne m'ennuie pas...

— Parce que tu ne sais pas. Tu ne sais pas encore. Mais moi je sais, parce que je l'ai vu. Nous devons commencer comme nous avons l'intention de continuer, c'est-à-dire sans Robin à un quart d'heure à pied. Rufus, c'est différent.

— Il est mignon, dit Elizabeth avec chaleur.

— Et il n'est qu'un enfant, pas un adulte compliqué. Lucas, étant un homme, est un peu des deux, mais il est indépendant.

— Mon père pense..., commença Elizabeth avant de s'interrompre.

— Quoi ?
— Qu'il devrait y avoir des cours pour belles-mères en puissance. Que la maternité vient au bout de neuf mois de préparation et accompagnée de tout un cortège d'émotions très utiles, mais que devenir belle-mère, c'est comme recevoir une bombe à retardement dans les bagages de l'homme qu'on épouse.
— Et comment sait-il tout ça ?
— Il a lu des contes de fées, dit Elizabeth en remontant le col de son manteau, et il dit que ça l'a fait réfléchir.
— Il est merveilleux ! dit Tom en riant.
— Je sais. »
Tom serra plus fort son bras autour d'elle.
« Mais est-ce que tu te fais du souci ?
— À l'idée d'être belle-mère ?
— Oui.
— Pas le moins du monde, répondit-elle avec un sourire. On ne vit pas au pays de Blanche Neige !
— Est-ce que tu sais pourquoi je t'aime ? lui demanda Tom en l'embrassant.
— Non, bien sûr que non.
— Eh bien, pour une centaine de raisons, mais la cent unième, c'est parce que tu es tellement *saine.* »

Plus tard dans la journée, il s'excusa de devoir retrouver un client.
« Je n'en ai que pour deux heures. Ils ne viennent que pour le week-end, alors c'est difficile de faire les visites de chantier avec eux.
— Bien sûr.
— Et si tu visitais la maison à fond ? Sans moi.
— Seigneur...
— Tu devrais. Ce sera bientôt ta maison, après tout. »
Elle fit la grimace.

« Tu as déjà eu trop d'épouses ici...

— Il est donc temps de faire des transformations, lui dit-il avec un sourire. Il est temps de la changer pour toi et moi.

— Oh ! dit-elle, à la fois surprise et ravie. Oh...

— Penses-y, lui dit-il en l'embrassant. Fais le tour du propriétaire et pense à ce que tu aimerais changer. Ce sera n'importe quoi. Tout ce que tu voudras. »

Quand il fut parti, elle resta un moment où elle était assise, à la table de la cuisine, concentrée sur la seconde moitié d'une tasse de thé. Une douce satisfaction l'entourait, imprégnait la pièce, coulait paisiblement sur le canapé et les fauteuils, sur la table et les plans de travail, sur les bouteilles, les pots, les tasses, les carafes, sur Basile, étiré sur le siège sous la fenêtre, exposant au soleil d'hiver son énorme ventre tacheté. Il était difficile de croire à ce qui s'était passé ces derniers mois, difficile d'attribuer à l'achat d'une maison qu'elle ne voulait pas vraiment la manifestation du désir enfoui d'un changement qu'elle avait appelé profondément, et qui était venu sous une forme à laquelle elle avait renoncé, à laquelle elle ne croyait plus, qu'elle n'espérait même plus. La maison avait débouché sur Tom Carver et, avec la venue de Tom, tout un nouveau monde extraordinaire apparaissait, pas simplement attirant, mais correspondant en quelque sorte à ce à quoi elle aspirait depuis des années.

Assise là, dans la cuisine de Tom — bientôt *sa* cuisine —, Elizabeth pouvait s'avouer, avec presque le genre de soulagement qu'on ressent au confessionnal, que ce n'était pas seulement Tom qui s'était emparé si puissamment de ses désirs. Il y avait autre chose, un autre besoin : le désir de la célibataire, de la femme assumant des responsabilités professionnelles, de connaître ce pouvoir domestique particulier de la femme mariée — celui de présider à la vie et de l'organiser, de se soumettre à la dictature tranquille, subliminale, de la lessive, de la dinde de Noël, des invitations, de savoir que les décisions qu'on prend, fondées la plupart du temps sur ce qu'on aime ou sur ce qu'on n'aime pas, sont au cœur des choses. Elizabeth regarda la cuisine, son œil s'arrêtant sur tel ou tel objet, une passoire en cuivre, une bouteille d'huile d'olive, un pot contenant des cuillers en bois, une pile de journaux, une paire de lunettes de lecture, un trousseau de clés, un bougeoir, et l'idée, lumineuse et joyeuse : « J'aimerais une cheminée, ici. »

Elle se leva, jeta ce qui restait de son thé maintenant froid, et déposa sa tasse dans le lave-vaisselle. Basile, percevant un mouvement et espérant que cela indiquait la prochaine ouverture du réfrigérateur ou d'un placard prometteur, roula sur le dos, dressant ses grosses pattes, le regard faussement somnolent tourné vers la cuisine et non vers le jardin. Elizabeth s'approcha et lui posa la main sur le ventre. Il se mit à ronronner sans bouger une moustache.

« Tu vas bientôt être mon beau chat... »

Elle se redressa.

« Fais le tour du propriétaire, avait dit Tom, et pense à ce que tu aimerais changer. »

Elle ouvrit la porte de la cuisine et sortit dans l'étroit couloir dallé d'un élégant carrelage noir et blanc. De là, l'escalier montait au premier étage, l'étage du salon, sur la rue et, derrière, de la chambre où Tom l'avait emmenée pour la première fois juste après Noël et bien souvent depuis. À mi-palier, la salle de bains de cette chambre faisait saillie à l'arrière de la maison, au-dessus de l'office du rez-de-chaussée. Ensuite, l'escalier montait vers ce que Tom appelait l'étage des enfants — la chambre de Rufus, la chambre de Robin, la chambre qui avait été celle de Lucas et qu'encombraient maintenant valises et étagères métalliques avec les archives de Tom et les jouets de Rufus quand il était bébé.

Elizabeth s'engagea dans l'escalier. C'était Josie, avait dit Tom, qui avait peint les murs en jaune, un jaune chinois, une couleur beaucoup plus téméraire que celles qui attiraient naturellement Elizabeth, mais elle l'aimait bien. De toute façon, Josie n'avait pas laissé de présence menaçante derrière elle ; elle avait choisi de partir parce qu'elle préférait autre chose, et, en son absence, ses murs jaunes semblaient impersonnels et joyeux. Elizabeth tendit la main et caressa le mur.

« Tu peux rester. »

Le salon, c'était différent. Pauline l'aimait, avait dit Tom, elle l'utilisait beaucoup, et c'était elle qui avait choisi les rideaux élaborés et assez féminins, les meubles fragiles. Josie ne l'aimait pas et elle n'y venait presque jamais. C'était pour cela qu'elle avait transformé une extrémité de la cuisine en un salon de rechange. Il semblait n'y avoir aucune trace de Josie dans la pièce, sauf la sensation qu'elle n'y était jamais entrée de plein gré pour se retrouver face à toutes ces photos de Pauline seule, de Pauline en compagnie de Tom et des enfants, et, sur la cheminée, du portrait de Pauline vêtue d'une robe gitane des années soixante-dix et les cheveux longs, avec une frange. Belle, se dit Elizabeth en la regardant, belle comme Robin, avec le même genre de côté fini et poli, la même assurance physique. Je ne pourrais sans doute pas retirer ce portrait, mais peut-être juste quelques-unes des photos, et les rideaux et les coussins à fanfreluches... Il serait peut-être possible, avec tact, de suggérer à Tom que cette pièce ressemble à un sanctuaire, qu'elle est fossilisée, un peu dépassée, maintenant, par le changement. Elle regarda la photo de Pauline la plus proche. Elle y portait une robe ou une chemise à longs poignets et manches amples, comme au théâtre, et ses mains entouraient Robin, sur ses genoux, en robe bain de soleil. Robin très petite, encore bébé, avec des petits pieds nus potelés. Par-dessus la tête de Robin, Pauline regardait l'objectif avec assurance, sous ses cheveux sombres luisants et ses sourcils joliment arqués. Elizabeth avança la main et tourna la photo jusqu'à ce qu'elle soit face au mur, puis elle émit un involontaire soupir de soulagement.

Elle pouvait oublier pour le moment la chambre de Tom, confortable et sans caractère particulier. Josie y avait accroché des rideaux en lin rouille avant de se désintéresser de l'affaire. Durant son année de solitude, Tom avait laissé s'éparpiller dans toute la pièce ses possessions masculines, vêtements, chaussures, disques compacts et livres. Sur la commode trônaient les photos de ses enfants, dont trois de Rufus, et derrière, à demi cachée, une carte postale reproduisant la *Madone* de Raphaël dissimulait une photo encadrée de Pauline. Il n'y avait pas de photo de Josie. Elizabeth avait parfois eu envie d'en voir une, mais elle n'avait pas encore eu le courage de le demander. Tom avait du mal à parler de Josie sans agressivité, mais Elizabeth sentait obscurément que, d'étrange façon, elle était pour elle une sorte d'alliée, un soutien silencieux dans la subtile guerre d'indépendance contre l'inaccessible perfection du fantôme de Pauline.

Elizabeth n'était montée qu'une fois au dernier étage, à l'invitation de Rufus, pour voir sa chambre. Il en était très fier. Il lui avait montré le mobile d'avions qu'il avait fait tout seul, une maquette de destroyer qu'il avait décidé de ne pas commencer avant son neuvième anniversaire, la lampe de chevet pincée sur sa tête de lit, son fauteuil-sac plein de petites billes de polystyrène, son placard à collections — coquillages, autocollants et photos de montres découpées dans des magazines. Maintenant qu'il n'était pas là, elle pouvait aussi ouvrir son armoire et ses tiroirs pour voir les vêtements accrochés ou pliés, les chaussettes en boule, une ceinture et une fausse cravate sur élastique. Ils étaient touchants, ces tiroirs, qui exprimaient l'espoir innocent d'être toujours utilisés, quotidiennement, pendant les semaines et les années d'une enfance ininterrompue. Elizabeth se jura de ne rien changer ici, rien que Rufus n'aurait demandé, afin de ne pas détruire davantage, par inadvertance, le frêle sentiment de continuité qui demeurait. Elle caressa un sweat-shirt, un jean, puis referma le tiroir, presque avec respect.

Lucas n'avait pas occupé sa chambre depuis six ou sept ans. Il avait déménagé quand il était parti pour l'université, et ne l'utilisait plus que comme réserve pour les débris de sa vie — coussins, équipement musical, chaussures de ski, lampes, raquette de tennis, affiches dans des tubes en carton — et pour les vacances, quand il ne partait pas pour ses longs voyages à l'étranger. Avec son premier emploi, il avait pris son premier appartement, et emporté presque tout ce qu'il possédait, sauf les coussins et quelques affiches, dans la mesure où ses goûts avaient évolué des couleurs primaires et de la politique à la monochromie et à la culture. La chambre semblait brute et inutilisée, et des traces d'humidité ourlaient la fenêtre qui donnait sur le charmant petit jardin de la maison et les jardins tout aussi charmants des maisons voisines. Mais c'était une pièce agréable, bienveillante. C'était une pièce qui, en temps voulu, pourrait devenir une nursery.

Elizabeth ressortit sur le palier. Un léger bruit attira son attention. Elle se pencha sur la rampe et regarda en bas.

« Tom ? »

Silence. Une motocyclette rugit soudain dans la rue, et les fenêtres, comme toujours, répondirent par un tremblement élégant et offusqué. Elizabeth alla tourner la poignée de la chambre de Robin. La porte était verrouillée.

« Stupide », dit Elizabeth à haute voix.

Elle tourna la poignée dans l'autre sens, la secoua. Elle était vraiment fermée. Elizabeth la regarda. La porte de Rufus était ornée d'autocollants, celle de Lucas, pour quelque obscure raison, arborait un petit heurtoir en forme de tête de bélier. Mais il n'y avait rien sur celle de Robin. La peinture blanche et lisse renvoyait à Elizabeth comme un défi de deviner ce qu'il y avait au-delà. Elle s'accroupit et colla un œil au trou de la serrure. Rien que du noir, comme si on avait obturé l'ouverture de l'intérieur. Rien ne pouvait exprimer plus clairement que Robin considérait cette pièce comme son territoire, le lieu qu'elle avait toujours possédé, toute sa vie, le lieu qu'elle comptait bien garder à elle, quoi qu'il se passe.

Elizabeth se releva. Tom lui avait parlé de Robin et de l'effet de la mort de sa mère sur une personnalité déjà fragile et dépendante, des scènes dans la chambre sombre avec Robin hystérique sur le lit et Lucas sur le seuil, blanc comme un linge de peur et de douleur, qui regardait en silence. Elizabeth avait eu de la peine pour Robin, pour Tom, pour Lucas. Ils avaient tous été plongés dans un abîme après le retrait abrupt de la corde qui reliait leur vie de famille. Elle avait écouté avec une sympathie respectueuse. Sa propre vie n'avait jamais connu un tel drame : il y avait eu des silences — surtout entre elle et sa mère — mais jamais de scènes. Elle n'avait jamais ressenti, comme elle commençait à en ressentir en pénétrant dans le monde du passé et du présent de Tom, d'émotions si crues, si violentes, la passion humaine atavique qu'elle n'associait auparavant qu'à la tragédie grecque, à Shakespeare. Elle regarda la porte fermée de Robin et sentit, pour la première fois, un pincement d'appréhension à l'idée que peut-être elle ne saurait pas faire face à certaines choses — des choses émotionnelles — avec le calme et la pondération qu'elle espérait. Elle se secoua. Ne fais pas de mélodrame, s'ordonna-t-elle de la voix que sa mère utilisait avec elle. Cette porte est fermée parce que Robin ne s'entendait pas du tout avec sa première belle-mère. En revanche, elle a été très gentille avec toi.

Elle quitta le palier et redescendit lentement. Tu ne prendras jamais assez de précautions, lui avait dit une collègue au travail la semaine précédente ; jamais tu n'iras assez lentement, jamais tu ne seras trop patiente. Mais il faut aussi, se disait maintenant Elizabeth, que je sois moi-même. On doit me laisser être la femme de Tom à ma façon, vivre dans cette maison comme dans ma maison. Elle s'arrêta devant le salon. Je dois faire que cette pièce soit la mienne, pas celle de Pauline. Même si on se souvient des morts avec amour, on ne doit pas vivre avec eux comme si en quelque sorte ils n'étaient pas vraiment morts.

Elle redressa les épaules. Elle allait descendre dans la cuisine et commencer à réfléchir à l'emplacement de la cheminée, à des fauteuils peut-être un peu moins agressivement modernes que ceux que Josie avait choisis, et elle descendrait aussi dans le jardin pour voir si elle saurait distinguer ce qui, sous les feuilles mortes de l'automne qui n'avaient pas été balayées, attendait le printemps pour renaître à la vie. Elle descendit la dernière volée de marches jusqu'au couloir et entra dans la cuisine. Robin, en blazer bleu marine et jean repassé, était debout devant la table en train de lire le courrier de Tom.

« Robin ! »

Robin leva les yeux sans poser la lettre qu'elle tenait. Elle semblait parfaitement à l'aise.

« Salut !

— Comment es-tu entrée ? Je n'ai pas entendu la sonnette. Tom avait-il laissé la porte ouverte ?

— J'ai ma clé, bien sûr, dit Robin en plongeant la main dans sa poche de blazer pour en ressortir deux clés sur un ruban rouge. Mes clés.

— Est-ce que..., commença Elizabeth avant d'avaler sa salive, est-ce que tu fais ça souvent ?

— Quoi ? demanda Robin sans cesser de sourire.

— D'entrer comme ça...

— Quand je le veux, répondit Robin en riant. C'est ma maison, après tout ! »

Elizabeth alla prendre la bouilloire afin d'avoir une excuse pour tourner le dos à Robin.

« Est-ce que tu veux du thé ?

— Il n'y en a pas. J'ai regardé.

— J'ai apporté du Lapsang ce matin, dit calmement Elizabeth.

— Où est-il ? s'étonna Robin.

— Ici.

— Oh, mais ce n'est pas là qu'on met le thé. On le met dans ce placard, près du café.

— C'est bien loin de la bouilloire...

— On l'a toujours mis là, dit Robin en posant la lettre. Je vois que papa doit à nouveau affronter les gens de l'urbanisme. »

Elizabeth ouvrit la bouche pour demander : « Est-il normal que tu lises la correspondance de ton père ? », mais elle la referma. Elle fit couler de l'eau dans la bouilloire.

« Est-ce que papa est sorti ?

— Pour une réunion de chantier...

— Zut ! Ma voiture a des ratés.

— Tu voulais qu'il la regarde ?

— Non, dit Robin avec un grand sourire. Je voulais qu'il paye la réparation.

— Mais... », commença Elizabeth.

Elle s'interrompit et brancha la bouilloire avant de prendre le paquet de thé.

« Il a commencé quand j'étais étudiante, et il a continué. Attends, je vais faire le thé. Assieds-toi.

— Ça va...

— Ce n'est pas à toi de faire le travail », déclara Robin.

Elle alla ouvrir un placard et en sortit une théière qu'Elizabeth n'avait encore jamais vue, et revint prendre le paquet de thé des mains d'Elizabeth.

« Tu regardais la maison ?

— Oui.

— Le salon est charmant, tu ne trouves pas ? C'est la seule pièce que maman a vraiment terminée avant de mourir. Le portrait a été peint par un ami à elle qui commençait à devenir célèbre, membre de l'Académie royale, et tout ça. Juste après l'avoir terminé, il s'est tué en faisant de l'escalade en Suisse. J'ai toujours pensé que c'était prophétique, surtout qu'il était amoureux d'elle.

— Vraiment ?

— Oh, oui, dit Robin d'un air rêveur. Tout le monde était amoureux d'elle. »

Elizabeth gagna le siège sous la fenêtre et poussa Basile pour qu'il lui laisse de la place.

« Ta semaine a été bonne ? »

Robin soupira. Elle se mit à cogner tasses et portes de placard et à fouiller nerveusement dans le réfrigérateur à la recherche de lait.

« Comme ça. J'étais un peu tendue à cause de la voiture... Tous ces kilomètres ! Il a fallu que j'aille à Jersey et Guernesey mercredi — c'était presque une récréation. Mais tout le reste du temps, c'était en Galles du Sud. Je ne sais pas ce que les gens lisent en Galles du Sud, mais ce n'est certainement pas ce que j'ai essayé de leur vendre. »

Elizabeth caressait le flanc duveteux de Basile.

« Ton employeur sera certainement prêt à payer les réparations de ta voiture ?

— J'ai déjà dépassé mon crédit de réparations, répondit Robin avec une grimace, et je l'ai utilisée un peu trop souvent pour mes déplacements personnels. Je ne crois pas que ce soit grave, mais il y a quelque chose qui cogne et on s'énerve vite avec ce genre de bruit sur l'autoroute. Papa m'a offert un téléphone de voiture la semaine dernière, heureusement. Ça fait une énorme différence... »

Elle mettait trop de thé dans la théière. Elizabeth le remarqua et ne dit rien.

« Tu sais pour combien de temps papa en a encore ?

— Je dirais environ une heure.

— En fait, confia Robin sur le ton du secret, j'ai autre chose à lui demander que la voiture...

— Ah ?

— Je voudrais déménager. Je voudrais un autre appartement, dit-elle en versant de l'eau bouillante dans la théière et en attirant une chaise tout près d'Elizabeth. J'en ai même vu un.

— Vraiment ?

— Oui. Mais il faut tout refaire dedans. Absolument *tout*.

— Mais ton père est architecte...

— C'est pratique, hein ? Reste le problème de l'argent. »

Elizabeth pensa à la maison envers laquelle, bien qu'elle ne la veuille plus, elle ressentait une absurde responsabilité, à cause de ce qu'elle lui avait apporté.

« Il y a ma maison... »

Robin sourit. Elle se pencha et tapota le bras d'Elizabeth, puis se leva pour servir le thé.

« Merci. C'est très gentil de ta part. Je dois t'avouer que j'y suis allée et que je l'ai regardée. Mais c'est un peu *permanent* pour moi, une maison. Un engagement. Tu vois ce que je veux dire ?

— N'as-tu pas envie d'une certaine permanence ?

— Pas avant que j'aie quelqu'un de permanent à mes côtés. J'ai cru, tu vois...

— Je sais, je suis désolée. »

Robin apporta deux tasses jusqu'à la fenêtre et en tendit une à Elizabeth.

« Papa m'a tant aidée. Et Lucas. Est-ce que tu as rencontré Lucas ?

— Pas encore. Nous déjeunons avec Amy et lui demain.

— Oh ! Vraiment ? s'étonna Robin dont le visage se figea. Je ne savais pas... »

Elizabeth prit une gorgée de thé. Il allait encore falloir faire volontairement preuve de générosité. Sans lever les yeux, elle dit :

« Pourquoi ne viendrais-tu pas ?

— Pourquoi est-ce que papa ne me l'a pas dit ?

— Je n'en sais rien.

— Je lui ai parlé hier. Pourquoi n'a-t-il rien dit ?

— Ma chérie, répondit Elizabeth qui avait remarqué qu'elle ne souriait plus, je n'en sais rien. Mais viens donc, viens te joindre à nous. »

Robin regardait son thé, le visage sombre. Puis elle retrouva son sourire.

« Oui, oui, bien sûr, je viendrai. Si tu veux bien m'excuser, il faut que je monte chercher quelque chose dont j'ai besoin.

— Bien sûr. »

Robin gagna la porte. Elle s'arrêta puis se retourna et, d'une voix charmante, dit :

« Mets-toi à l'aise. »

En haut, il semblait que rien n'ait changé. Tom et Elizabeth dormaient sans doute ensemble — et c'était une chose à laquelle Robin avait décidé d'éviter de penser — mais Elizabeth semblait n'avoir pas même laissé une brosse à dents. Quand Josie avait commencé à coucher avec Tom, Robin s'en souvenait, elle était arrivée avec armes et bagages : ses vêtements avaient envahi le placard, ses crèmes et lotions encombraient la salle de bains, et elle se déchaussait devant la télévision. Un jour, Robin avait trouvé un long cheveu roux dans l'évier de la cuisine, et elle aurait bien voulu vomir.

Mais Elizabeth était différente. En montant au dernier étage, Robin sortit les clés de sa poche et se dit qu'elle devait se rappeler — faire l'*effort* de se rappeler — à quel point Elizabeth était différente. Elle s'était même forcée à le dire, pour preuve de ses bonnes intentions, à Lucas et Amy.

« Je ne veux pas d'une autre belle-mère, avait dit Robin, je ne veux pas que papa se remarie jamais, mais dans la mesure où il va le faire de toute façon, elle est bien. Elle est différente.

— Différente en quoi ? » avait demandé Amy.

Amy aimait bien Josie, qui s'était montrée gentille avec elle et l'avait autorisée à s'exercer sur elle à de nouvelles techniques de maquillage. Elles avaient beaucoup ri ensemble, dans la salle de bains. Josie était marrante.

« Une femme tranquillement occupée par son travail, avait répondu Robin. Très correcte, pas démonstrative. Elle n'est pas tout le temps collée à papa.

— Il est vrai qu'il n'y a guère de place pour vous deux, avait plaisanté Lucas.

— Je me sens mieux, maintenant que je l'ai rencontrée, avait conclu Robin sans relever la pique.

— Elle m'a l'air assez barbante, avait remarqué Amy.

— Elle l'est. Mais ça va. C'est parfait, en ce qui me concerne.

— Elle sera quand même sa femme, Robin, avait dit Lucas en posant sur elle un regard appuyé.

— Qu'est-ce que tu veux dire ?
— Les épouses passent d'abord.
— Non...
— Si.
— Pas toujours. Pas nécessairement. Seulement si elles insistent pour qu'il en soit ainsi. »

Elle inséra sa clé dans la serrure de sa chambre et la tourna. Elle ne voyait jamais sa chambre sans émotion, jamais elle n'y entrait sans qu'un flot de souvenirs l'enveloppe, les souvenirs de toutes ces années, ces années intenses où elle avait dû combattre la peine, les regrets, l'idée qu'elle devrait forcément un jour quitter la maison, la terreur qui accompagnait cette perspective. Quand elle avait rencontré Neil, elle avait emporté, avec un sentiment extraordinaire de soulagement, la moitié de ce que contenait la pièce, ne prenant qu'une photo de sa mère, et rien de ses années d'adolescente. Elle en avait été ravie, fière, et elle s'était félicitée de n'emporter que les choses qui pourraient contribuer à l'avenir, qui ne la retiendraient pas dans un passé destructeur. Mais même à l'époque, quand elle était partie vivre avec Neil, elle avait bouché le trou de la serrure et fermé à clé derrière elle. Pas question que Josie vienne y mettre son nez. Elle n'était pas fouineuse, mais elle n'était pas du côté de Robin non plus. De toute façon, il fallait protéger Pauline de Josie, qui était ouvertement jalouse, avait expliqué Robin à Neil, si on peut imaginer qu'il soit possible — ou concevable — d'être jalouse d'une femme morte à trente-deux ans alors que vous êtes vous-même en vie. Et la chambre de Robin était pleine de Pauline.

Elle s'approcha de sa coiffeuse, sa coiffeuse d'adolescente, juponnée, comme elle l'avait demandé à treize ans, de rose et de blanc, et posa la clé sur le dessus en verre. Elle regarda autour d'elle. Calmement, de bien des angles, sa mère la regardait. Elizabeth Brown était gentille, Robin n'en doutait pas. Elle était gentille, correcte et un peu ennuyeuse, mais malgré tout, elle épousait son père, et en conséquence, la chambre de Robin devrait rester fermée à clé. Non seulement pour en préserver l'intimité présente, mais pour sauvegarder le passé, le passé de Robin, l'enfance de Robin.

10

« Mais c'est la troisième fois, dit son institutrice à Claire. C'est la troisième fois cette semaine que tu dis n'avoir pas pu faire tes devoirs.

— Je ne peux pas », affirma Claire.

Elle portait un uniforme approximatif de l'école, et l'ourlet de sa jupe pendait d'un côté. Il ne semblait pas qu'elle s'en soit aperçue.

« Est-ce qu'il y a un endroit chez toi où tu peux faire ton travail ? demanda l'institutrice.

— Il y a une table, répondit Claire en pensant à la cuisine.

— Est-ce silencieux ? »

C'était silencieux, se dit Claire, si sa mère n'était pas là mais à l'étage, dans son atelier, en train de fabriquer des pots en argile tressée, sa nouvelle passion. Il y avait de l'argile partout, jusque dans le fond de la baignoire, qui grattait à cause des dépôts.

« Oui.

— Alors tu n'as vraiment aucune excuse. Ton frère et ta sœur ont des devoirs, n'est-ce pas ?

— Oui...

— Où est-ce qu'ils les font ? »

Claire réfléchit. Becky passait des demi-heures rageuses sur le plancher de leur chambre avec la musique si fort que Nadine hurlait, puis sortait en déclarant que ce boulot merdique était terminé. Rory semblait ne jamais faire de devoirs du tout. Il emportait son cartable dans son antre, mais Claire doutait qu'il l'ouvre jamais. Ils lui donnaient tous les deux la très nette impression que non seulement ce n'était pas *cool* de faire ses devoirs, mais que c'était de surcroît tout à fait inutile. Les devoirs ne servaient à rien. Ils n'étaient qu'une démonstration d'autorité inventée par les enseignants pour leur propre bien. Claire n'était pas certaine de le penser. Au fond, les devoirs ne l'ennuyaient pas vraiment, comme l'école ne l'ennuyait pas vraiment. C'était bien, de se sentir membre d'un groupe, d'aller chaque jour dans un lieu qui ne changeait pas, où l'on vous traitait comme tous les autres. Ce n'était pas un esprit rebelle qui empêchait Claire de faire ses devoirs, mais le désespoir. Chaque soir, elle sortait ses livres et les posait sur le bout de table débarrassé des restes du repas précédent qu'elle retrouvait presque toujours là, et s'asseyait devant eux. Et elle restait là. Elle restait assise, les yeux dans le vide, sans rien pouvoir faire. Elle ne pouvait lire un mot, elle ne pouvait prendre un stylo.

« Où est-ce que ton frère et ta sœur font leurs devoirs ? » répéta patiemment son institutrice.

Claire la regarda. Elle était jeune, des cheveux bruns bouclés entouraient son visage rond. Claire aurait détesté avoir les cheveux bouclés.

« Quelque part...

— Claire, tu *dois* faire tes devoirs, est-ce que tu me comprends ? Tu dois les faire, non pas parce que je le dis, mais pour que je puisse vérifier si tu as bien compris ce que je t'ai appris en classe. »

Claire hocha la tête. Elle sentit, face à une explication aussi raisonnable, qu'elle devait répondre franchement.

« Mais je ne peux pas.

— Que veux-tu dire ?

— Je ne peux pas les faire.

— Est-ce que tu ne les comprends pas ?

— Si, mais quand je rentre à la maison, je ne peux rien faire. »

L'institutrice la regarda. Elle avait l'air fatigué, mais tant d'enfants avaient l'air fatigué à cause des téléviseurs qu'on les laissait regarder sans contrôle dans leur propre chambre, et de parents trop épuisés pour exercer la moindre discipline.

« Est-ce que ta mère est à la maison quand tu rentres ? »

Claire hocha la tête.

« Peut-être devrais-je lui parler...

— Non.

— Pourquoi pas ?

— Il faut qu'on se débrouille, dit Claire, qui citait sa mère.

— Parce que..., dit l'institutrice avec délicatesse, vous êtes seuls ? »

Claire hocha de nouveau la tête. Ses yeux se remplissaient de larmes. Elle n'avait pas vu Matthew depuis six semaines et trois jours, et il y avait eu une vraie bataille le matin quand Nadine avait voulu laver son survêtement Disneyland.

« Tu vas le faire rétrécir !

— Mais non...

— Si ! Tu vas l'abîmer. Le touche pas ! Je veux pas qu'on le lave... »

Nadine le lui avait arraché des mains, et quand elle était allée aux toilettes, Claire l'avait récupéré dans la pile de linge sale et l'avait caché dans la housse de couette de Rory. Il allait y avoir des cris quand Nadine viendrait la chercher et lui poserait des questions à propos du survêtement.

« Est-ce que tu ne pourrais pas essayer encore une fois ce soir ? » demanda l'institutrice.

Claire soupira. Cela ne servirait à rien.

« Je ne peux pas réfléchir, dit Claire d'une voix désespérée.

— Je vois, dit l'institutrice en se levant. Es-tu certaine que je ne peux pas parler à ta mère ?

— Oui.

— Alors, à qui d'autre est-ce que je pourrais parler ? »

Claire leva vers elle des yeux luisants d'espoir.

« À mon père ? » suggéra-t-elle.

Dans le salon du cottage, Becky était vautrée sur le canapé, bien sûr tout défoncé ; elle avait couvert de coussins et d'une couverture les endroits sans ressorts, ou dont les ressorts pointaient comme des épées à travers la vieille cretonne. La télévision diffusait un programme pour enfants présenté par un pitoyable type à grosses lunettes et cheveux en brosse, mais Becky ne pouvait guère le voir à cause de la tempête de neige sur l'écran. Elle se moquait que la réception soit aussi mauvaise. De toute façon, ce programme ne l'intéressait pas. Elle voulait juste que la télévision allumée lui tienne compagnie, lui donne l'illusion qu'il y avait d'autres gens autour d'elle, que des choses se passaient.

Il faisait froid dans le salon. Becky allumait maintenant le feu avec une certaine habileté, mais il y avait un problème avec le vent qui soufflait, et le feu ne brûlait pas comme il aurait fallu. Elle s'était enroulée dans la couette prise sur son lit mais, même tout emmitouflée, elle avait froid à l'intérieur, comme quand on a peur de quelque chose. Elle remua un peu pour que le paquet de cigarettes dans sa poche de veste ne lui meurtrisse plus la poitrine, et elle pensa à ce qu'elle avait d'autre dans cette poche : un comprimé blanc dans du papier d'aluminium, avec un oiseau d'un côté et un visage souriant de l'autre. Un garçon le lui avait donné au collège. Il lui avait dit qu'il pourrait en tirer cinq livres, mais qu'il le lui donnait à condition qu'elle sorte avec lui ce week-end, en boîte, avait-il dit. C'était un grand de la classe supérieure, lourdaud, avec des membres trop longs, et tout le temps où il lui parlait en passant le petit paquet d'une main dans l'autre, il avait les yeux fixés sur la poitrine de Becky.

Becky ne savait plus bien pourquoi elle avait accepté le comprimé. C'était flatteur, d'une certaine manière, d'être invitée à sortir, de se voir offrir une sorte de pot-de-vin pour accepter d'appartenir à un groupe particulier, et le garçon qui s'adressait à elle était un des cinq ou six que les filles recherchaient. Il avait bien sûr la réputation de vouloir aller jusqu'au bout, de refuser de mettre un préservatif, de s'y connaître — un gars dangereux, ce qui ne le rendait que plus désirable. Si elle sortait avec lui ce week-end, elle ne pourrait prétendre qu'elle ne savait pas ce qui l'attendait, et de toute façon, quelque chose en elle voulait que cela lui arrive, elle voulait ressentir l'effet de la drogue, se voir rebelle, sexy. Et libre. En revanche, grandissait en elle depuis peu quelque chose de contraignant qu'elle n'appréciait pas du tout, sans pouvoir l'ignorer. Elle ne pouvait plus se dire que, comme les autres jeunes filles de moins de seize ans, elle n'avait ni responsabilités ni obligations, et qu'on ne pouvait lui en donner. Les fardeaux s'étaient accumulés sur elle, qu'elle les ait voulus ou non, à cause du divorce de ses parents, et le plus compliqué de ces fardeaux était Nadine. Nadine était une mère, trois fois mère, mais elle n'était pas ce à quoi on pensait quand on disait le mot « mère ». Becky commençait à comprendre qu'elle était davantage quelqu'un qui avait besoin d'une mère, d'une autorité supérieure pour l'aider à se tenir. Becky voyait bien — et elle croyait que les autres le voyaient aussi, à la manière dont ils se comportaient — qu'elle n'avait plus aucun contrôle sur les événements. Il n'y avait pas que les problèmes domestiques, mais plutôt le sentiment que Nadine ne savait pas où elle allait ni ce qui se passerait le lendemain ou dans les semaines à venir, et sa peur de cette ignorance l'enveloppait, presque comme une odeur. Si Becky sortait avec Stu Bailey samedi soir et prenait son comprimé d'*ecstasy* avant d'avoir des relations sexuelles — pour la première fois — dans un parking en étages à 4 heures du matin, elle penserait peut-être qu'elle avait réussi, qu'elle était sortie d'une sorte de cage et volait enfin, libre ; mais il faudrait pourtant qu'elle rentre chez elle après, et qu'elle y retrouve Nadine. Cela vaudrait peut-être la peine, cela compenserait peut-être largement tout ce que Nadine pourrait dire ou faire, juste se sortir de cet enchevêtrement d'ennuis pour une seule nuit et s'éclater. En revanche, ce ne serait peut-être pas cela. Becky en était malheureusement venue à constater qu'on ne pouvait traiter les actes séparément, qu'on ne pouvait faire une chose et croire qu'elle n'aurait aucune conséquence plus tard, qu'elle ne se retournerait pas un jour contre vous. Elle courait un risque, si elle sortait avec Stu Bailey, et même si ce risque la tentait, elle n'était pas certaine de pouvoir en affronter les conséquences.

Elle s'assit et sortit ses cigarettes de sa poche pour en allumer une. Puis elle prit le comprimé d'ecstasy et le déballa. Il avait un aspect aussi innocent que du sucre. Elle le renifla puis, le cœur battant, elle le lécha. Il n'avait aucun goût. Il ne sentait rien. Il reposait dans sa paume et lui souriait. Cela lui coûterait cinq livres, se dit-elle soudain, ses cinq dernières livres, pour le posséder tout en rejetant Stu Bailey et son regard fixé sur ses seins. C'est-à-dire *si* elle voulait être libre. Si elle voulait qu'il ne veuille plus obtenir d'elle ce qu'il avait en tête. De toute façon, il la désirerait d'autant plus si elle le repoussait.

Elle referma soigneusement le papier brillant sur le comprimé et le remit dans sa poche. Sa cigarette avait un goût moisi et fatigué. Elle ferma un instant les yeux. Elle devrait y aller, elle le savait, elle devrait exercer brièvement son pouvoir de décision pour utiliser comme elle voulait ce qu'on lui offrait. Mais... Elle ouvrit les yeux et jeta sa cigarette dans le feu qui s'éteignait. Et si Nadine découvrait tout ? Et si Stu Bailey lui faisait vraiment du mal ? Et si... Becky se pencha et monta le volume de la télévision jusqu'à ce que la pièce semble trembler, se jeta à nouveau sur le canapé et rabattit la couette sur sa tête.

« C'est la cinquième fois ! » dit Tim Huntley.

Il était planté, jambes écartées, mains sur les hanches, dans la cuisine de Nadine, et la regardait, assise à la table. Derrière elle, son blazer noir d'uniforme déchiré, se tenait Rory, appuyé contre le réfrigérateur et faussement absorbé dans le maniement des décorations aimantées sur la porte.

« Je suis désolée, dit Nadine presque à voix basse.

— Une ferme n'est pas un terrain de jeux, continua Tim en regardant tour à tour Nadine et Rory. On y court des dangers mortels ! Il n'y a pas que les machines, mais aussi les poisons. J'ai assez de désherbant pour liquider la moitié de Hereford. Et un fusil. Tu as eu de la chance que je ne le pointe pas sur toi ! »

Rory marmonna quelque chose.

« Quoi ? demanda Nadine.

— Je faisais rien...

— Tu étais *là* ! dit Tim. Tu étais là sans que je le sache, sans que je t'y aie autorisé. Quand tu es là, toi qui n'y connais rien, tu peux te faire du mal, et tu peux faire du mal, aussi. Une vache peut s'affoler, ou bien tu risques de donner un virus aux animaux.

— Je m'excuse..., dit Rory à la porte du réfrigérateur.

— J'espère bien. Et pourquoi n'étais-tu pas à l'école, de toute façon ? Pourquoi n'était-il pas à l'école ? demanda-t-il à Nadine.

— Je croyais qu'il y était, répondit-elle avec un léger tremblement.

— J'aime pas ça, dit Rory, c'est barbant. »

Tim s'approcha et se pencha sur la table.

« Ce n'est pas une excuse. La loi dit que tu dois aller à l'école, et la loi dit que tu dois y rester. »

Nadine se tourna vers Rory.

« Est-ce que les autres te brutalisent ? »

Rory secoua la tête.

« Alors, qu'est-ce qui ne va pas ? »

Il hésita. Puis, d'un grand geste, il balaya tous les aimants du réfrigérateur, qui s'éparpillèrent par terre.

« Je peux pas y rester, dit-il d'une voix un peu tremblante. Je peux pas y rester, je peux pas...

— Tu as des devoirs ? » demanda Tim.

Rory hocha la tête.

« Et si tu allais les faire ? Pendant ce temps, je pourrais parler à ta mère. »

Rory donna un coup de pied au réfrigérateur.

« J'ai faim !

— J'imagine que tu sais où trouver du pain.

— Je vais lui en donner... », dit Nadine en se levant.

Tim la regarda. Il remarqua que ses mains tremblaient tandis qu'elle coupait du pain et y étalait maladroitement du beurre de cacahuètes. Rory ne proposa pas de l'aider. Tim eut envie de lui dire de se bouger les fesses, mais se retint. Il avait assez secoué Rory pour aujourd'hui, en l'extirpant de l'appentis des tracteurs avec une telle violence qu'il lui avait déchiré son blazer. Rory avait accepté les remontrances sans un mot. Il n'avait semblé ni effrayé ni boudeur. Il avait simplement paru accepter les cris de Tim comme tant d'autres auxquels il était habitué. Tim l'avait jeté dans la Land Rover comme un sac ou une carcasse d'animal, puis il s'était radouci et lui avait donné une demi-barre chocolatée qui traînait dans la masse de choses plus ou moins identifiables de la boîte à gants. Rory l'avait pratiquement avalée d'un coup.

« Tiens, dit Nadine en donnant à Rory les sandwiches sur une assiette avant de l'embrasser. Ne t'en fais pas. »

Il ne la regarda pas. Il prit l'assiette et se traîna vers la porte.

« Merci, dit Tim Huntley d'une voix forte et autoritaire.

— Merci, murmura Rory.

— C'est bon », dit Nadine.

Rory sortit de la pièce et laissa la porte claquer derrière lui. Ils l'entendirent marcher sur le carrelage de l'entrée et monter l'escalier d'un pas lent et irrégulier, comme s'il avait bien plus de douze ans.

« Il va aller manger ça dans son lit, dit Nadine.

— Dans son lit...

— Il s'est fait une sorte de chambre sous le toit. C'est très privé. Il ne laisse personne y entrer. Du café ?

— Oui, merci, dit Tim en s'asseyant sur une chaise. On a parlé de vous avec ma mère. »

Il posa les avant-bras sur la table et regarda Nadine.

« Ah ?

— Vous n'y arrivez pas, n'est-ce pas ? »

Nadine remplit la bouilloire, la brancha et posa deux tasses l'une contre l'autre sur le plan de travail.

« Ça ne vous concerne en rien.

— On est voisins, dit Tim. On est à la campagne, pas dans une foutue ville où on peut mourir sans que personne le remarque... Il y avait des enfants ici, il y a quatre ou cinq ans. Ils vivaient avec leur père dans une caravane. Si on peut appeler ça vivre. Il était bon à rien, ce bougre crasseux. Bourré la moitié du temps. La plus petite des gosses s'est fait tuer sur la route de Ross, renversée par un camion, parce qu'elle errait seule, affamée. Les autres gosses ont été placés et leur père a disparu. On savait qu'ils étaient là, ma mère et moi, mais on ne savait pas à quel point leur situation était mauvaise. On ne savait pas la moitié de ce qui se passait avant que la petite fille se fasse tuer. »

Nadine ne dit rien. Elle versa une cuillerée de café soluble dans chacune des tasses et reboucha soigneusement le bocal.

« Vous savez ce qui se passe, n'est-ce pas ? demanda Tim.

— À quel propos ? demanda Nadine en prenant la bouilloire.

— À propos de vos enfants. »

Elle baissa la tête.

« Il n'y a pas que le gamin qui sèche les cours la moitié du temps. Il y a les filles aussi. La petite a l'air de mourir de faim, et la grande se compromet avec un des fils Bailey.

— Qui sont les Bailey ? demanda Nadine d'une voix tendue.

— Il vaut mieux ne pas le savoir, grogna Tim. Ils ne causent que des ennuis. Quatre garçons aussi mauvais que leur père. Je suis sûr que vous ne voulez pas que votre gamine traîne avec les Bailey. »

La bouilloire se mit à siffler et le courant se coupa automatiquement. Nadine, tenant son poignet de son autre main pour le stabiliser, versa de l'eau dans les deux tasses.

« Du lait ?

— Oui, merci.

— Du sucre ?

— Deux », dit Tim Huntley.

Il la regarda poser une tasse devant lui et s'asseoir en face de lui.

« Becky est au salon, dit Nadine. Elle fait ses devoirs. Je l'emmène au collège chaque matin, et je reviens la chercher à la fin des cours. Je sais toujours où elle est.

— Vous ne savez pas ce qu'elle fait à l'école, et vous ne pourrez pas la garder enfermée toute sa vie, dit-il en pensant au garçon manqué, pourtant déjà bien développé. Elle ne tardera pas à vous échapper. Une virée à Hereford ou Gloucester et vous l'aurez perdue.

— Partez, dit Nadine en penchant la tête au-dessus de son café.

— Écoutez...

— Partez !

— Ne criez pas, dit Tim Huntley en se penchant vers elle, parce que je ne partirai pas. Je ne suis pas venu vous ennuyer. Je suis venu vous aider à arrêter quelque chose avant que ça commence, avant que vos gosses soient vraiment perdus. »

Nadine leva les mains et dissimula son visage.

« On va s'en sortir, on va...

— Non, madame, vous ne vous en sortez pas, et si je trouve à nouveau votre fils chez moi sans ma permission, j'appellerai les flics. »

Nadine retira ses mains de son visage et le regarda, stupéfaite.

« Vous n'oseriez pas !

— Que si ! Pour son bien. Pour votre bien. Cela n'a jamais aidé personne d'être laissé à l'abandon.

— Je ne le laisse pas !

— Mais vous ne pouvez pas l'empêcher d'errer comme une âme en peine. Et bientôt, il y aura des choses plus graves que vous ne pourrez arrêter.

— Nous avons traversé des épreuves difficiles.

Nous... Nous avons été jetés dehors... Ou du moins, ça revient au même...

— Désolé. La raison de votre venue ici ne me regarde pas. C'est ce qui arrive maintenant qui compte.

— Je ne sais pas ce qui arrive...

— Vous ne devriez pas vivre seule. Il me semble bien que vous êtes en pleine dépression. Vous devriez être entourée. Peut-être que cette communauté près de Hay..., dit-il en regardant l'argile autour des ongles de Nadine. On y fait de l'art et des trucs. Du jardinage. »

Nadine ferma les yeux. De la voix la plus décidée qu'elle ait utilisée jusque-là, elle dit :

« J'aime mes enfants. »

Tim hésita un moment.

« Il y a autre chose, dit-il.

— Quoi ?

— Leur père est directeur d'un collège, n'est-ce pas ? Le gamin m'a dit...

— Sous-directeur, dit Nadine avec mépris.

— Peut-être... »

Elle le fixa soudain de son regard bleu pénétrant.

« Quoi ?

— Peut-être, dit Tim en serrant sa tasse de café, devriez-vous décider que... c'est son tour... pendant un moment ? »

Matthew était assis près du téléphone dans le salon. Il était silencieux, comme si ce silence pouvait suggérer à Josie, à côté, dans la cuisine, que la conversation n'était pas encore terminée. Il avait besoin qu'elle le pense, parce qu'il avait besoin de temps pour réfléchir.

Il venait de parler à Nadine. Elle l'appelait rarement chez lui — elle l'appelait rarement ailleurs, sauf deux fois en un mois à propos de Rory —, et Josie avait décroché.

« Allô ! avait-elle dit avant de pâlir. Je l'appelle. »

Matthew avait retenu sa respiration tandis qu'elle lui tendait le combiné.

« C'est pour toi. »

Il l'avait pris. Josie l'avait regardé comme si elle voulait désespérément quelque chose qu'il était censé deviner. Lentement, il lui avait tourné le dos et avait porté le combiné à son oreille.

« Allô ! »

Josie s'était précipitée dans la cuisine et avait claqué la porte. Nadine pleurait. Elle pleurait, pleurait, et entre deux sanglots elle essayait de l'accuser de tout ce dont elle l'avait toujours accusé.

« À quoi ça rime ? avait dit Matthew, dégoûté.

— À plein de choses !

— Alors dis-moi ce qu'il y a. Arrête de m'insulter et dis-moi !

— Ils sont au lit, avait-elle répondu après s'être bruyamment mouchée. Ils ne peuvent pas m'entendre. »

Matthew avait attendu. Elle s'était mouchée de nouveau, puis elle avait dit :

« Je te les envoie.

— Quoi ?

— Ils ont des ennuis, avait-elle continué dans un murmure rauque et féroce. Ils s'enfuient de l'école et ne font pas leurs devoirs, et ils ont de mauvaises fréquentations. Voilà ce que tu leur as fait, voilà ce qui arrive à cause de toi...

— Tais-toi !

— C'est toi la cause de leurs problèmes. C'est toi qui les as mis dans les ennuis, à toi maintenant de les en sortir.

— Qu'est-ce qui a provoqué...

— Tu sais très bien, salaud, ce qui a provoqué ça !

— Tu veux que les enfants viennent ici..., avait commencé Matthew après avoir pris une profonde inspiration.

— Non ! Je ne *veux* pas !

— D'accord, d'accord, il faut que les enfants viennent. De façon permanente ? Pour leurs études ?

— Oui.

— Tu leur en as parlé ?

— Non.

— Avant de les expédier avec armes et bagages, est-ce qu'il ne vaudrait pas mieux que tu leur demandes leur avis ?

— Je n'en vois pas l'utilité, avait craché Nadine.

— Parce que tu n'as pas l'intention de leur laisser le choix ?

— Parce qu'il n'y a pas de choix ! s'était-elle écriée. Si tu ne les aides pas, s'ils continuent comme ça, si quelque chose arrive, nous ne les aurons plus ni l'un ni l'autre !

— Quoi ?

— Quelqu'un me surveille, avait bafouillé Nadine, quelqu'un qui a vu d'autres enfants mal tourner, quelqu'un qui...

— Qui pourrait te dénoncer ? »

Nadine ne pouvait plus parler. Il entendait sa respiration, rapide et furieuse. Une sorte de pitié était montée en lui qu'il avait étouffée.

« Je comprends », avait-il dit en jetant un coup d'œil à la porte fermée de la cuisine.

Son cœur bondissait d'une joie soudaine, lumineuse, mais il avait tenté d'enlever à sa voix toute émotion potentiellement provocante.

« Est-ce que tu veux qu'on discute des détails maintenant ?

— Non.

— Demain ? Je t'appellerai du collège.

— D'accord », avait-elle dit en se remettant à pleurer.

Il avait failli ajouter : « Dis-leur que je les aime », mais y avait renoncé de crainte de trahir sa joie.

« À demain, donc. Au revoir », avait-il dit.

Il avait raccroché.

Et il était assis là, près du téléphone silencieux, les yeux fermés, et il disait merci, avec ferveur, sans savoir à qui. Ses enfants revenaient, il aurait à nouveau ses enfants à la maison, ses enfants seraient près de lui pour qu'il les encourage, qu'il les protège, qu'il les surveille. Il allait les voir à nouveau, comme il ne les avait plus vus depuis près de dix-huit mois, dans la vie quotidienne d'une famille normale et ordinaire. Il en avait presque le vertige, il était au bord des larmes. Ces dernières semaines, il s'était préparé à une longue lutte épuisante et hideuse contre Nadine concernant les enfants, son droit de les voir à intervalles raisonnables, la possibilité de leur téléphoner plus librement — et jamais il n'avait rêvé qu'il puisse y avoir une alternative, que tout simplement elle puisse lui donner les enfants avec une soudaineté qui l'avait presque assommé. Il pensa à chacun d'eux, il les imagina.

« Merci, dit-il tout bas. Merci, merci ! »

Il ouvrit les yeux. En face de lui, la porte de la cuisine était toujours fermée, et derrière il entendait Josie qui s'affairait bruyamment en écoutant la station de musique classique qu'elle mettait toute la journée, transportant le poste de radio de pièce en pièce. Il se leva. Son premier accès de soulagement et de joie faiblissait un peu. Inutile d'espérer que Josie le partage. Inutile d'espérer que Josie accueille la nouvelle de la venue de ses enfants avec un autre sentiment que la crainte. Elle allait être horrifiée. Peut-être même se mettrait-elle en colère. Et si elle refusait ?

Matthew traversa le salon et ouvrit la porte de la cuisine.

« Josie... »

Elle lavait les casseroles du dîner. Elle ne se retourna pas.

« Pourquoi est-ce qu'elle doit toujours faire un drame ?

— Elle est comme ça. Elle a toujours été comme ça, dit Matthew en s'approchant de Josie. Et elle était dans tous ses états, ce soir.

— Qu'est-ce qui se passe ?

— Josie... »

Elle se retourna, une casserole et une éponge métallique dans ses mains couvertes de mousse.

« Qu'est-il arrivé ?

— Une sorte de crise. Je ne sais pas précisément quoi parce que si je l'avais demandé, j'aurais essuyé une autre tempête d'accusations...

— Les enfants ?

— Oui. »

Josie posa la casserole et l'éponge et s'essuya les mains avec un torchon.

« Des ennuis ?

— Oui.

— Graves ?

— Je n'en sais rien. »

Elle le regarda. Il avait les yeux brillants. Une peur froide s'insinua soudain au creux de son estomac.

« Elle veut que tu y ailles ?

— Non... »

Josie se mordit la lèvre. Il l'entoura de ses bras, mais elle ne le laissa pas l'attirer vers lui.

« Chérie, elle n'y arrive pas. Elle nous les envoie.

— Ici ! Pour vivre avec nous ?

— Oui, dit-il en se penchant pour embrasser le cou impassible de Josie. Pour vivre ici, pour aller à l'école ici. Avec nous. »

Josie ne dit rien. Il posa le bout de son nez contre le sien, incapable de s'empêcher de sourire.

« Ça te va ? »

Elle ferma les yeux un instant, puis elle dit d'une voix dure et joyeuse qu'ils ne connaissaient ni l'un ni l'autre :

« Bien sûr. »

11

Rufus, de son lit, regardait les rideaux qu'il avait choisis quand il avait quatre ans. Ils étaient semés de fleurs, des fleurs bleues sur un fond jaune pâle. Pendant un ou deux ans, il y avait été si habitué qu'il avait cessé de les voir, mais maintenant, il les remarquait à nouveau, et ils le gênaient vraiment. Même si, à quatre ans, il avait voulu des fleurs, pourquoi Josie ne l'en avait-elle pas dissuadé ? Il regarda son bureau. Un bureau tout neuf. Il l'attendait quand il était revenu à Bath, avec ses deux tiroirs et une lampe d'architecte, comme Tom en avait dans son bureau. Jusque-là, Rufus n'avait rien fait de ce bureau, sauf s'asseoir sur la chaise qui était arrivée en même temps et ouvrir et fermer les tiroirs. Ils coulissaient très bien. Rufus en était tout admiratif. Elizabeth lui avait offert une boîte de crayons de couleur, une énorme boîte de soixante-douze crayons, dont les couleurs passaient doucement de l'une à l'autre comme celles d'un arc-en-ciel. C'étaient des crayons d'artiste, avait dit Elizabeth, et quand elle avait l'âge de Rufus, elle avait eu une boîte identique. Rufus se dit qu'il ne rapporterait pas la boîte de crayons à Sedgebury, qu'il la garderait là, dans un des tiroirs de son nouveau bureau. Maintenant que Rory partageait sa chambre tout le temps, il n'avait plus que très peu d'intimité, et il préférait ne pas penser à la réaction de Rory à la vue d'une boîte de crayons de couleur pour artiste.

Il s'assit sur son lit. C'était très, très agréable d'être dans ce lit, dans cette chambre, seul et tranquille. Robin était à côté, bien sûr, puisqu'elle avait soudain décidé de rester pour la nuit, mais les cloisons, ici, étaient plus épaisses que celles de la maison que Rufus considérait comme la maison de Matthew, alors c'était comme s'il était seul. Quand il se lèverait et ouvrirait les rideaux — ce qu'il ne tarderait pas à faire, parce qu'on voyait moins les fleurs quand le tissu était plissé —, il verrait le paysage qu'il connaissait, l'arrière de la maison d'en face, par-delà les deux jardins, avec entre les deux un arbre qui s'ornait en été de feuilles vert pâle qui tombaient comme de petits hélicoptères. En hiver, on voyait la maison d'en face et les gens qui se brossaient les dents, lisaient le journal, aspiraient le tapis mais, en été, l'arbre les cachait. Un jour, un homme avait surpris Rufus qui le regardait, et il lui avait fait bonjour de la main. Rufus en avait été si effrayé qu'il avait plongé sur le tapis, sous la fenêtre, hors de vue.

Il sortit du lit, s'approcha de la fenêtre et tira les rideaux de côté pour écraser les fleurs. L'arbre était toujours nu, mais un peu flou à cause des bourgeons sur ses branches et dont certains portaient déjà de minuscules feuilles. Les volets de la maison d'en face étaient toujours fermés — on était samedi, après tout — et dans le jardin, Rufus vit Basile, assis près de la jeune fille en pierre et sa colombe. Basile se lavait très soigneusement une patte, longuement, lentement. Il semblait que se laver par très petites sections soit le seul exercice qu'il prît jamais.

Rufus alla faire pipi dans la salle de bains près de la chambre de Robin. Josie disait qu'il fallait toujours tirer la chasse, mais comme elle n'était pas là, il ne le fit pas. Il jeta un coup d'œil dans le sac de toilette de Robin. Tout y était bien rangé et sentait le savon. À côté, il y avait un des trucs élastiques en velours avec lesquels elle s'attachait les cheveux. Rufus le prit et le tordit, pour voir. Puis il descendit en sautant les trois dernières marches de chaque volée, comme il le faisait toujours depuis que, deux ans plus tôt, il avait découvert que si l'on sautait d'une certaine façon, on atterrissait un peu plus loin sur le palier à chaque essai. La porte de la chambre de son père était ouverte, mais le lit n'était pas fait et il entendit le grésillement d'un rasoir électrique derrière la porte de la salle de bains. Rufus donna une tape amicale à la porte et bondit vers la cuisine.

« Salut ! » dit Elizabeth.

Elle était déjà habillée et disposait des bols et des assiettes sur la table. Il sourit sans la regarder, soudain intimidé.

« Tu as bien dormi ? »

Il hocha la tête.

« Ton nouveau bureau te plaît ?

— Formidable. »

Elle lui tourna le dos pour fouiller dans les placards et lui demanda :

« Tu aimes les œufs ?

— Oui.

— Comment les aimes-tu ?

— Cuits..., dit-il après un moment de réflexion.

— Oui, dit-elle en riant, mais tu les préfères brouillés, au plat...

— Brouillés, répondit-il en se hissant sur une chaise.

— Tu n'as pas froid, avec juste ton pyjama ? »

Il secoua la tête. Un coup d'œil aux boîtes de céréales lui apprit qu'elles contenaient toutes le müesli qu'aimait Tom. Rien de mangeable.

« Moi non plus, je n'aime pas le müesli, dit Elizabeth en remarquant son expression. Il y a toujours des bouts qui se coincent entre les dents. »

Rufus pensa à la rangée de paquets de céréales à Sedgebury, six ou sept différents, que Josie avait achetés dans l'espoir de trouver quelque chose que les enfants de Matthew mangeraient. Ils en mangeaient, mais pas aux repas. Il arrivait même qu'ils ne viennent pas à table, mais il y avait des bols de céréales dans toute la maison et ils en laissaient tomber dans l'escalier et dans les chambres. Rufus se sentait un peu ridicule de venir à table quand Josie l'appelait, mais il sentait plus fort encore qu'il n'avait pas le choix. Il lui suffisait de la regarder, de voir son visage pas vraiment en colère, bien qu'elle le fût, mais comme désespéré, les yeux agrandis, pour être persuadé de vouloir faire quelque chose afin qu'elle se sente mieux, et si le fait de s'asseoir à la table de la cuisine l'aidait à se sentir mieux, il devait le faire, même s'il en souffrait souvent.

Claire avait demandé à Rory, la semaine précédente :

« Est-ce qu'on ne devrait pas y aller ? Est-ce qu'on ne devrait pas aller avec Rufus ?

— Rufus ? avait ricané Rory. Le petit Rufie à sa maman ? Qui voudrait faire quoi que ce soit avec ce bébé minable ? »

Elizabeth reprit la parole :

« Pourquoi n'irions-nous pas acheter le genre de céréales que tu aimes ? Je ne savais pas quoi prendre.

— J'aime celles qui sont vraiment sucrées, dit Rufus en approchant sa chaise de la table d'un coup de reins, mais je n'ai pas le droit d'en manger.

— Alors, on n'en achètera pas », dit Elizabeth.

Rufus la regarda. Elle lui fit un sourire et dit de la voix ferme et gentille qu'avaient ses institutrices de Bath :

« Pas question de tricher avec ta maman.

— Je pourrais lui parler des rideaux..., suggéra-t-il après un moment de réflexion.

— Quels rideaux ?

— Dans ma chambre. Ils ont des fleurs. Je les déteste.

— Ça, c'est différent. Ta chambre ici est la tienne, et tu as le choix. »

Son visage s'éclaira.

« Vraiment ?

— Bien sûr. Ta chambre, ce n'est pas la même chose que ton éducation. Je ne veux transgresser aucune des règles de ta mère te concernant, mais je suis sûre que tu peux avoir de nouveaux rideaux. »

Rufus prit une cuiller et regarda son reflet déformé.

« Ouah !

— Qu'est-ce que tu aimerais ? Par quel genre de rideaux voudrais-tu les remplacer ?

— Des rideaux noirs, je crois.

— *Noirs !*

— Ou verts. Un beau vert. Pas un vert triste.

— Ou bleus ?

— Non, tout est toujours bleu. »

Elizabeth cassa des œufs dans une poêle.

« Brouillés, d'accord ?

— Oui ! dit Rufus avant d'ajouter avec insistance, parce que sur le moment il avait oublié : s'il vous plaît.

— Je me demandais, dit Elizabeth en remuant les œufs, si tu aimerais sortir avec moi ce matin. »

Rufus hésita. Sa timidité, qui s'était calmée, revint dans sa gorge et lui fit baisser les yeux vers la table.

« Voir mon père. Mon père vit à Bath, et je lui rends toujours visite le week-end. Il est en quelque sorte ton "beau-grand-père". »

Rufus souffla sur la cuiller qu'il tenait toujours devant lui et dessina ensuite du bout du doigt un ver dans la buée. Il n'avait pas de grand-père, d'aucun côté. Le père de Josie était parti et le père de Tom était mort. Sa mère aussi. Ils étaient morts tous les deux l'année de la naissance de Rufus, ce qui, comme Tom l'avait fait remarquer pour essayer de plaisanter, était très mal élevé de leur part. Rufus n'avait que Granny. Il connaissait des gens dont les grands-pères avaient fait la guerre, de vrais soldats qui s'étaient battus contre les Allemands et les Japonais.

« Il a fait la guerre ? » demanda Rufus.

Elizabeth retira la poêle du feu :

« En quelque sorte. Il a été fait prisonnier en Italie et il y est resté presque toute la guerre. Il n'avait que dix-neuf ans au début des hostilités. Il était encore lycéen. Il a été blessé, alors il n'a pas pu s'enfuir et il a été capturé. Tu veux tes œufs sur un toast ou tout seuls ? »

Rufus la regarda. Il se rendit soudain compte qu'il se sentait en sécurité, ici, dans cette cuisine, avec Elizabeth qui tenait une poêle et parlait de son père prisonnier d'une voix ordinaire, avec le soleil qui commençait à se montrer et révélait sur la vitre toutes les petites traces de pluie. Rufus sourit et recroquevilla ses orteils nus autour du barreau de sa chaise.

« Sur un toast, s'il vous plaît. »

« Alors, elle vient avec le gamin ? » demanda Shane.

Il avait fait acheter à Duncan un balai-éponge pour laver le plafond de la cuisine. La poussière continuait à s'accumuler doucement sur les livres et les meubles, mais la cuisine et la salle de bains étaient récurées à fond et sentaient l'eau de Javel.

« Oui, dit Duncan, c'est curieux. Une sorte de petit-fils tout fait.

— Est-ce qu'il a l'air d'un gentil gamin ? »

Duncan tourna le café qu'il venait de faire pour eux

deux. Shane mettait quatre cuillerées de sucre dans le sien.

« Oui, il l'est. Ils sont tous gentils. Tom est gentil, son fils est gentil, sa fille est gentille, jusqu'à sa future belle-fille qui est parfaitement gentille... »

Il s'interrompit. Shane s'arrêta d'éponger et exprima l'eau sale du balai dans un seau.

« Alors ?

— Je ne devrais probablement pas vous dire ça, dit Duncan, je ne devrais probablement en parler à personne, mais il y a une chose qui me frappe... »

Shane retourna à son plafond, dessinant de larges huit dans la crasse.

« Vaut mieux sortir ce qu'on a sur le cœur...

— En fait, dit Duncan en prenant une gorgée de café, et je ne sais pas si c'est bien ou mal, mais presque toute ma vie, j'ai évolué dans un gentil petit trio : mon ex-épouse, ma fille et moi. Et voilà qu'avec Elizabeth qui se marie, je me retrouve soudain au centre d'une sorte de comédie musicale délirante, metteur en scène médiocre censé diriger une équipe de milliers d'acteurs. Cet enfant qui vient ce matin a quelque part une mère qui a épousé quelqu'un d'autre, qui avait déjà trois enfants, et ces enfants ont une mère, une tante, des grands-parents. C'est affolant, vraiment. Et je ne cesse de me demander... quand cela va s'arrêter. »

Shane fit claquer sa langue.

« C'est la faute du pape.

— Vraiment ?

— Réfléchissez. Si un homme n'est pas capable de freiner ses appétits, il faut qu'on le fasse pour lui.

— Parlez-vous de contraception ?

— Quoi d'autre ?

— Ah ! Mais je crois que ce petit garçon que je vais rencontrer ce matin a été désiré. Et il est très aimé. Même ma fille, qui n'a aucune autre raison de l'aimer que les instincts de sa bonne nature, semble déjà très attachée à lui. »

Shane passa l'éponge dans un coin.

« Ma mère, Dieu ait son âme, dit-il pieusement, disait qu'elle nous avait tous désirés, même mon frère qui n'avait pas de palais et des yeux qui refusaient de regarder dans la même direction. On était neuf.

— Ah ! » redit Duncan.

Les origines familiales de Shane lui avaient toujours paru suspectes ; il commençait à douter qu'il vienne du comté de Kerry, et penchait plutôt pour Liverpool. Il passa lentement de la cuisine au salon. Sur la table basse, près du chauffage électrique, parmi les piles de livres et de papiers, il y avait deux boîtes de Coca-Cola et un paquet de biscuits croustillants qu'Elizabeth lui avait suggéré d'acheter. Il y avait aussi l'album de timbres qu'il avait constitué enfant et un petit microscope acheté sur un coup de tête dans une brocante pour le cas où il plairait à cet enfant qu'Elizabeth prenait en charge par son mariage avec Tom Carver.

Il s'approcha de la fenêtre et regarda dans la rue. Il était surpris du nombre de fois où il le faisait, ces derniers temps : regarder par la fenêtre les allées et venues des gens, la vieille dame dans l'appartement d'en face qui passait tout l'hiver en manteau et foulard, même chez elle, la famille chinoise qui tenait une blanchisserie à deux rues de là et travaillait à toute heure, toute la semaine, le groupe d'étudiants oisifs qui vivaient dans le sous-sol et jamais n'ouvraient les rideaux, ne sortaient presque jamais en plein jour. Les garçons portaient les cheveux longs, avait observé Duncan, et les filles étaient couvertes du genre de bijoux runiques qu'il associait aux rituels de la Saint-Jean sur les anciennes tombes et les tumulus. Son regard fut attiré par un mouvement au bout de la rue. Elizabeth arrivait, avec ce manteau bleu marine qu'il lui connaissait depuis toujours, tenant le sac qu'elle apportait toujours, plein de ces choses qu'elle croyait bonnes pour lui plutôt que celles qu'il préférait manger, et à côté d'elle marchait un petit garçon, pas particulièrement petit, juste un garçon en jean et duffel-coat, avec une belle tête couverte de cheveux brun roux. Il marchait très près d'Elizabeth, mais sans la toucher, et il parlait. Même à cette distance, Duncan voyait, à ses gestes, que Rufus parlait avec animation, et qu'Elizabeth l'écoutait. Il songea à tout ce qu'il avait lu récemment, à tous ces contes de fées pleins de marâtres malveillantes et cruelles qui trahissaient la confiance d'un enfant, aux infinies perversions des préjugés sur la maternité. Il mit ses lunettes et les enleva presque aussitôt. Ces histoires l'avaient choqué, elles l'avaient choqué profondément par leur insistance impitoyable sur l'inévitable méchanceté de toute femme devant prendre soin d'enfants qui n'étaient pas les siens, par la puissance avec laquelle elles suggéraient la domination sexuelle quasi magique de la seconde épouse sur son mari, domination qui faisait oublier au cœur faible de l'homme tout sentiment de paternité. Duncan regarda à nouveau dans la rue. Rufus fit un petit pas dansant et leva la tête vers Elizabeth. Avec une certaine émotion, Duncan se dit qu'ils semblaient parfaitement normaux ensemble, parfaitement à l'aise, aussi loin que possible du monde noir des sortilèges, des malédictions et des enchantements surnaturels. Il avait sans doute trop lu de contes de fées ; il les avait laissés déformer sa vision des choses. Elizabeth le lui avait dit et, comme souvent, elle avait raison. Duncan se pencha et cogna à la fenêtre pour attirer leur attention.

« Elle est gentille », dit Lucas.

Il était assis avec Robin dans un bar qui voulait

ressembler à une bodega espagnole, avec des arches en crépi blanc et des poutres rustiques. Il y avait des assiettes de tapas sur la table entre eux ; Robin buvait un grand verre de vin rouge, tandis que Lucas, après avoir pensé à une bière, s'était ravisé et avait commandé de l'eau minérale.

« Je sais », dit Robin.

Lucas la regarda longuement. Elle avait pris les choses en main quand ils avaient déjeuné au restaurant, elle était la fille de Tom jouant les hôtesses. Amy n'avait pas apprécié. Lucas remarquait qu'Amy, qui avait jusque-là supporté en silence ce qu'elle n'aimait pas, commençait maintenant à énoncer ses objections. En rentrant du déjeuner, elle avait dit que n'importe qui aurait pensé que Robin était l'épouse de Tom, à la manière dont elle se comportait.

« Papa n'a rien remarqué, avait dit Lucas.

— Il ne proteste pas, si c'est ce que tu veux dire. Il laisse faire. C'est l'attitude qu'adoptent les hommes quand ils ne savent pas comment réagir : ils font le mort. »

Qu'il ait ou non fait le mort, son père avait l'air vraiment heureux, de l'avis de Lucas. Pas béat, surexcité, fou de bonheur, mais profondément, fortement et richement heureux. Il avait beaucoup regardé Elizabeth avec une sorte de contentement grave, au point que parfois il n'avait pas semblé entendre ce que les gens disaient, tant il la regardait et pensait à elle. Cela avait un peu troublé Lucas, non parce qu'il réprouvait le bonheur de son père, mais parce qu'il ne ressentait pas la même chose en regardant Amy. Il ne le ressentait plus. Avant, il la regardait et s'émerveillait de l'avoir ; mais elle avait changé depuis cette époque où elle était si drôle, si coquine. En regardant son père et Elizabeth, Lucas avait été un peu jaloux en pensant que leur maturité leur donnait une sorte de liberté émotionnelle que sa jeunesse n'autorisait pas. Qu'elle n'attendait pas.

« Luke... », dit Robin.

Elle avait roulé un morceau de jambon cru comme une saucisse creuse et le tenait entre ses doigts.

« Oui ?

— Imagine qu'elle ait un bébé ? »

Il ferma les yeux.

« Pourquoi fais-tu cela ?

— Quoi ?

— Pourquoi construis-tu des ponts que tu n'auras pas forcément à franchir dans le seul but d'éprouver la terreur que t'inspirerait cette traversée ?

— Elle a trente-huit ans, déclara Robin en mordant dans son jambon.

— Alors ?

— Les femmes ont des bébés jusqu'à pas d'âge, de nos jours. Et elle n'a jamais été mariée. Alors il est possible qu'elle ait envie de l'expérience au complet, avec bébé et tout. Tu ne crois pas ? »

Lucas prit une olive farcie et en retira le petit bout de piment à l'aide d'une dent de sa fourchette.

« Est-ce important ?

— Oui, l'assura Robin en posant son jambon pour s'essuyer les doigts avant de prendre son verre. On a déjà traversé tout ça, avec Josie et Rufus, on a déjà vu ce qui est nôtre partagé avec quelqu'un d'autre, avec eux...

— Tu parles d'argent ?

— Un peu, répondit Robin en buvant une gorgée de vin.

— Que vaut la maison ? demanda Lucas après avoir avalé son olive.

— Celle de papa ? Oh, je n'en sais rien. Deux cent mille livres, peut-être...

— Crois-tu qu'il va la mettre à leurs deux noms ?

— C'est possible.

— Mais elle gagne bien sa vie, non ? Et elle a une maison dans laquelle elle n'a jamais vécu et qui est à vendre.

— Peut-être qu'elle gardera ça pour elle, dans la mesure où elle est beaucoup plus jeune que lui. Peut-être qu'il l'y poussera. Peut-être qu'il... qu'il voudra subvenir à tous ses besoins, dit-elle avec une brève contraction du visage.

— Elle n'est pas avec lui pour l'argent, assura Lucas en contemplant sans enthousiasme son eau minérale.

— Non.

— Tu n'en as pas l'air si certaine...

— Si, sincèrement. Je crois vraiment qu'elle n'en veut pas à son argent. Ce n'est pas ce qui me fait peur.

— Alors quoi ?

— C'est papa, dit-elle en prenant une bouchée de jambon.

— Que veux-tu dire ?

— C'est ce que papa pourrait vouloir lui donner, partager avec elle, même si elle ne demande rien. Des choses qui sont à nous, en fait. »

Lucas attendit. Depuis des années, il se disait qu'il ne voulait rien de Tom, qu'il voulait faire son propre chemin, construire sa propre vie, gagner son propre argent, comme Tom l'avait fait ; mais avec le temps, en constatant combien c'était difficile, il commençait à se dire qu'il ne serait pas contre une petite aide, qu'il aimerait assez avoir quelque chose qu'il n'aurait pas gagné à la sueur de son front, qui lui soit donné en héritage. Il prit une autre olive.

« Tu sais, dit Robin. Tu as vu. »

Il hocha lentement la tête.

« Tu as vu comme il se comporte avec elle. Inutile de le connaître aussi bien que nous le connaissons pour voir ce qu'il ressent. Surtout maintenant qu'elle aime bien Rufus et que Rufus l'aime bien. C'est ce qui me fait peur.

— Le fait qu'il l'aime ? » demanda Lucas en la regardant soudain droit dans les yeux.

Robin hocha la tête. Le verre de vin dans sa main trembla un peu, et quand elle reprit la parole, sa voix était épaissie de larmes soudaines.

« Oh, Luke, il l'aime. Cette fois, il l'aime vraiment.

— Ne pleure pas...

— Je ne peux pas m'en empêcher. »

Elle posa son verre et se cacha le visage dans les mains. Sous la table, Lucas étendit les jambes et serra entre elles les chevilles de Robin.

« Je suis toujours là, mon petit chou à la crème... »

Elle hocha violemment la tête derrière ses mains. Il la regarda. Il arrivait qu'elle le rende fou, et ce n'était pas nouveau, et d'autres fois il avait plus pitié d'elle que de quiconque qu'il ait connu, pitié de la terreur qui l'habitait depuis l'enfance, depuis la perte de sa mère, une terreur qui ne la quitterait jamais, probablement, et qui la poussait à saborder, sans le vouloir, toutes les relations dont elle avait le plus besoin. Et pourtant elle luttait, à sa façon, pour changer, pour être normale. Bien sûr, elle en avait trop fait, l'autre jour, au déjeuner — autoritaire avec les serveurs, aux petits soins avec Elizabeth —, mais elle avait au moins tenté de ressentir ce qu'elle voulait ressentir : de la joie pour Tom, de l'affection pour Elizabeth, du soulagement pour Rufus. Pauvre Robin, se dit Lucas, pauvre Robin qui ne peut y arriver. Il tendit les mains et prit ses poignets.

« Bois ton vin, baby », dit-il.

Elizabeth avait décidé que son appartement de Londres était trop grand. Avec ses deux chambres, ses deux salles de bains et son grand salon, il avait été prévu à l'origine pour des réceptions et plein de visiteurs — ce qui n'avait jamais été le cas. Elle se disait que si elle devait maintenant revenir de Bath le lundi matin et y repartir le vendredi soir, elle n'avait besoin que de la moitié de cet espace, du quart, voire d'une simple chambre avec salle de bains ; même la cuisine serait superflue, une bouilloire ferait l'affaire. Ce ne serait plus chez elle, ce que cet appartement n'avait jamais réussi à devenir de toute façon, ce serait simplement un lieu où avaler un plat au micro-ondes et d'où téléphoner à Tom, un lieu où se laver et dormir. Il faudrait qu'il y ait un gardien, et un service de blanchissage, et un placard, pour y laisser ces tailleurs de travail sobres que Tom n'avait jamais vus et qui représentaient cette partie de sa vie qui avait à une époque semblé être toute sa vie, parce qu'il n'y avait presque aucune compétition, et qui maintenant perdait de son importance. Elle aimait bien son travail, elle y réussissait bien, mais il ne la préoccupait plus maintenant comme une priorité absolue. Sa priorité était différente, maintenant, plus proche, plus colorée, plus animée. Elle était stupéfaite et émerveillée que la vie, au lieu d'être quelque chose qu'elle n'imaginait que pour les autres, puisse soudain l'envelopper. Elle n'était plus spectatrice. Elle était de l'autre côté du miroir. Elle était incluse dans ce monde. Elle y avait de l'importance. Si le train de Bath prenait du retard un vendredi, Tom l'appelait sur son portable toutes les deux minutes pour vérifier qu'elle allait bien. Il l'appelait dès son réveil le matin, au travail, le soir. En quelques petits mois, de détail insignifiant dans un paysage, elle était devenue le personnage principal, un personnage qui pouvait envisager d'échanger sans hésiter un bel appartement contre un simple placard.

Son installation à Londres, après tout, ne regardait qu'elle, c'était à elle d'en décider. Tom pouvait l'aider à trouver un autre appartement, mais simplement en tant que conseiller attentif, pas comme quelqu'un qui aurait le souci futur d'y vivre aussi. En dépit du ravissement et de la gratitude que lui inspiraient les changements dans sa vie, Elizabeth ne pouvait s'empêcher de remarquer en elle un certain soulagement à l'idée que sa vie à Londres ne concernait personne d'autre qu'elle, que ses décisions en la matière n'affecteraient personne d'autre non plus, qu'elle n'avait personne à consulter. Personne ne pourrait lui dire, comme Tom l'avait fait ce week-end, très gentiment, mais très fermement : « Je suis désolé, ma chérie, mais c'est non. »

Elle n'aurait probablement pas dû lui poser la question. Ou bien, elle n'aurait pas dû la poser si tôt et en tout cas pas juste après cet affreux déjeuner avec Lucas, Amy et Robin, où Robin avait tout contrôlé et traité Elizabeth comme une chère vieille amie dont on tolérait avec tendresse la démence sénile. Elizabeth n'avait pas prévu de dire quoi que ce soit. Elle avait bien vu que Tom n'avait rien remarqué, ou du moins qu'il ne voulait pas l'admettre, et elle s'était juré non seulement de supporter la situation pendant le repas, mais de continuer à se taire après. Elle y avait presque réussi. Elle avait pu parler avec une chaleur sincère de Lucas, de la ressemblance qu'elle avait remarquée entre lui et Rufus, et puis, stupéfaite, elle s'était entendue demander s'ils ne pourraient pas déménager.

Il l'avait regardée.

« Quoi ? »

Elle était dans l'entrée de la maison de Tom, son manteau sur le dos et sa valise à ses pieds, parce qu'il était sur le point de l'emmener prendre le train pour Londres.

« Tu m'as demandé si je voulais des changements. Tu as dit que je pouvais faire tous les changements que je voulais pour notre vie ensemble. Eh bien, j'y ai réfléchi, et je veux un changement : je veux changer de maison.

— Je croyais que tu aimais cette maison !

— C'est vrai. Je l'aimais.

— Peut-être est-ce comme la maison que tu as achetée. Tu aimes les maisons pendant un moment, et puis, arbitrairement, tu cesses de les aimer.

— C'était différent...

— J'espère que ces intermittences du cœur ne concernent pas les gens. »

Elle sentit tout à coup la colère s'emparer d'elle.

« Tu sais bien que non. C'est aussi ridicule que méchant de dire une chose pareille !

— Peut-être que, pour moi, ta suggestion de quitter cette maison est aussi ridicule et méchante. Pourquoi le souhaites-tu, tout d'un coup ?

— Les souvenirs de Pauline, dit Elizabeth après avoir pris une profonde inspiration. La chambre fermée de Robin...

— Il en a toujours été ainsi. Tu dépasseras tout ça. Tu verras, dit-il en se rapprochant d'elle. Je suis désolé. Je regrette de t'avoir dit cela.

— Ce n'est pas grave...

— Robin s'est comportée comme une idiote aujourd'hui. Mais elle t'aime bien. Jamais elle n'a aimé Josie. Elle va se calmer, elle arrêtera de se donner en spectacle, tu verras. Et il y a autre chose.

— Quoi ?

— Rufus. »

Elizabeth enfouit ses mains dans les poches de son manteau.

« Rufus ?

— C'est sa maison. Cette maison est probablement la chose la plus stable qu'il ait encore, l'ancre la plus solide. Je ne pourrais pas... Tu comprends ? »

Elle hocha lentement la tête.

« Tu l'as vu, quand il était ici. Tu as vu comment il était avec toi. Il était détendu, non ? »

Elizabeth laissa échapper un long soupir. À un moment, pendant la dernière visite de Rufus, Tom l'avait trouvée en train d'apprendre les rudiments des échecs au petit garçon, et elle s'était sentie presque submergée par une vague d'approbation, chaude, épaisse, aimante. Elle regarda Tom. Il souriait. Il se pencha et l'enlaça, l'attirant vers lui, tous deux engoncés dans leurs manteaux.

« Je comprends bien, dit-il, ce que tu dois parfois ressentir. Mais pour le moment, pour Rufus, il faut que ce soit non. Je suis désolé, ma chérie, mais c'est non. »

Dans le train, elle s'était sentie assez en colère, après cela, en colère et honteuse d'être en colère, parce que l'argument de Tom concernant Rufus n'était pas seulement valable : elle aurait dû y penser elle-même. L'ennui, découvrit-elle en regardant son visage reflété par la vitre sombre du compartiment, c'était qu'elle ne pouvait s'empêcher de penser que Tom se cachait derrière Rufus, que Tom, en dépit de son amour sincère pour elle, en dépit de son enthousiasme authentique pour l'engagement qu'ils prenaient ensemble pour l'avenir, était toujours retenu par les fils du passé, comme un géant qu'un sortilège paralyse dans un conte de fées.

Elle dormit mal, cette nuit-là, mais fut surprise de se réveiller plutôt contente de voir Londres, sa mallette de femme d'affaires, le tailleur de laine noir qu'elle avait acheté quand l'idée d'un mariage lui semblait aussi improbable que la rencontre d'un ange dans sa cuisine. Une semaine de travail l'attendait, une semaine de réunions, de décisions et de ces manœuvres d'un genre diplomatique particulier qu'elle maîtrisait si bien dans le travail et qu'elle avait semblé incapable, ce dimanche, de traduire dans sa vie privée. À la fin de la semaine, elle bouclerait à nouveau sa valise et partirait vers Bath, vers Tom ; ils discuteraient ensemble, avec la pondération qu'il aimait tant, des changements à introduire dans cette maison qui devait devenir leur foyer. Pour le bien de Rufus.

12

Nadine appelait tous les jours. Il arrivait même qu'elle appelle deux fois. Elle avait compris, par l'intermédiaire des enfants, l'emploi du temps quotidien de la rue Barratt, si bien qu'elle appelait juste au moment où tout le monde se préparait frénétiquement pour l'école le matin, ou bien dix minutes après que Josie, avec plus ou moins de succès, avait rassemblé les six membres de la famille pour le dîner. Quand Nadine appelait à l'heure du dîner, elle parlait à chacun des enfants tour à tour, pendant des siècles, et ils disparaissaient l'un après l'autre dans le salon dont ils revenaient avec une expression qui mettait au défi quiconque de demander ce qui s'était dit. Rory surtout était fermé à son retour, et Claire souvent au bord des larmes. Elle reprenait sa place à la table de la cuisine et regardait son assiette comme si elle mobilisait chaque atome de sa volonté pour ne pas fondre en larmes. Seule Becky revenait du salon habitée de secrets et de défis qui la rendaient radieuse, ou bien refusait de se rasseoir à table et passait en coup de vent dans la cuisine pour monter dans sa chambre ou sortir tout bonnement de la maison. Josie regardait alors l'assiette de Becky, où elle avait tout mélangé mais peu mangé, et elle aurait voulu que Matthew coure après sa fille et la ramène.

« Non.

— Mais tu lui passes tout !

— Crois-tu qu'une bagarre deux fois par jour au moins soit préférable ?

— Et moi ?

— Quoi, toi ?

— Matthew, je passe des heures chaque jour à faire les courses et à cuisiner pour ces enfants, et puis le téléphone sonne et ils cessent de manger. Ou bien ils ne viennent pas à table dans l'attente d'un coup de téléphone. Ou bien ils ne veulent pas manger ; ou s'ils veulent manger, ils disent que ce que j'ai fait n'est pas bon, et plus tard je découvre qu'il n'y a plus aucun biscuit ni aucune céréale dans la maison...

— Je sais.

— Alors, fais quelque chose !

— Que suggères-tu ?

— Parle-leur ! Prends mon parti ! Dis-leur que tu ne les autorises pas à me traiter ainsi !

— En fait, c'est ce que je fais. Je ne cours pas après eux, je ne réagis pas, je reste à table avec Rufus et toi. J'exprime clairement que leur comportement m'ennuie.

— T'ennuie ?

— Oui.

— Matthew, dit Josie, les poings serrés, c'est une guerre ouverte qui se déroule dans cette maison, et l'ennemi, c'est moi, et tu me dis que ça t'*ennuie* ? »

Quand Josie apprit qu'elle avait l'emploi qu'elle avait postulé, la nouvelle fut meilleure encore qu'elle ne s'y attendait. Le professeur en congé de maternité qu'elle devait remplacer avait décidé de rester chez elle avec ses bébés, et son poste devenait libre à long terme. Pour célébrer l'événement, Josie rapporta une bouteille de chardonnay australien et la posa sur la table au dîner.

« C'est pour quoi ? demanda Rufus.
— Pour célébrer quelque chose.
— Quoi ?
— Mon emploi. J'ai trouvé du travail !
— C'est formidable ! dit Matthew en promenant un sourire autour de la table. Première tentative, et tu décroches le travail. Tu es une fille formidable !
— J'en veux pas, déclara Becky en repoussant son assiette et en se levant.
— C'est une fricassée de poulet, dit Josie sans lâcher la bouteille.
— Et alors ?
— Tu aimes la fricassée de poulet.
— Pas du tout.
— Moi non plus », murmura Claire en posant sa fourchette.
Josie regarda Matthew.
« Assieds-toi, dit Matthew à Becky.
— Tu peux pas me forcer.
— Je n'essaierai même pas, mais je voudrais t'offrir un verre de vin pour trinquer avec Josie.
— L'alcool, c'est de la drogue ! » déclara Becky avec rage.
Matthew regarda Rory. Il mangeait, tête baissée, enfournant la nourriture alors que personne d'autre à part Rufus n'avait commencé.
« Tu en veux ? »
Rory secoua la tête.
« Rufus ? »
Rufus rougit. Tom et Elizabeth lui avaient servi un demi-verre de vin quand ils l'avaient invité au restaurant, et il avait aimé ça. Il aurait bien voulu en avoir ce soir. Il aurait voulu féliciter Josie. Mais il jeta un rapide coup d'œil à Matthew et secoua la tête lui aussi.
« Il n'y en aura que plus pour toi et moi, alors, dit

Matthew à Josie en lui prenant des mains le tire-bouchon et en se levant pour déboucher la bouteille.

— Je ne veux pas manger, dit Becky, et je ne veux pas rester.

— Reste, s'il te plaît, dit Josie sans tendresse dans la voix.

— Pourquoi ?

— Pour que nous dînions tous ensemble.

— Je ne veux pas dîner, et je ne veux pas qu'on soit tous ensemble.

— Alors, va-t'en », dit Josie.

Matthew interrompit son travail.

« Josie...

— Va-t'en, répéta Josie à Becky. Va-t'en ! »

Becky repoussa sa chaise si violemment qu'elle grinça sur le carrelage et vint heurter un placard. Puis elle se retourna et prit la direction de la porte d'entrée. Elle la trouva fermée. Après lui avoir donné quelques coups de pieds et de poings, sous les regards de toute la famille braqués sur elle comme des projecteurs, elle retraversa la cuisine et monta à l'étage. Elle eut le temps d'entendre son père demander : « Mais qu'est-ce qui t'a pris de lui dire ça ? » avant que quelqu'un claque la porte et qu'elle ne puisse plus percevoir que des murmures et des bruits divers.

Elle ouvrit la porte de sa chambre et tomba sur le lit de Claire, le plus proche. Elle enfouit son visage dans la couette et mordit la housse si fort qu'elle sentit presque ses dents se rejoindre. Puis elle donna des coups de poing dans l'oreiller et des coups de pied de ses bottes dans le mur. Sale vache, se disait-elle, sale vache et son foutu boulot ! Comment ose-t-elle ? Comment ose-t-elle nous jeter au visage son sale boulot comme si elle voulait qu'on la félicite ? Comment ose-t-elle ? Et pourquoi est-ce que ça devrait m'intéresser, de toute façon, ce qui lui arrive ? Pourquoi est-ce que je devrais m'intéresser à elle et à sa foutue cuisine, à son nettoyage et à tout ce que fait Madame Parfaite ? Becky saisit l'oreiller de Claire et l'envoya sur le mur opposé, où il heurta un cadre qui tomba par terre et se cassa en morceaux.

Becky s'assit. Elle n'avait pas allumé en entrant, mais aux dernières lueurs du jour, elle vit les bouts de verre du cadre qui gisaient sur le tapis. Il contenait une reproduction qu'elle avait toujours voulue de Klimt, avec une femme exotique et dangereuse, comme un serpent, mais c'était Josie qui l'avait accrochée là pour elle et, ce faisant, elle avait dépouillé le tableau de tout son attrait. C'était un viol, de la part de Josie, de donner à Becky quelque chose qu'elle désirait, un viol de son intimité, une insulte condescendante. Pareil pour tous ces repas, tous ces vêtements bien propres, toutes ces choses que Josie faisaient pour que la maison continue à fonctionner, toutes ces choses qu'elle évitait soigneusement de dire.

Becky posa son talon sur le morceau de verre le plus proche et l'écrasa. Puis elle remonta les genoux et y posa son visage en les retenant dans le cercle de ses bras.

« Je vais très bien », disait Nadine chaque jour, que Becky le lui demande ou pas.

Elle avait souvent une voix claire et théâtrale.

« Vraiment, je vais très bien. »

Elle continuait à faire de la poterie ; Tim allait lui trouver un four d'occasion ; la radio lui tenait compagnie.

« Et toi ? demandait-elle. Ce que je veux vraiment savoir, c'est comment tu vas ? Est-ce qu'on vous donne assez à manger ? L'école, ça va ? Dis-moi ce que tu fais. Dis-moi tout. »

Lentement, Becky leva la tête. En bas, quelqu'un avait allumé la télévision. Sans doute Rory. Presque tous les soirs, il l'allumait dès qu'il pouvait et montait le volume si fort que lorsque c'était son tour de faire la vaisselle, Josie devait crier pour qu'il l'entende. Puis le téléphone sonna. Becky sentit son estomac se serrer, puis se remplir, lentement, régulièrement, d'une colère renouvelée, d'une colère si forte qu'elle la sentait remonter dans sa gorge pour l'étouffer. Elle se leva, le verre à ses pieds luisant et diabolique, et abattit ses pieds l'un après l'autre pour piétiner les morceaux brisés. Il fallait que quelqu'un paie pour ça, il fallait que quelqu'un souffre pour toute cette injustice, cette pression, cette tension, ces déceptions et ces douleurs. Quelqu'un devait être *puni,* décida Becky en continuant de piétiner le verre.

Matthew permettait à Claire de faire ses devoirs dans son bureau, au grenier. Elle y restait des heures. Parfois, quand il revenait du collège — toujours beaucoup plus tard que tout le monde —, elle s'y trouvait depuis son retour à la maison. Elle rentrait directement de l'école, passait devant Josie sans rien lui dire et montait tout droit dans le grenier, où elle s'asseyait sur la chaise de Matthew et parfois enfilait un de ses survêtements. Quand il rentrait, elle courait vers lui et tentait de s'installer sur ses genoux. Si Josie faisait une remarque, Claire disait : « T'es pas ma vraie mère », et elle embrassait Matthew.

C'était Becky qui lui avait dit de dire ça : « Elle n'est pas ta vraie mère. Elle ne peut te forcer à rien faire. Tu n'as qu'à le lui dire. »

Si elles étaient seules, juste Claire et Josie, Claire n'en avait pas le courage ; mais, assise sur les genoux de Matthew, elle pouvait tout dire.

« Elle sait qu'elle n'est pas ta mère, disait Matthew d'une voix qu'il voulait légère. Pauvre Josie, avec un fardeau comme vous. Quelle horrible pensée ! »

« Je ne veux pas être ta mère, disait Josie, et je n'essaie pas de l'être. »

« Mais elle fait des choses de maman, disait Claire.

— Et qui suggères-tu pour les faire à sa place ?

— Notre vraie mère. »

Elle serrait Matthew très fort. Si elle serrait Matthew assez fort, elle arrivait à ne pas penser à Nadine, au cottage, aux toilettes dans l'appentis. Quand elle y pensait, le désespoir l'envahissait, et le lieu où elle arrivait le mieux à l'oublier, quand elle ne pouvait pas être sur les genoux de Matthew, c'était dans le grenier de Matthew, parce qu'il contenait plein de choses de l'enfance de Claire. Là, elle pouvait faire comme si rien n'avait changé, rien n'était brisé. Elle avait compté les photos. Il y avait exactement le même nombre de photos de chacun d'eux trois, d'elle, de Rory et de Becky. Mais il n'y en avait aucune de Nadine. En fait, si elle y regardait de près, Claire pensait qu'une ou deux des photos avaient été coupées. En regardant ces photos coupées, elle se souvenait de certaines choses que Nadine avait dites à propos de Matthew, de ce qu'il avait fait, de la manière dont il s'était comporté, et ces souvenirs faisaient que Claire était incapable de quitter le grenier, même quand Josie l'appelait, incapable de bouger avant que la présence physique de son père monte à l'échelle et la trouve là, sur sa chaise, dans son survêtement, et impose à nouveau sa familiarité ordinaire.

Claire avait entendu Josie dire à Matthew :

« J'aimerais que tu ne la laisses pas être collante comme ça.

— Elle n'a que dix ans...

— Ce n'est pas une question d'âge, Matthew. C'est une question d'attitude. »

Claire ne savait pas ce que signifiait attitude, mais ce n'était en tout cas pas un compliment. À l'évidence, elle faisait quelque chose que Josie ne voulait pas qu'elle fasse, quelque chose en rapport avec son père. Becky poussait Claire à défier Josie autant qu'elle le pouvait, par principe ; mais même si Claire écoutait sa sœur, comme pour les devoirs, elle n'arrivait pas vraiment à saisir la vérité de ce que disait Becky. Elle ne s'asseyait pas sur les genoux de Matthew pour défier Josie, elle le faisait parce qu'elle le voulait, parce qu'elle en avait besoin. Elle ne refusait pas de manger les plats de Josie pour l'ennuyer, elle refusait parce que ces repas, si bien préparés, si complets, lui donnaient un sentiment de culpabilité vis-à-vis de Nadine, de déloyauté même. Si Josie ne s'en rendait pas compte, Claire ne pouvait rien y faire, tout comme elle ne pouvait rien faire contre son soulagement possessif quand Matthew rentrait à la maison.

En sécurité sur les genoux de Matthew, elle regardait Josie qui triait le linge sur le sol de la cuisine.

« Je ne veux pas qu'on lave mon survêtement », dit Claire.

Josie était allongée sur son lit. Tout habillée. Elle était immobile, les mains croisées sur l'estomac, et elle regardait par la fenêtre le jour baisser et la lueur orange des réverbères qui produisait un effet ni agréable ni naturel. Tout était calme dans la chambre, assez calme pour qu'elle entende les bruits du rez-de-chaussée, le murmure de la télévision, les chocs dans la cuisine où Matthew, sans grand mal, semblait-il, faisait faire la vaisselle aux enfants. Sauf Becky. Becky était dans sa chambre, porte fermée. Elle y était depuis 18 heures, après l'appel de sa mère.

Cette fois, c'était pour demander de l'argent que Nadine avait appelé. Elle avait d'abord parlé à Becky, puis elle avait insisté pour avoir Matthew. Josie, qui râpait du fromage dans la cuisine, l'avait entendu lui dire : « Mais c'est moi qui ai la charge des enfants, maintenant ; tu dois avoir assez d'argent pour toi seule ! » La conversation avait duré longtemps, et quand Matthew avait raccroché enfin, Josie avait entendu Becky dire, avec dans la voix un mélange de peur et de rage :

« Tu ne peux pas la laisser mourir de faim !

— Elle ne meurt pas de faim, avait répondu Matthew. Elle a seulement dépensé tout son mois et elle veut une rallonge.

— Alors donne-la-lui !

— Je lui donne tout ce que je peux, avait dit Matthew d'une voix qui laissa imaginer à Josie sa grande fatigue. Elle n'a plus qu'elle à nourrir, maintenant.

— Exactement ! s'était écriée Becky. C'est tout à fait ça. Et à qui la faute ? »

Josie avait entendu les pas de Matthew se diriger vers la cuisine. Elle s'était penchée sur sa râpe.

« Je n'ai pas à discuter de cela avec toi, avait répondu Matthew en ouvrant la porte de la cuisine. Ce ne sont pas tes affaires. »

Becky était passée devant lui, et s'était arrêtée un instant dans la cuisine pour poser sur Josie un regard lourd. La main de Josie avait ripé, et une goutte de sang avait perlé sur son index, qu'elle avait porté à sa bouche.

« On ne peut pas dire qu'on soit dans le besoin, ici ! avait dit Becky sans quitter Josie des yeux, la voix lourde de sarcasme.

— Tais-toi, avait ordonné Matthew avant de se tourner vers Josie. Ça va ? »

Elle avait hoché la tête, le doigt toujours dans la bouche. Becky avait ricané et gagné la porte.

« Je ne veux pas dîner.

— Parfait », avait dit Matthew.

La porte avait claqué derrière Becky. Matthew s'était approché de Josie et l'avait enlacée.

« Désolé.

— Ça va, avait-elle répondu en cachant son visage dans son cou.

— Josie...

— Oui ?

— Je vais devoir envoyer de l'argent à nouveau. Je sais que je ne devrais pas, puisque nous avons les enfants ici...

— Quoi ? s'était étonnée Josie en se raidissant.

— Il faut que j'envoie de l'argent à Nadine. Je lui en ai envoyé moins, parce que les gosses sont là, mais il va falloir que je lui en renvoie.

— Parce que ta fille le veut ?

— En partie, je crois, avait répondu Matthew avec un soupir. Oui, si je veux être honnête. Et avec toi qui vas travailler maintenant...

— Je n'arrive pas à le croire ! avait dit Josie en se dégageant de ses bras.

— Qu'est-ce... »

Elle s'était agrippée au bord de l'évier et elle avait regardé le sang qui s'écoulait lentement de son doigt.

« Est-ce que tu veux dire que *mon* argent va payer pour *tes* enfants afin que tu puisses donner plus d'argent à ton ex-femme qui refuse de travailler ?

— Je paierais pour Rufus s'il le fallait. »

Josie avait ouvert l'eau froide et placé son doigt blessé sous le jet. Elle tremblait.

« Je ne te demande pas un *sou* pour Rufus.

— Je sais.

— Et *lui,* il est poli avec toi. Il est gentil. Tu le sais. Alors que...

— Non, avait dit Matthew en l'enlaçant à nouveau.

— Ne me touche pas !

— Je dois être correct, avait dit Matthew en la lâchant. Je dois jongler de mon mieux au milieu de toutes ces exigences.

— Sauf les miennes, avait rétorqué Josie en fermant le robinet pour envelopper son doigt dans un morceau d'essuie-tout. Je n'exige rien. Alors je n'ai rien. Je fais tout pour tout le monde, et personne ne pense jamais que j'ai des besoins, que j'ai des souffrances.

— Moi, si.

— Alors, tu ne t'en occupes guère. Tu veux que je te plaigne, tu veux que j'imagine ce qu'est ta situation, alors que tu n'essaies jamais une seconde d'imaginer ce qu'est la mienne. »

La porte de la cuisine s'était ouverte. Rufus était entré, son livre de maths à la main. Il les avait regardés.

« Oh...

— Entre, chéri, avait dit Josie.

— C'est pour les maths, avait dit Rufus. Je n'arrive pas... »

Matthew s'était écarté de Josie.

« Tu veux que je t'aide ? »

Rufus l'avait regardé d'un air dubitatif. Matthew s'était assis à la table de la cuisine.

« Apporte ça ici. »

Lentement, Rufus s'était approché de la table. Il avait posé le livre devant Matthew et fait un pas en arrière.

« Je ne te mordrai pas, avait dit Matthew. Je suis utile pour les maths, sinon pour autre chose. »

Rufus s'était un peu rapproché. Josie les regardait.

« Où est le problème ? avait demandé Matthew.

— Là », avait dit Rufus.

Il s'était penché pour poser le doigt sur la page, son épaule touchant presque celle de Matthew. C'était une scène que Josie avait longtemps attendue, une scène qui représentait peut-être le premier pas tranquille, normal, sur la route d'une relation entre les deux personnes qui comptaient le plus pour elle — et pourtant, cela l'avait laissée froide. Elle les avait regardés sans rien ressentir. Rien. Elle était vide de toutes les bonnes choses, pour le moment, vide de toute capacité à ressentir de la joie, de l'amour, même. Il n'y avait aucune possibilité d'éprouver de l'amour quand la rage et le désespoir vous remplissaient avec une telle intensité.

« J'ai la migraine », avait dit Josie.

Ni Rufus ni Matthew n'avaient réagi. Leurs têtes étaient proches.

« Je crois que tu as pris les choses dans le mauvais ordre, disait Matthew. C'est ce qui t'a bloqué.

— Je vais me coucher, avait dit Josie. Si tu mets le fromage râpé sur ce qu'il y a dans ce plat et que tu places le tout sous le gril dix minutes, ça fera le dîner. »

Rufus avait levé une seconde les yeux, mais il était très loin.

« D'accord, avait-il dit.

— À plus tard », avait dit Josie.

Elle était sortie de la cuisine et, en haut de l'escalier, elle était passée devant la porte fermée de Becky pour gagner sa propre chambre. Puis elle s'était allongée sans même retirer ses chaussures et s'était mise à pleurer.

Ce devait être presque deux heures plus tôt. Elle avait dû s'endormir brièvement, car elle était raide et avait un goût aigre dans la bouche. Sur ses joues, les larmes avaient séché en poudre salée. Des larmes d'apitoiement sur soi, sans doute, des larmes de colère et d'impuissance en tout cas. Elle se lécha un doigt et effaça les traces de larmes, puis elle tourna la tête. Sur la table de nuit de Matthew, il y avait un téléphone. Elle aurait pu rouler sur le côté et décrocher le combiné. Elle aurait pu appeler sa mère, ou son amie Val, et elle aurait alors probablement obtenu leur temps et leur patience tandis qu'elle aurait parlé, qu'elle aurait déversé toutes ces pensées et tous ces sentiments qui en étaient venus à l'obséder depuis l'arrivée dans sa vie — dans leur vie — des enfants de Matthew.

« Je n'ai pas eu le choix, dirait-elle en imaginant Elaine en train de l'écouter. Je n'ai pas pu choisir de les prendre ou pas. C'est *lui* que j'ai choisi. Et on ne peut pas vraiment parler d'eux, ni du fait que nous n'avons pas eu le temps de nous préparer à leur arrivée. Pas assez de temps pour moi, en tout cas. J'ai si peur de ne pas être juste, et je suis tout le temps injuste. J'aime Rufus, et je ne les aime pas. Je ne peux pas. Comment aimer des enfants qui font tout ce qu'ils peuvent pour vous ignorer ou même vous haïr ? Comment aimer des enfants qui persistent dans l'amour d'une mère naturelle qui était la pire des mères ? Pourquoi persistent-ils ainsi ? Pourquoi me jettent-ils à la figure leur loyauté envers elle, à longueur de journée ? Et maintenant — dans sa tête Josie sentait sa voix monter dans les aigus et s'accélérer — je suis censée aider à les entretenir ! Je suis censée m'occuper d'eux comme une mère, mais pas, oh ! Seigneur, pas comme une vraie mère. Pourquoi devrais-je payer et ne rien avoir en retour ? Parce que Matthew ne le peut pas, parce que Matthew ne voit rien, parce qu'ils sont ses enfants et qu'il ne veut pas voir ce que je ressens. »

Les larmes coulaient à nouveau. Josie se tourna et pressa son visage dans l'oreiller. Je ne dois pas. Je ne dois pas pleurer à nouveau. Je ne dois pas non plus téléphoner. Je ne dois pas exposer ce bouillonnement sauvage de sentiments même au regard compatissant d'Elaine, sans parler de celui beaucoup moins tendre de Val.

« Oh, dirait Val, je suis vraiment désolée. Comme tu dois être déçue ! »

Et il y aurait dans sa voix une note, une intonation, que Josie n'aimerait pas, que Josie ne pourrait probablement pas supporter, comme une petite touche de triomphe, de supériorité, de « tu savais bien qu'il avait des enfants quand tu l'as épousé ». Elaine, elle, se ferait du souci. « Veux-tu que je vienne, chérie ? Veux-tu venir ici quelques jours ? Est-ce que Rufus va bien ? Comment prend-il tout ça ? »

Josie sortit un mouchoir en papier de la boîte sur sa table de nuit et se moucha. Puis elle s'assit. Elle ne se sentait pas seulement raide, elle n'avait pas seulement froid ; elle était sale, démolie, comme si elle avait été en contact avec quelque chose de polluant, d'impur. Elle posa les pieds par terre et retira ses chaussures. Elle allait occuper la salle de bains avant que les enfants montent, elle se doucherait, se laverait les cheveux et descendrait en robe de chambre se faire du thé et tenter d'être agréable, ordinaire. Elle se leva, s'étira. Becky avait mis de la musique, signe qu'elle était encore en vie. Josie passa sur le palier. La porte de la chambre de Becky était ouverte, la lumière allumée. Mais à côté, la porte de la salle de bains était fermée, et le bruit de l'eau se mêlait à celui de la musique. Becky prenait une douche.

Sous ses draps, Rory pressait une lampe torche dans sa paume. Sa chair luisait de façon étrange, rouge et comme en feu. Il sortit la torche de sous la couette et promena le rai de lumière sur le mur puis, au-dessus de ses affiches de football, sur le plafond sillonné d'une fissure.

« Rufus ? »

Silence. Décrivant un arc de cercle qui balaya le plafond et le mur d'en face, le rai de lumière s'arrêta sur le lit de Rufus. Sous sa couette, il dormait ; on ne voyait que ses cheveux épais qui reprenaient toujours la même position, qu'il les brosse ou non. Rufus était comme d'habitude dos à Rory, et la lumière éclaira son cou, une oreille et le col bleu marine de son pyjama.

« Tu dors ? »

Silence. Rory ne savait pas pourquoi, mais il aurait bien voulu que Rufus soit éveillé. Il se dit qu'il pourrait dire quelque chose. Il ne savait pas quoi, mais il aurait juste préféré que Rufus soit éveillé, lui aussi, et qu'il soit couché face à lui. Il avait toujours considéré Rufus comme un petit gosse, presque un bébé, mais ce soir, dans la cuisine, alors qu'il dînait avec seulement lui, son père et Claire, il avait été bien, normal. Ils l'avaient tous été. Ils avaient tous mangé ce que Josie avait préparé, ils avaient blagué et Matthew, même s'il avait l'air fatigué, n'avait surveillé personne, n'avait repris personne. Tout avait été différent, ce soir, sans Becky ni Josie, comme si on pouvait dire des choses, comme si manger ou pas était sans importance. Alors ils avaient tous mangé. Ils avaient mangé tout ce que Josie avait laissé, tout ! Rory et Claire s'étaient même disputé la dernière pomme de terre, et quand Matthew l'avait donnée à Rufus et qu'il avait dit qu'il ne pourrait pas la manger, Matthew avait souri et l'avait coupée en morceaux pour la partager. Avant, ils avaient fait une bataille d'eau dans la salle de bains. Matthew leur avait fait éponger le carrelage, et ça n'avait même pas ennuyé Rory. Il n'arrivait pas à le croire, mais ça ne l'avait pas ennuyé. Il avait poussé la serpillière partout en essayant de mouiller les pieds de Rufus, et Rufus avait crié et sauté dans tous les coins, mais il avait bien vu que ça ne l'ennuyait pas non plus, qu'il aimait ça. Ça n'avait cessé que lorsque Josie était descendue. Elle était descendue en robe de chambre, les cheveux défaits, le visage comme du papier, nerveuse. On sentait qu'elle attendait qu'il se passe quelque chose, quelque chose qu'elle ne pourrait supporter. Matthew lui avait montré les plats vides et elle avait hoché la tête. Elle avait branché la bouilloire et elle avait attendu, les mains sur la poignée, dos tourné, que l'eau bouille. La cuisine était retombée soudain dans le silence. Un silence malaisé.

Rory fit passer le rayon de la torche le long du lit de Rufus, puis de nouveau sur sa tête. Il avait l'air détendu, vraiment endormi, pas pour faire semblant. Ses chaussons mouillés étaient coincés derrière le radiateur, et à côté se trouvait le sweat-shirt Newcastle United de Rory qui avait lui aussi été trempé. Rory éteignit la lumière. Ce soir, tout avait été bizarre, parce que tout avait été... normal. Pas formidable, juste normal. Il se retourna et regonfla son oreiller. Il s'était bien amusé.

13

Au supermarché, Elizabeth achetait des choses dont elle pensait que Rufus les aimerait : un choix de boîtes de céréales en portions individuelles, des biscuits à la cuiller glacés au chocolat, des raisins secs dans un tambour en carton, des mini-fromages de Hollande bien rouges dans un filet en plastique. Toutes sortes de choses « bébé » la tentaient, comme du dentifrice à la fraise ou des pâtes en forme de dinosaures ; non qu'elle ignorât que Rufus était trop grand pour cela, mais elle éprouvait un grand plaisir à acheter des aliments d'un point de vue tout à fait différent de celui d'une adulte célibataire. Elle passa un temps fou devant les petits pots pour bébé, les piles de boules de coton multicolores, les talcs et les couches-culottes dans leurs emballages d'un blanc pur imprimés de symboles enfantins en couleurs primaires. C'était comme pénétrer dans une autre dimension. Elle s'imaginait ayant quotidiennement besoin de ces choses comme on s'imagine habitant un autre monde. Elle prit un flacon de lait de toilette bleu pâle avec l'indication *Pour bébés de moins de quatre mois* et, en lettres d'un bleu plus sombre, *Calcium et vitamines ajoutées.*

Son chariot lui sembla joliment plein quand elle s'approcha des caisses. Jamais elle n'avait, de toute sa vie, acheté autant en une seule fois, jamais elle n'avait dû acheter des lots de plusieurs rouleaux de papier toilette ni plus de six pommes, ni deux choses identiques chez le traiteur. Il n'était pas douteux que la venue de Rufus pour presque dix jours faisait une grande différence, mais même les courses destinées à Tom et elle y gagnaient en richesse, à cause de tout ce dont un ménage semblait avoir besoin pour la propreté et l'entretien, pour se sustenter et rester accueillant. Il y avait dans ce chariot des choses — une boîte de bougies ivoire, un paquet de café expresso italien, un médicament contre le rhume — qui n'avaient rien à voir avec elle, avec elle en tant qu'individu, mais qu'elle avait achetées parce que quelqu'un d'autre en avait besoin ou le voulait, parce que faire les courses était devenu une expérience imaginative en fonction d'autres gens, pas juste une corvée pratique qui ne concernait qu'une personne dont les goûts lui étaient si familiers qu'ils la rendaient malade d'ennui.

Elle arrêta son chariot et en déposa le contenu sur le tapis de caisse.

« Un week-end animé en perspective ? » demanda la caissière.

Elizabeth hocha la tête, mais la baissa pour dissimuler un sourire. La femme prit le médicament contre le rhume.

« Vous avez un rhume ?

— Non, dit Elizabeth. C'est pour mon fiancé », ajouta-t-elle à sa propre surprise, avec délice.

La femme passa le médicament devant le lecteur optique.

« S'il y a une chose que je ne peux pas supporter, dit-elle d'une voix neutre, c'est un homme malade. »

C'est tout nouveau pour moi, voulut dire Elizabeth, si nouveau que ça m'est égal. Ça m'est égal que Tom croie qu'il va avoir un rhume, et ça m'est égal de lui acheter des gélules dont il imagine qu'elles arrêteront l'infection ; en fait, cela m'ennuie si peu que j'y prends plaisir ; je suis reconnaissante qu'on me demande de le faire, de choisir des saucisses pour Rufus, de regarnir les réserves de savon, de cire pour les meubles et d'eau minérale.

« Vous avez dit "fiancé" ?

— Oui...

— Vous y viendrez... », dit-elle en jetant à Elizabeth un rapide coup d'œil tout en faisant passer un sac de pommes de terre.

Il y avait une place pour se garer juste devant la maison de Tom, assez grande, de surcroît, pour qu'Elizabeth, qui n'avait rien d'une conductrice expérimentée — car jamais elle n'avait eu besoin d'une voiture à elle —, puisse manœuvrer facilement. Tom lui avait acheté cette voiture, comme ça, sans histoires, et elle en avait été stupéfaite.

« Tu vas en avoir besoin.

— Mais je n'ai jamais...

— Maintenant, si. De toute façon, je veux que tu aies une voiture. Je veux que tu aies ta liberté.

— Je n'arrive pas à y croire.

— Tu entres dans un nouveau monde, lui avait-il expliqué en l'embrassant. Dans les familles, on a des voitures. »

Déjà, Elizabeth y prenait goût. Elle aimait le statut inattendu que le véhicule semblait lui donner, l'indépendance, le choix. Même à cet instant, en ouvrant le coffre pour prendre les sacs du supermarché, elle ressentait une certaine fierté, soulagée néanmoins qu'aucune personne plus expérimentée ne soit là pour la voir. Elle emporta les sacs deux à deux jusqu'aux marches du perron, puis alla fermer la voiture, vérifiant soigneusement que le système de verrouillage central avait bien fonctionné. Puis elle remonta les marches et introduisit sa clé dans la serrure. La porte n'était pas fermée. Elle tourna la poignée et ouvrit.

« Tom ?

— C'est moi, cria Robin depuis la cuisine.

— Oh ! dit Elizabeth en prenant une grande inspiration.

— Tu as fait des courses ? demanda Robin en apparaissant à la porte de la cuisine avec un tablier rouge sur son tee-shirt noir et son jean.

— Oui.

— Je vais t'aider à porter tout ça, dit Robin en s'avançant.

— Robin, es-tu ici depuis longtemps ?

— Une heure environ.

— Pourquoi n'as-tu pas appelé ?

— Quoi ?

— Tu aurais pu dire que tu venais. Pourquoi ne m'as-tu pas appelée ? »

Robin se pencha pour prendre des sacs.

« Laisse ça, dit Elizabeth, laisse ça et réponds à ma question.

— Je n'ai pas à appeler, répondit Robin en se redressant lentement.

— Maintenant, si.

— C'est chez moi ! »

Elizabeth enfouit ses mains dans ses poches.

« C'est chez moi aussi, maintenant. Tu es la bienvenue quand tu veux, n'importe quand, pour quelque raison que ce soit, mais pas sans t'annoncer. Il faut que je le sache.

— Pourquoi ?

— Pour préserver mon intimité. Rien de secret, c'est juste une question d'intimité.

— J'étais ici chez moi vingt-cinq ans avant que mon père te rencontre ! » rugit presque Robin.

Elizabeth se pencha pour prendre les deux sacs les plus proches de ses pieds.

« Inutile d'avoir cette conversation sur le seuil.

— C'est toi qui l'as voulu.

— Non. Tu l'as déclenchée en t'introduisant dans la maison en notre absence et sans nous en avertir.

— Mais c'est ma maison ! » cria Robin.

Elle tourna le dos à Elizabeth et retourna dans la cuisine. Elizabeth fit passer tous les sacs du seuil au couloir et ferma la porte d'entrée. Elle suivit Robin dans la cuisine. La moitié des portes des placards étaient ouvertes et la table couverte de boîtes et de bouteilles.

« Que fais-tu ?

— Ça ne se voit pas ? demanda Robin en renfilant une paire de gants en caoutchouc. Le grand nettoyage de printemps. Je le fais toujours pour papa.

— Toujours ?

— Enfin, depuis un ou deux ans... »

Elizabeth retira sa veste et la posa sur le dossier d'une chaise.

« C'est mon travail, maintenant, Robin, si quelqu'un doit le faire. Et ce sont mes placards, dans ma cuisine. Je suis, selon une expression un peu vieillotte, la maîtresse de maison, ici. »

Robin abattit sur la table un poing ganté de jaune.

« Oh, c'est évident, tu as rendu la chose parfaitement claire, inutile de me le rappeler.

— Que veux-tu dire ?

— Les photos de ma mère ! Les portraits de ma mère ! Qu'as-tu fait de toutes les photos de ma mère ?

— Tu es montée au salon...

— Oui !

— Et où es-tu allée encore ? »

Robin la fixait d'un regard furieux.

« Dans notre chambre ? demanda Elizabeth.

— Juste une seconde...

— Juste une seconde ! Une longue seconde, j'imagine, qui t'a permis, probablement, de remarquer que le portrait de ta mère est resté à sa place. »

La respiration de Robin s'accélérait. Elle retira les gants en caoutchouc et les fit claquer sur le plan de travail.

« Le salon, c'était sa pièce à elle !

— Les photos sont intactes. Elles sont emballées et entreposées dans un carton. Tu les trouveras dans l'ancienne chambre de Lucas. Le portrait de ta mère est toujours dans le salon, et il y restera. Je ne veux pas tout oblitérer. Je veux juste imprimer ma marque.

— C'était sa pièce, elle l'avait faite, elle y avait tout choisi, elle était la femme de papa, elle a été le premier choix de papa, elle était notre mère...

— Je sais tout ça. Je sais. »

Robin s'effondra sur une chaise et se cacha le visage dans ses mains. Elizabeth fit le tour de la table pour s'arrêter près d'elle. Elle regarda les cheveux noirs luisants si sagement attachés par le chouchou de velours.

« Robin... »

Elle ne répondit pas.

« Écoute, dit Elizabeth du ton le plus gentil possible. Tu es une adulte, une femme, tu dois essayer d'imaginer la situation et faire preuve de maturité. Je ne peux négocier ainsi toute la journée avec un fantôme, Robin, c'est impossible. Je ne peux entrer en compétition avec quelqu'un d'idéalisé, et tu ne devrais pas l'exiger de moi. Quoi qu'il en soit... »

Robin retira ses mains de son visage.

« Quoi ?

— N'es-tu pas trop grande pour continuer à croire que ta mère était une sainte ?

— Tu ne l'as pas connue, dit Robin en regardant droit devant elle. Tu ne sais pas de quoi tu parles.

— Tu ne l'as pas beaucoup connue non plus. Tu n'étais qu'une enfant.

— Il y a eu des centaines de gens à ses funérailles ! s'écria Robin et se levant d'un bond. Des centaines et des centaines ! Ils sont venus de toute l'Angleterre, du monde entier ! »

Elizabeth ferma un instant les yeux.

« Je n'en doute pas.

— Si, tu en doutes !

— Je ne doute pas que ta mère ait été une personne merveilleuse et qu'elle ait été très aimée. Ce n'est pas la question. La question est que, tragiquement, elle est morte, et que donc, même si on se souvient d'elle avec tendresse, elle ne peut influencer la façon dont nous, qui vivons encore, choisissons de vivre notre vie. Quand elle vivait ici, cette maison était la sienne et elle l'arrangeait comme elle le souhaitait. Maintenant, elle va être la mienne et celle de ton père, et nous voulons vivre d'une manière différente. »

Robin baissa la tête et posa le dos d'une main contre ses yeux. Elle pleurait.

« Oh, Robin, dit Elizabeth avec tristesse. Robin chérie, essaie de grandir un peu. Je ne suis pas une intruse avec qui tu dois marchander. »

Robin se retourna et arracha plusieurs feuilles d'essuie-tout d'un rouleau sur le plan de travail. Elle se moucha violemment.

« Tu veux nous évincer !

— Non, c'est faux. C'est la dernière chose que je veuille. Tout ce que je veux, c'est que tu respectes mon intimité et mon indépendance comme je respecte les tiennes.

— Tu ne respectes pas mon passé !

— Si, assura Elizabeth en s'appuyant au dossier d'une chaise. La seule difficulté que j'ai, c'est quand tu insistes pour que le passé ait plus d'importance et plus de signification que le présent ou l'avenir.

— Tu t'y feras », dit amèrement Robin.

Elle détacha le nœud de son tablier et fit passer la bretelle au-dessus de sa tête avant de jeter le tissu rouge sur la table parmi les boîtes et les bouteilles.

« Que veux-tu dire par là ?

— Tu ne peux pas toucher ce qui est à nous, répondit Robin en enfilant sa veste. Ce qui est à nous à cause du passé...

— Je le sais...

— Non, tu ne le sais pas ! Tu ne le sais pas et tu ne le sauras jamais. Tu penses que tu peux arriver ici avec ton petit esprit bien rangé de fonctionnaire et nous classer dans les archives pour qu'il ne reste rien de désagréable sous tes yeux, rien d'humain ni de puissant. Eh bien, tu ne le peux pas. Ce que nous avions, nous l'aurons toujours, et tu ne peux pas y toucher. Jamais tu ne nous comprendras parce que tu ne le peux pas, tu ne peux pas ressentir ce que nous avons ressenti, tu ne peux pas savoir ce que nous savons, et jamais tu ne feras partie de nous. Tu peux essayer de changer papa de l'extérieur, personne ne peut t'en empêcher, mais jamais tu ne le changeras à l'intérieur, parce que ce n'est pas dans tes capacités. Il a connu ce que tu ne connaîtras jamais.

— Tais-toi ! ordonna Elizabeth en se couvrant les oreilles de ses mains.

— Je pars, dit Robin hors d'haleine. Je pars et je reviendrai. Je reviendrai quand je voudrai parce que je suis ici chez moi, c'est ma maison, c'est de là que je viens et rien ne changera ce fait. »

Robin fouillait dans son sac pour y trouver les clés de sa voiture. Elizabeth ne dit rien. Elle fit glisser ses mains de ses oreilles à ses yeux. Elle entendit que Robin refermait son sac.

« Ce serait gentil, demanda Robin, que tu ne parles pas de cela à papa. Mais je suis sûre que tu le feras. Dans ce cas, je le ferai aussi. J'y serai obligée, n'est-ce pas ? » demanda-t-elle avec emphase.

Puis elle sortit de la cuisine et passa la porte d'entrée qu'elle claqua derrière elle.

« Qu'est-ce que c'est que tout ça ? » demanda Tom. Il était dans l'embrasure de la porte de sa chambre et regardait dans la pénombre. Elizabeth était sur le lit, elle y était depuis plusieurs heures, les rideaux tirés.

« Tu es malade ?

— Non.

— Qu'est-ce qu'il y a, chérie ? demanda-t-il en s'approchant.

— Tu as vu, répondit Elizabeth sans bouger.

— J'ai vu un beau désordre dans la cuisine, certainement. Et des courses partout dans l'entrée. Inutile de dire que Basile a trouvé le beurre. J'ai pensé que tu ne te sentais pas bien.

— En effet.

— Mal à la tête, demanda Tom en s'asseyant sur le lit pour poser une main sur le front de la jeune femme.

— Non.

— Qu'est-ce... »

Elizabeth était couchée sur le côté, tout habillée, sous une couverture. Sans regarder Tom, elle répondit :

« Robin est venue.

— Vraiment ?

— Elle était là quand je suis rentrée des courses. Elle était en train de vider les placards de la cuisine.

— Oh, Seigneur !

— On s'est disputées, dit Elizabeth en roulant sur le dos pour regarder Tom. Je lui ai dit qu'elle ne devait plus venir quand l'envie lui en prenait, et la bagarre a commencé.

— Comment cela s'est-il terminé ? demanda Tom sans vraiment croiser le regard d'Elizabeth.

— Robin a déclaré qu'elle continuerait à entrer ici quand elle voudrait, que c'était chez elle et que ça le serait toujours. »

Tom se leva lentement du lit et s'approcha de la fenêtre, ouvrant les rideaux sur la lumière d'un après-midi nuageux.

« A-t-il été question de Pauline ?

— Oh, oui ! Comme toujours, répondit Elizabeth en fixant le plafond.

— Qu'as-tu dit ?

— À propos de Pauline ? Que je ne pouvais négocier avec un fantôme et que Robin était trop grande pour continuer à croire que sa mère était une sainte.

— Elle n'en était pas une. »

Tom tournait toujours le dos à Elizabeth. Elle regarda sa silhouette contre la fenêtre.

« Je suis soulagée de te l'entendre dire...

— Elle ressemblait beaucoup à Robin, d'une certaine façon, mais elle se contrôlait mieux. Chérie, dit-il en se retournant, je suis désolé.

— Oui.

— Tu es là depuis qu'elle est partie ?

— Oui.

— Pauvre amour. Pauvre Elizabeth ! »

Elle se redressa, presque assise contre la tête de lit.

« Tom...

— Oui ?

— Que vas-tu faire ? »

Il revint vers le lit et s'assit près d'elle.

« Que veux-tu que je fasse ?

— Ce n'est pas une réponse, dit-elle en fermant les yeux.

— Je ne te suis pas...

— Il ne s'agit pas de savoir ce que je veux que tu fasses, il s'agit de savoir ce que tu veux, toi, pas seulement pour moi, mais bien davantage pour notre avenir commun, pour notre futur mariage.

— Tu n'as pas l'air très enthousiaste...

— Ce n'est pas un manque d'enthousiasme que je ressens, c'est la peur.

— La peur ? »

Elle prit le coin de la couverture et se mit à la plisser entre ses doigts.

« Peur de quoi ?

— De Robin.

— Oh, mon Dieu, dit Tom en cachant son visage dans ses mains.

— Est-ce que tu peux t'imaginer, dit Elizabeth en luttant contre des larmes soudaines, est-ce que tu peux t'imaginer notre vie de couple avec l'oreille tendue en permanence vers la porte pour déceler le bruit de sa clé dans la serrure ?

— Cela ne se passera pas ainsi...

— C'est plus que possible ! s'écria Elizabeth en se redressant. Qu'elle soit en colère, jalouse, esseulée, elle viendra, n'importe quand, requérant ton attention, revendiquant son droit à venir chez elle, m'informant, comme elle l'a fait aujourd'hui, que jamais je ne ferai partie de ce foyer, quels que soient mes efforts, quel que soit mon amour pour toi, parce que je n'ai pas ce que vous avez, ce que vous avez eu, que je ne saurai jamais te rendre heureux ! »

Tom écarta ses mains de son visage et enlaça Elizabeth. Contre son oreille, il murmura d'une voix intense :

« Je suis désolé, tellement désolé... »

Elizabeth ne dit rien. Elle tourna son visage de sorte que leurs joues se touchent, puis, au bout de quelques instants, elle se dégagea doucement mais fermement.

« Aide-moi, dit Tom, aide-moi à décider que faire. »

Elizabeth entreprit de se débarrasser de la couverture pour sortir du lit de l'autre côté.

« Je crains, dit-elle poliment, que ce ne soit pas de mon ressort.

— Elizabeth...

— Oui.

— Je ne peux pas changer les serrures de cette maison contre ma propre fille !

— Nous n'avons pas les clés de l'appartement de Robin, rétorqua Elizabeth en atteignant le bord du lit et en se levant. Nous n'y allons jamais. Jamais elle ne nous y a même invités.

— Mais Robin est pratiquement née dans cette maison...

— Je sais. C'est une des raisons pour lesquelles je voulais qu'on la vende et qu'on emménage dans une autre maison, une maison qui ne serait qu'à nous.

— Mais Rufus...

— Oui, il y a Rufus, et cet argument-là, je l'accepte.

— Je vais descendre ranger un peu, dit Tom en se levant. Pourquoi est-ce que tu ne prendrais pas un bon bain ?

— J'adorerais prendre un bain, mais cela ne changera pas mes sentiments.

— Tu veux que je dise à Robin...

— Non ! s'écria Elizabeth en se frappant les tempes de ses poings. Non, pas ce que je veux ! Ce que *tu* veux pour nous, pour toi et moi, parce que tu sais ce qui va arriver si on laisse les choses en l'état !

— Mais non, c'est un problème d'adaptation, le choc de la nouveauté ! Nous avons tant de choses pour nous, nous nous aimons, Rufus t'aime, Lucas t'aimera aussi. Nous ne devons pas laisser les choses prendre une ampleur qu'elles n'ont pas. Robin en est à l'étape où elle doit s'habituer à l'idée de ta présence. Je suis désolé qu'elle t'ait bouleversée...

— Tais-toi.

— Quoi ?

— Cesse de parler pour me dire toutes ces balivernes.

— J'essaie de t'expliquer..., tenta Tom, qui se mettait en colère.

— Non, pas du tout. Tu essaies de te convaincre de ne pas devoir faire face à ce qui est vraiment important.

— C'est-à-dire ? »

Elizabeth fit quelques pas vers la salle de bains, puis prit son souffle.

« Que Robin souffre d'une insécurité et d'une possessivité névrotiques, et que si tu n'y mets pas bon ordre maintenant, tu l'auras toute ta vie.

— De toute façon, on a ses enfants pour la vie », répliqua Tom.

Elizabeth le regarda. À contre-jour il était difficile de voir son expression, mais toute son attitude trahissait sa détermination, comme s'il défiait même Elizabeth de savoir mieux que lui maîtriser un aspect de la vie dont elle n'avait jamais fait l'expérience. Elle ouvrit la bouche pour demander si la déclaration de Tom vis-à-vis des enfants valait aussi pour les troisièmes épouses, puis elle sentit presque simultanément que sa fierté n'autorisait pas une telle question. Alors elle referma la bouche et passa, aussi dignement que possible dans la salle de bains, dont elle referma la porte derrière elle.

« C'est gentil de votre part de me recevoir, dit Amy.

— Pas du tout, dit Elizabeth, c'est un plaisir...

— Je ne suis pas venue à Londres depuis des siècles, depuis des mois ! Et puis j'ai obtenu cet entretien et je me suis dit que tant que j'y étais, si cela ne vous ennuyait pas...

— Mais non, je suis ravie de vous voir.

— Quel joli appartement, dit Amy en regardant le salon, il est immense !

— J'avais prévu de beaucoup y recevoir. Mais ça n'a pas été le cas...

— Vous pourriez y organiser votre réception de mariage, non ? Ce serait charmant, dans cette pièce. »

Elizabeth gagna la cuisine, qui donnait sur le salon, et demanda :

« Du vin blanc ?

— Je ne bois pas beaucoup...

— Du thé alors, ou du café ?

— Du thé, s'il vous plaît. Juste un sachet dans une tasse. Lucas trouve cela très commun, mais ça me plaît ainsi, dit-elle en passant la tête par la porte de la cuisine. Je ne vous avais jamais vue en tailleur, avant.

— C'est ma tenue de travail.

— Ça vous va bien. Vous avez l'air très autoritaire.

— C'est exactement l'idée que je veux donner, dit Elizabeth en branchant la bouilloire. Cela cache une multitude de péchés. Quel emploi venez-vous postuler ?

— Un film en costumes. Ça se passe au Moyen Âge. On doit couvrir les acteurs de boue et qu'ils restent quand même sexy. Je ne suis pas sûre de l'obtenir, mais ça vaut la peine d'essayer.

— N'êtes-vous pas sous contrat dans une chaîne de télévision ?

— Pour trois mois seulement. Trois mois renouvelables. On ne peut jamais rien prévoir. C'est ainsi pour tout le monde, maintenant. »

Elizabeth sortit du réfrigérateur une demi-bouteille de vin blanc et arracha la feuille métallisée du goulot. Elle vit qu'Amy la regardait.

« J'achète des demi-bouteilles, depuis toujours. Mon père se moque de moi et les appelle le "réconfort des vieilles filles". Il ferait mieux de se réjouir que ce ne soit pas du gin.

— Vous n'aimez pas le gin ?

— Pas beaucoup.

— Ça me donne des nausées. Lucas boit de la vodka. Il essaie de ne plus boire, en ce moment. Ça ne ferait pas de mal à sa sœur non plus d'en faire autant », dit-elle avec une certaine méchanceté dans la voix.

Elizabeth mit un sachet de thé dans une tasse et versa de l'eau bouillante dessus.

« Fort ?

— Très. »

Amy entra dans la cuisine et prit une cuiller pour écraser le sachet contre les bords de la tasse.

« Du vrai thé de déménageur.

— Mon père le prend aussi comme ça.

— Rufus a bien aimé votre père.

— C'est réciproque, assura Elizabeth en se servant du vin. Du sucre, du lait ? » demanda-t-elle en ouvrant le réfrigérateur.

Amy hocha la tête. Elle versa du lait dans sa tasse et remua vigoureusement.

« Regardez ! Parfait, dit-elle en retirant le sachet de thé. Où est la boîte à ordures ?

— Ici...

— Tout est si bien rangé chez vous ! Vous devez être une cuisinière très méticuleuse.

— Je ne cuisine pas beaucoup.

— Chez nous, c'est surtout Lucas qui fait la cuisine. Il la fait mieux que moi, il connaît des recettes plus compliquées. L'ennui, c'est qu'il n'est presque pas à la maison, en ce moment, alors je vis de sandwiches au travail et de biscuits à la maison. »

Elizabeth passa devant elle et l'entraîna dans le salon, son verre de vin à la main.

« Prenez votre thé et venez vous asseoir. »

Amy se percha au bord du canapé et posa sa tasse en équilibre sur ses genoux. Elle portait une jupe à carreaux très courte et une veste noire ; un bandeau retenait ses cheveux.

« Je ne sais pas vraiment pourquoi je suis venue, dit-elle. Enfin, je le sais, mais maintenant que je suis ici, je ne sais pas par où commencer...

— S'agirait-il de Robin ? demanda Elizabeth en prenant une gorgée de vin.

— Comment avez-vous deviné ?

— Comme ça.

— Est-ce que vous l'aimez ? demanda Amy en se penchant vers elle. Aimez-vous Robin ?

— Je n'ai pas la moindre idée de la façon dont je pourrais répondre à cette question.

— Que voulez-vous dire ?

— Elle est tellement envahissante, compliquée, elle a une si forte personnalité que l'aimer ou non ne semble pas vraiment avoir d'importance.

— Moi, dit Amy en regardant son thé, je sais ce que je pense. »

Elizabeth attendit. Elle regardait les jolies petites jambes d'Amy dans leurs bas noirs bien lisses, ses petites mains habiles autour de sa tasse.

« Avant, on s'amusait tellement, Lucas et moi, dit Amy. On riait tout le temps. Je pouvais lui faire des blagues, je plaisantais toute la journée et il en redemandait encore. Tout allait bien quand elle avait son ami. Il était un peu prétentieux, mais intelligent, et il savait comment la prendre. Mais depuis son départ, c'est horrible. Elle ne laisse pas Lucas tranquille et il se fait du souci pour elle. Il dit qu'elle est sa sœur, qu'elle lutte contre elle-même, que je devrais sympathiser avec elle au lieu de la critiquer. Mais comment sympathiser quand elle mobilise toute l'attention de Lucas ? J'ai essayé de ne rien dire, mais ça ne m'a conduite nulle part, parce que Lucas n'a rien remarqué et l'effort a failli me tuer. Désolée, dit-elle en s'interrompant brusquement pour prendre une grande gorgée de thé. Je n'avais pas prévu de vous dire tout ça.

— C'est normal, dit Elizabeth. Pourquoi êtes-vous venue vers moi ?

— Parce que vous savez. Vous faites face, vous aussi.

— Quoi ?

— Vous avez vu Robin en action. Vous l'avez vue autour de vous, vous avez vu son numéro. Mais vous y arrivez, vous savez vous y prendre pour supporter ça.

— Oh...

— Lucas m'a dit que, si vous y arrivez, je devrais y arriver, moi aussi. Il dit que vous continuez à mener votre vie, que Robin intervienne ou non, alors pourquoi est-ce que je ne pourrais pas le faire ? Il dit que je me laisse dépasser, et que ce n'est pas normal, parce que pour vous, ce n'est pas le cas.

— Amy, j'aimerais que ce soit aussi simple.

— Que voulez-vous dire ?

— Je veux dire, commença prudemment Elizabeth, que c'est compliqué pour chacun de nous en ce moment. Les sentiments de tout le monde sont exacerbés.

— Avez-vous eu une altercation avec Robin ?

— Elle a une clé de la maison de Tom, dit Elizabeth en lissant sa jupe vers ses genoux, et elle entre quand ça lui chante.

— Vous lui en avez parlé ?

— Je lui ai demandé de ne plus le faire.

— Ouah !

— Je ne voudrais pas vous offenser, mais je ne crois pas pouvoir beaucoup en parler. Tom pense...

— Quoi ?

Il pense ce que pense Lucas, je crois. Il pense que

Robin est toujours bouleversée par la fin de son histoire d'amour et que cette rupture a malheureusement coïncidé avec mon arrivée dans le tableau, ce qui a réveillé le flot des souvenirs de la perte de sa mère. Il dit que nous devons tous être patients et attendre que le temps calme Robin.

— Oh..., dit Amy avant de se lever et de tirer sa jupe d'une main. Et vous allez suivre son conseil ? »

Elizabeth hésita. Elle se revit, assise à la table de la cuisine, chez Tom, le soir du jour où il l'avait trouvée au désespoir dans la chambre. Elle mangeait un admirable risotto qu'il avait préparé, et mobilisait toute l'énergie qui lui restait pour tenter de comprendre, et surtout de croire, les explications et les mots de réconciliation qu'il lui disait. Elle avait tant voulu le croire ! Elle s'était dit qu'elle lui devait de le croire parce qu'il y croyait tellement lui-même. Elle avait terminé la soirée en se faisant la morale très gravement devant le miroir de la salle de bains, se disant que le moins qu'elle pouvait faire — pour Tom, pour elle, pour eux deux — c'était d'essayer. Elle regarda Amy.

« Oui », dit-elle.

Quand Amy fut partie prendre l'express de Bath, Elizabeth se fit un œuf brouillé et le mangea dans la poêle avec la cuiller qui lui avait servi pour le mélanger, debout près de la cuisinière. Puis elle croqua une pomme et un biscuit au son et se prépara une tasse de café soluble, qu'elle emporta au salon. Son verre de vin, encore presque plein, était près du fauteuil qu'elle occupait lors de la visite d'Amy. Amy n'avait pas envie de partir. Elizabeth avait senti sur son visage qu'elle avait l'impression d'avoir tout juste entrevu une issue, aperçu un éclat d'or inattendu, mais qu'Elizabeth n'allait pas ouvrir davantage la voie, tout lui dire, vider son sac.

Elizabeth s'assit et posa le menton sur le bord de

sa tasse de café ; elle sentit la vapeur humecter sa peau. En rentrant du travail, elle s'était arrêtée dans un cabinet médical, rue Harley, où elle avait déjà consulté un gynécologue, époux d'une de ses collègues. Il avait examiné Elizabeth et pratiqué une analyse de sang qui avait prouvé que non seulement elle était normale et en bonne santé, mais aussi qu'elle continuait d'ovuler.

« Bien sûr, avait expliqué le gynécologue, vos chances de concevoir seraient meilleures encore si vous aviez pour compagnon un sportif de vingt-deux ans. Mais on ne choisit pas ce genre de choses, n'est-ce pas ? Ce sont elles qui nous choisissent. En tout cas, bonne chance ! »

Elizabeth avait hélé un taxi pour rentrer, une main sur le ventre, comme si elle venait seulement de prendre conscience du potentiel d'une partie d'elle qu'il fallait préserver, qui méritait le respect. Elle s'était sentie joyeuse, comme si on venait de la féliciter d'une réussite, de lui remettre un petit trophée. Puis elle avait réalisé, avec une gratitude sans destinataire, combien cette nouvelle information replaçait les événements troublants du week-end précédent dans une perspective beaucoup moins menaçante. En rentrant, elle avait trouvé sur son répondeur le message d'Amy annonçant son arrivée imminente, ce qui l'avait empêchée de téléphoner la bonne nouvelle, de dire à quelqu'un qu'en dépit du handicap que constituait leur âge, à Tom et elle, elle était toujours fertile, qu'il restait une chance, au moins, de concevoir un bébé.

Mais maintenant, assise avec sa tasse de café, elle s'interrogeait sur cette envie de téléphoner qu'elle avait eue plus tôt. Qui appeler ? Tom ? Son père ? Que dirait-elle ? « Vous ne le croirez jamais, mais je ne suis pas trop vieille pour avoir un bébé ! » Et que diraient-ils ? Seraient-ils tous deux, pour des raisons diverses et différentes, pris au dépourvu, son père parce que jamais les bébés n'avaient fait partie de son univers mental, sauf quand on lui en mettait un sous le nez, et Tom parce qu'elle ne lui avait pas encore parlé de cette perspective, parce qu'il avait déjà trois enfants de deux épouses précédentes, parce que son esprit était pour l'instant à tel point occupé — et douloureusement occupé — par Robin, qu'une diversion aussi intime pourrait lui paraître pure provocation ? Elle pensa à Amy. Amy avait-elle imaginé mettre au monde des bébés de Lucas, comme Robin avait voulu ceux de Neil ? Quand une femme voulait des enfants, l'homme dont elle les voulait — si ce facteur entrait le moins du monde dans l'équation — était-il le premier à qui elles en parlaient, ou le dernier ? Elizabeth avala une gorgée de café. Peut-être, en fait, n'en parlerait-elle à personne. Qui, après tout, avait besoin de savoir, à part elle ? Personne. Comme personne n'avait à connaître le bonheur qu'elle éprouvait à faire des courses familiales au supermarché, à posséder une voiture, à pouvoir dire avec nonchalance « mon fiancé », ce qui signifiait Tom. Non, personne n'avait besoin de connaître cette nouvelle possibilité extraordinaire. Elle prit une autre gorgée de café et posa sa tasse près du verre. Elle avait dit à Tom qu'elle essaierait d'être patiente avec Robin. Elle était sincère. Elle essaierait. Elle posa doucement mais fermement ses mains sur son ventre. Bien sûr qu'elle essaierait. Maintenant, elle pouvait se le permettre, n'est-ce pas ?

14

Karen, la sœur de Matthew, attendait au portail de l'école où, l'avait informée le téléphone arabe de Sedgebury, Josie enseignait maintenant. Le même téléphone l'avait aussi informée que les enfants de Matthew étaient de retour à Sedgebury, qu'ils vivaient avec Matthew et Josie — et les raisons de leur retour allaient de l'hospitalisation de Nadine après une tentative de suicide à l'enlèvement des enfants à la sortie de leur école par Matthew, qui aurait usé de son autorité de sous-directeur de collège. Peggy, la mère de Matthew et Karen, était portée à croire les deux histoires, la dernière étant la conséquence de la première.

« Ne sois pas bête, maman, dit Karen. Pourquoi Matthew ferait-il quoi que ce soit qui rende la situation pire qu'elle ne l'est déjà pour ses enfants ?

— On sait tous à qui la faute !

— Tu ne l'as pas rencontrée, maman. Tu ne l'as même jamais vue.

— Je n'en ai nul besoin.

— Là, tu as raison, tout à fait raison, tu n'as besoin de rien d'autre que de ton esprit tordu pour transformer quelqu'un en ennemi public numéro 1 ! »

Peggy avait dit qu'elle allait se rendre tout droit rue Barratt pour exiger de voir ses petits-enfants. Karen avait remarqué qu'elle fonctionnait beaucoup comme cela, maintenant, insistant sur ses droits supposés en tant que consommatrice, utilisatrice des transports en commun, en tant que contribuable, épouse, et maintenant en tant que grand-mère. Cela ne voulait pas dire grand-chose, pas plus que ces années passées à insulter Nadine. C'était juste, de l'avis de Karen, la manière dont sa mère s'affirmait, tentait de prouver que même si la vie ne lui avait pas réservé de bien bonnes choses, elle ne se soumettrait pas. En fait, Karen avait fini par comprendre que sa mère adorait récriminer, que cela lui donnait une sorte de stature. Si le père de Karen mourait, l'air fuserait du ballon que constituait sa mère, car elle serait privée, par cette ultime injustice, du point de focalisation de tout ce qui n'allait pas dans sa vie, de tout ce qui avait été négatif ces quarante-cinq dernières années.

« J'y vais, soupira Karen avec résignation.

— Où vas-tu ?

— Je vais aller voir si les enfants sont vraiment de retour...

— Inutile d'interroger ton frère, persifla Peggy.

— Je n'en ai pas l'intention.

— Alors, qui ?

— Quelqu'un qui saura.

— Pas *elle* ?

— Cela ne te regarde pas, maman. Ces enfants sont mes nièces et mon neveu comme ils sont tes petits-enfants. N'appelle pas Nadine ! ordonna-t-elle soudain en regardant Peggy dans les yeux.

— J'appellerai qui je veux. »

Karen hésita. Elle savait que Nadine avait repoussé sa mère et que ce rejet lui avait fait mal, qu'il avait retiré tout intérêt à sa nouvelle campagne émotionnelle.

« D'accord.

— D'accord quoi ?

— Appelle qui tu veux. Seulement n'oublie pas que, quand tu fais des histoires, ce sont les enfants qui souffrent, à long terme. »

Devant le portail de l'école, les mains dans les poches, son sac en bandoulière, Karen se demandait ce qu'elle allait dire. Elle n'aurait pas de mal à reconnaître Josie — on ne pouvait oublier sa chevelure —, mais elles n'avaient échangé qu'une dizaine de mots au mariage, et elle ne connaissait pas les normes régissant la façon de s'adresser à quelqu'un qu'on connaissait à peine mais qui faisait partie de votre famille. Elle avait d'abord songé à joindre Matthew ; après tout, il était son frère. Mais Matthew était sur la défensive, et ce Matthew-là, Karen avait appris à l'éviter depuis l'enfance. De toute façon, elle n'avait rien personnellement contre Josie, quels qu'aient été ses sentiments envers Nadine. Elle admirait chez Nadine une vitalité excentrique qu'elle n'avait jamais retrouvée chez une autre, mais on voyait bien aux enfants et au pauvre vieux Matt que vivre avec elle était l'équivalent domestique d'un raid aérien permanent. Le téléphone arabe qui lui avait appris que Josie travaillait à nouveau et que les enfants étaient revenus avait aussi fait état d'une amélioration notable de la régularité de la vie domestique.

Josie sortit presque la dernière de l'école. Elle poussait une bicyclette et parlait à deux filles aux cheveux rassemblés en queue de cheval formant comme un plumet sur le sommet du crâne et retombant sur les oreilles. Karen s'avança jusqu'à se placer presque au milieu du portail.

« Je ne crois pas que vous vous souveniez de moi... »

Josie s'arrêta. Les deux gamines sentirent que des préoccupations d'adultes allaient les effacer de l'attention de Josie et s'écartèrent d'elle pour sortir au plus vite.

« Je suis Karen, la sœur de Matthew. »

Josie la regarda. Elle portait un pantalon noir et une veste en jean. Au mariage, elle était en vert, avec un chapeau qu'elle ne semblait pas aimer et qu'elle avait retiré dès que possible.

« Bien sûr, dit Josie.

— Je ne voulais pas vous surprendre...

— Non, mais je ne m'attendais pas...

— Je sais, désolée.

— Écoutez, je crains de ne pouvoir m'arrêter. Je dois retrouver Rufus à la sortie de l'école dans dix minutes.

— Puis-je faire le chemin avec vous ?

— Il est possible que je doive utiliser le vélo, si le temps manque...

— Oui, je comprends, mais pouvons-nous au moins faire le début du chemin ensemble ? »

Josie fit tourner sa bicyclette et s'engagea d'un pas rapide dans la rue.

« Je croyais que vous me mettiez à l'écart.

— C'est le cas. Ou du moins c'est le cas pour maman. Mais vous ne connaissez pas maman, Quand vous la connaîtrez, vous verrez que cela ne signifie pas grand-chose. Je me suis contentée d'attendre, en fait. Et puis... voilà, j'ai entendu des rumeurs.

— À propos de quoi ?

— Du retour des enfants. »

Josie s'arrêta au bord du trottoir et pressa le bouton pour que le feu passe au rouge.

« Ils sont bien de retour, dit-elle.

— Pour de bon ?

— Il semblerait que oui, dit Josie sans la regarder. Jusqu'à ce que...

— Nadine change à nouveau d'avis ? »

Josie adressa à Karen un petit sourire.

« Vous avez compris. »

Le feu changea et Josie fit traverser la rue à sa bicyclette. Karen courut presque pour la rattraper.

« Comment vont-ils ?

— Je n'en sais rien.

— Que voulez-vous dire ?

— Je veux dire que je ne peux le savoir. Je les nourris, je lave leurs vêtements, mais ils ne me parlent pas. En tout cas pas de ce qu'ils ressentent. »

Karen posa une main sur le guidon pour ralentir un peu Josie.

« Est-ce que ça va pour vous ?

— Pas particulièrement.

— Sont-ils difficiles ?

— En un mot : oui. Ils le sont. Je n'essaie pas de jouer à la famille parfaite et joyeuse, mais ils semblent avoir besoin d'affirmer que je joue ce rôle. En fait, ils sont...

— Quoi ?

— Très cruels.

— Cruels !

— Oh, oui ! Les gosses peuvent être cruels. Vous le savez bien. Un des grands mythes de la société repose sur la cruauté des belles-mères, mais a-t-on jamais pensé que les enfants d'un autre lit peuvent être plus cruels encore ?

— Mais... Ce sont des enfants formidables...

— Si j'étais un de leurs professeurs, je pourrais être d'accord avec vous. Mais vivre avec eux est assez différent.

— Et Matt ? Que fait-il ?

— Il attend que nous arrivions à nous entendre.

— Prend-il votre parti ? »

Josie se mordit la lèvre. Karen lui jeta un coup d'œil rapide. Peut-être marchait-elle à la vitesse du vent, mais c'était par pure volonté, non pour évacuer un surplus d'énergie ni en signe de bonne santé. Elle semblait morte de fatigue, vidée. Karen se dit soudain que, si Josie rejetait les enfants de Matthew parce qu'eux la rejetaient, elle était peut-être hantée par la crainte qu'avec le temps, si les choses ne s'arrangeaient pas, Matthew ne la rejette aussi, par solidarité avec ses enfants. Elle retira sa main du guidon et, une seconde, effleura le bras de Josie.

« Je suis désolée. Je n'ai pas voulu être indiscrète...

— Vous ne l'êtes pas. Je suis vraiment contente de vous voir, mais je ne sais pas quoi vous dire d'autre que les faits. Écoutez, je suis désolée, mais il faut que je file à bicyclette, maintenant.

— Est-ce que je pourrais venir vous voir ?

— Rue Barratt ?

— Oui.

— Bien sûr ! Nous en serions ravis. Je... j'en serais ravie...

— J'ai suivi leur mariage. Je l'ai connu tout du long. Même si Nadine avait de bons moments, j'ai vu ce que Matt a dû traverser. Et je peux, enfin, je crois que je peux imaginer ce que c'est pour vous. »

Josie monta sur la bicyclette. Elle baissa la tête et ses cheveux tombèrent devant son visage.

« J'ai découvert que je me suis engagée dans une plus grande aventure que prévu. J'avais déjà été belle-mère, et Dieu sait que ça n'avait pas été facile ; mais cette fois, c'est tout à fait différent. Et... bien pire.

— Pourquoi ?

— Parce que je veux Matthew comme je n'ai jamais vraiment voulu Tom. »

Elle démarra et dépassa Karen. Puis elle se retourna.

« Merci.

— Je vous appelle. Je viendrai vous voir. »

Elle regarda Josie s'éloigner, penchée sur le guidon comme pour aider la bicyclette à accélérer. Ce dos voûté lui inspira soudain de la pitié, le même genre de pitié qu'elle avait ressenti pour le gentil petit garçon au mariage. On voyait bien qu'elle luttait, qu'elle luttait courageusement pour continuer sa route, pour arranger les choses, mais personne ne faisait vraiment front avec elle. Les belles-mères, se dit Karen, les mères adoptives, on les encourage d'une tape dans le dos, et on les trouve merveilleuses, mais on pense qu'elles ont fait un choix ; on ne sait pas le mal qu'elles ont à faire vivre une relation amoureuse au milieu de tout cela. Et puis il y avait Matt. Il avait toujours été un bon père, assumant sa part de travail même quand les enfants étaient bébés ; mais, inévitablement, avait grandi en lui une sorte de manque d'objectivité concernant ses enfants, comme s'il voulait les défendre contre toute critique parce qu'il savait ce qu'ils avaient dû traverser, avec une mère comme Nadine. Et c'était ce qui, en Matt, risquait de l'empêcher de voir à quel point c'était difficile pour Josie, surtout que, s'il était gentil avec le gosse de Josie, ce qui lui ressemblait bien, tout le monde devait le féliciter d'être un si bon beau-père. Karen soupira. On attend tellement des femmes, songea-t-elle, que cela les rend folles, et parallèlement, elles attendent si peu des hommes que cela les rend plus folles encore. Elle remonta sa bandoulière. Il y avait des moments où Karen se félicitait d'être célibataire, le seul moyen de rester saine d'esprit.

Josie s'assit sur un muret devant l'école de Rufus et s'adossa au grillage protégeant la cour. La directrice de Rufus lui avait proposé d'attendre à l'intérieur, mais elle avait dit non, elle préférait l'air frais.

« C'est grave, avait-elle expliqué, ou du moins je veux que Rufus prenne cela très au sérieux. C'est la première fois que cela se produit, jamais il n'avait été grossier envers une enseignante auparavant, mais je veux qu'il comprenne, en faisant une petite corvée pour elle après l'école, que son comportement était tout à fait inacceptable. »

Josie avait appris que Rufus avait traité de vache stupide son institutrice. Cela s'était produit après qu'on l'eut réprimandé trois fois en classe parce qu'il ne faisait pas attention et distrayait les autres à sa table, en leçon de sciences, alors qu'on leur parlait du courant électrique. Il n'avait pas fait cas des réprimandes, puis, quand on l'avait informé qu'il devrait rester après l'école pour le punir et pour servir d'exemple aux autres, il s'était écrié : « Tu peux pas m'y forcer, vache stupide ! » En ce moment, il était en retenue et effectuait une demi-heure d'un travail facile mais répétitif pour l'institutrice qu'il avait insultée.

« Je vous en prie, entrez, madame Mitchell. Mettez-vous à l'aise dans le parloir.

— Non, merci, je serai mieux dehors.

— Voulez-vous que je vous fasse apporter une tasse de thé ?

— Non, merci. Je n'ai besoin de rien. Je vais... l'attendre. »

Elle reposa la tête contre le grillage et ferma les yeux. Elle était si triste pour Rufus qu'elle aurait été soulagée de pleurer, mais elle n'y arrivait pas, comme si la tristesse était trop profonde, trop sombre et trop lourde pour s'écouler. Pauvre Rufus, pauvre petit Rufus, qui vivait dans une maison où les querelles, latentes ou violentes, étaient presque quotidiennes, où tout le monde semblait avoir l'habitude épuisante d'insulter les autres, où tous les détails de la vie quotidienne, toute tentative de vivre dans un semblant d'ensemble étaient combattus comme si la survie même des participants en dépendait. Que Rufus ait explosé aujourd'hui ne surprenait pas vraiment Josie. Elle savait qu'elle devrait expliquer à ces gentilles dames de l'école quelle était l'atmosphère rue Barratt pour l'instant, en quoi cela avait pu affecter gravement Rufus, lui qui était habitué au monde relativement calme et civilisé d'un enfant unique. Mais elle ne pouvait le dire maintenant, elle ne pouvait le dire aujourd'hui ; elle ne pouvait dire, avant de se sentir elle-même un peu mieux, que rien de ce que pouvait faire son enfant pourtant si gentil ne parvenait à la surprendre. Elle tourna un peu la tête pour que la chaleur du soleil baigne son visage. Comment pouvait-elle être surprise de quoi que ce soit, elle qui, la veille, avait frappé Becky ?

Elle ne voulait pas le faire. Elle n'avait même pas été consciente qu'elle allait le faire avant la fraction de seconde qui avait précédé le geste. Elle ne se souvenait pas, depuis qu'elle était adulte, avoir jamais frappé quiconque, mais il y avait eu un instant affreux, dans la chambre de Becky, où elle avait perdu tout contrôle, tant la rage la brûlait, et elle avait senti qu'elle n'était plus elle-même, qu'elle allait devenir violente. Et elle l'avait été. Elle avait fait un pas en avant dans le chaos de la chambre et elle avait giflé Becky, de toutes ses forces,

La soirée, à y réfléchir, avait mal commencé. Matthew, sentant que la tension montait, avait annoncé qu'il emmenait Josie au pub au bord du petit canal de Sedgebury, pour une heure au moins, loin de la maison, « loin de vous tous ». Il y avait eu un chœur d'objections puis un refus pur et simple de la part de Becky de rester avec les plus jeunes. Matthew avait argumenté, Becky avait crié et Matthew, à la grande réprobation de Josie et devant les autres enfants scandalisés, avait accepté de la payer. Ensuite, Josie et Matthew s'étaient disputés à ce sujet jusqu'au pub et avaient découvert, en arrivant, que le beau temps avait fait sortir des hordes de gens, qui s'étaient déversés dans les rues et le pub. Josie avait dit qu'elle attendrait dehors.

« Non, avait protesté Matthew. Non. Je veux t'avoir avec moi. »

Il l'avait prise par la main et l'avait entraînée à l'intérieur, à travers la foule, jusqu'au bar. Il arborait un sourire volontaire, comme pour montrer à Josie que lui, du moins, avait bien l'intention d'oublier l'épisode du baby-sitting et de s'amuser. Alors qu'écrasés contre le bar ils attendaient d'être servis, Matthew avait commencé à bavarder avec un homme proche de la cinquantaine, perché sur un tabouret, et qui tentait de draguer deux filles d'environ quatorze ans, en minijupe, qui fumaient avec la maladresse pressée de l'inexpérience. L'homme avait regardé Josie. Il l'avait montrée de son verre de bière à Matthew.

« Quel âge a la vôtre ?

— Trente-huit ans, avait dit Matthew.

— Oh là ! avait dit l'homme. Trente-huit ! Faites gaffe. À quarante ans, elles ont fait leur temps. Vous verrez. Elles s'effondrent, les fesses, les seins, tout tombe. Inutile de les garder au-delà de quarante ans. »

Josie avait retiré sa main de celle de Matthew et, furieuse, s'était frayé un chemin vers l'extérieur. Matthew l'avait suivie.

« Hé, ce n'était qu'une blague...

— C'était répugnant.

— Oui, mais ce n'était pas grave, il n'était pas sérieux...

— Tu as ri !

— Pas parce que j'étais d'accord avec lui, juste pour être aimable...

— Je n'ai pas envie d'un verre, Matthew, je ne veux pas rester ici, je veux rentrer à la maison. »

À la maison, malgré la douceur du soir, les rideaux du salon étaient tirés et Rory, Claire et Rufus regardaient une émission sur la chirurgie plastique génitale à Hollywood. Becky était dans sa chambre, la musique allumée à un volume assourdissant. Elle n'avait ni mis le dîner au four ni dressé la table, comme on le lui avait demandé.

« J'y vais, avait dit Matthew avec un soupir. Je monte la chercher.

— Non, avait déclaré Josie qui ressentait soudain une dangereuse énergie. Non, c'est moi.

— S'il te plaît...

— Inutile que tu y ailles. À quoi bon ? Tu es tellement *passif* ! »

Il avait haussé les épaules et s'était détourné pour ouvrir le tiroir à couverts. Josie était montée.

« Becky ! »

Elle avait frappé contre la porte de la chambre.

« Fous le camp ! » avait crié Becky.

Josie avait ouvert la porte. La pièce était jonchée de vêtements, de chaussures et de sacs, elle puait comme une salle de classe en fin de journée et elle tremblait de bruit.

« Éteins ça ! »

Becky, debout au milieu de la pièce, une cigarette interdite à la main, s'était contentée de regarder sa belle-mère. Josie l'avait poussée pour passer et s'emparer du lecteur de cassettes.

« C'est à moi !

— Je ne l'abîme pas, je veux simplement pouvoir m'entendre parler... »

Becky avait tendu la main et tourné un bouton. Le volume avait un peu baissé, mais pas entièrement. Puis elle avait arraché le magnétophone des mains de Josie.

« Merci, avait dit Josie en tremblant. Becky...

— Quoi ?

— Tu n'as pas fait réchauffer le dîner, tu n'as pas mis la table.

— Papa ne me l'a pas demandé.

— Non, mais moi, si. »

Becky était montée avec ses bottines sur le lit de

Claire et s'était adossée au mur pour souffler avec nonchalance un nuage de fumée.

« Toi, ça ne compte pas.

— Je vis dans cette maison. Je la fais fonctionner. Je suis mariée à ton père... »

Becky avait émis un grognement de mépris. Elle avait parcouru toute la longueur du lit de Claire, sauté lourdement au pied et écrasé sa cigarette sur une assiette, par terre, qui contenait encore un morceau de toast.

« Ça ne te donne aucun droit, avait dit Becky en fusillant Josie du regard. Ça ne signifie rien. Ça ne durera même pas.

— Qu'est-ce qui ne durera pas ?

— Ton truc avec mon père. »

Josie s'était rendu compte qu'elle serrait les poings. Elle les avait ouverts et avait appliqué ses mains à plat contre sa jupe.

« Becky... »

Becky avait grogné.

« Becky, je vais te dire une chose. Je vais te dire une chose très importante et très vraie. Si tu réussissais, Becky, si tu arrivais à briser mon mariage avec ton père, tu n'aurais pas de quoi te réjouir. Tu serais terrifiée, même, parce que ce ne serait pas une victoire, juste une perte, une autre perte en plus de toutes celles dont tu as déjà souffert. »

Becky l'avait regardée. Elle l'avait longuement regardée, avec dureté, comme si elle tentait vraiment de voir quelque chose, comme si elle tentait vraiment de comprendre. Puis elle avait renversé la tête et s'était mise à rire, à déverser des flots de rire ironique, comme si de toute sa vie elle n'avait jamais rien entendu de plus stupide, de plus incroyablement pathétique. Pendant un instant, Josie l'avait regardée à son tour, elle avait regardé sa tête penchée en arrière, sa masse de cheveux en broussaille et sa bouche grande ouverte, puis, sans rien dire parce qu'elle savait que ses mains seraient assez éloquentes, elle s'était avancée et avait giflé Becky, très fort, sur la joue droite. Becky s'était figée, les yeux exorbités.

« Tu... tu m'as *frappée* !

— Oui ! s'était écriée Josie sans crainte d'être entendue. Oui, je l'ai fait ! »

« Parfois, avait dit Matthew d'une voix éteinte environ trois heures plus tard, je n'ai pas l'impression d'avoir quatre enfants et une épouse, dans cette maison, mais cinq enfants. Et tu es la plus jeune. »

Josie, le regard fixe dans la pénombre de leur chambre éclairée par les réverbères de la rue, n'avait pas répondu. Tout en elle avait envie de lui crier qu'elle avait souvent l'impression d'être un enfant abandonné et qu'il ne le voyait pas, qu'il le permettait ; mais même avec les nerfs à vif comme elle les avait ce soir-là, elle sentait que ce n'était pas le moment de dire de telles choses. D'une voix tendue par le contrôle qu'elle exerçait sur elle, elle avait préféré demander :

« Becky est-elle revenue ?

— Non, mais elle reviendra. Elle a dû aller chez une amie, pour me faire peur, mais elle va revenir.

— Et les autres ?

— Au lit.

— Matt...

— Oui.

— Ce n'est pas pure imagination de ma part, n'est-ce pas, de croire qu'ils s'en prennent à moi parce qu'ils en veulent à Nadine ?

— Je ne le crois pas, avait soupiré Matthew, mais...

— Mais quoi ?

— Nous serons bientôt la norme.

— Quelle norme ?

— Les familles recomposées. D'ici 2010, il y aura plus de familles comme la nôtre que de familles normales.

— Et alors ?

— Alors il faut qu'on y arrive, qu'on s'y habitue, qu'on trouve une manière...

— Va donc dire ça à ta fille aînée ! »

Il y avait eu une pause. Puis Matthew avait déclaré :

« Quoi qu'il en soit, les coups ne constituent pas une réponse. »

Elle l'avait senti qui se levait.

« Où vas-tu ?

— Travailler un peu.

— Maintenant ?

— Une petite heure. Il est possible... je crois que je pourrais avoir une promotion. Le directeur se fait muter.

— Oh, avait dit Josie, bien. »

Elle aurait voulu en dire plus, le féliciter, sembler heureuse, mais la position de honte et d'impuissance où elle s'était placée l'en empêchait. D'une voix tremblante, elle avait demandé :

« Rufus...

— Il dort. Rory l'a veillé.

— Veillé ?

— Rory lui a promis de rester réveillé jusqu'à ce qu'il soit paisiblement endormi. »

Josie avait tenté de ne pas entendre l'accent de fierté dans la voix de Matthew.

« Et... et Claire ?

— Au lit. Si tu veux savoir, elle écoute *La Mélodie du bonheur*.

— Bien, avait dit Josie en tournant le dos à la silhouette sombre de Matthew. Bien, avait-elle murmuré à nouveau. Alors tout le monde va bien, sauf moi. Tout le monde se conduit bien, sauf Becky, qui est naturellement devenue une victime, et moi.

— Qu'as-tu dit ?

— Rien.

— Je serai au grenier.

— D'accord.

— Essaie de dormir », avait dit Matthew d'une voix gentille, mais pas gentille comme il aurait fallu, trop impersonnelle.

Elle n'avait rien dit. Elle avait serré la main coupable d'avoir giflé Becky et l'avait glissée sous l'oreiller. Puis elle avait entendu la porte s'ouvrir et se refermer doucement derrière Matthew.

« Je suis là », dit Rufus.

Josie ouvrit les yeux. Il se tenait devant elle, pâle et timide, son uniforme bien en place comme si quelqu'un l'avait arrangé avant qu'il sorte de l'école. Josie lui tendit les bras.

« Oh, mon chéri... »

Il s'approcha et se tint contre elle, sans protester mais sans céder non plus.

« Ne t'en fais pas, Rufus, ne t'en fais pas, je leur expliquerai...

— Non.

— Mon chéri, elles doivent savoir que ce n'est pas de ta faute, elles doivent comprendre ce qui...

— *Non !* »

Elle le serra plus fort. Elle voulait lui dire qu'elle se sentait coupable, qu'elle se sentait responsable, que c'était son incapacité à dominer la situation rue Barratt qui le poussait à se comporter d'une manière qui lui était tout à fait inhabituelle, qui n'était même pas dans sa nature. Je te déforme, voulait-elle crier dans ses épais cheveux si doux, je te change, je t'empêche d'avoir l'enfance que tu devrais avoir, que tu avais, avant que je rencontre Matthew.

« Rufus...

— C'est bon. Mme Taylor...

— Oui ?

— C'est bon, répéta-t-il en essayant doucement de se dégager des bras de sa mère.

— A-t-elle été gentille avec toi ? Est-ce qu'elle a compris ? demanda Josie au petit visage que se levait vers elle. Hein ? »

Il hocha la tête.

« Écoute, dit Josie en laissant Rufus s'écarter un peu afin de pouvoir le regarder dans les yeux. Je sais que tu ne veux pas en parler, mais je ne veux pas non plus que tu penses que c'était de ta faute. Comprends-tu ce que je veux dire ? »

Il la regarda. Ses yeux étaient comme voilés, presque opaques.

« Est-ce que tu voudrais, demanda Josie aussi gentiment qu'elle le put, retourner vivre à Bath ? Avec papa et Elizabeth ? »

Rufus soupira. Il fit un pas en arrière, hors des bras de Josie.

« Non, dit-il, mais j'aime bien y aller. J'aime bien...

— Tu n'es pas obligé d'en dire davantage. As-tu faim ?

— J'en sais rien...

— On fait l'essai ? Et si on allait chercher une pizza ou un hamburger, et voir si tu en as envie ?

— Je suis trop fatigué.

— Alors, dit Josie en descendant du muret, on rentre.

— Oui.

— Mets ton cartable dans le panier de ma bicyclette.

— Je vais la pousser », dit Rufus.

Il posa ses mains sur le guidon et un pied sur une pédale et partit à cloche-pied devant sa mère. Elle courut après lui.

« Matthew m'a dit que Rory était resté éveillé pour toi, hier soir.

— Oui, il l'a fait », confirma Rufus en ralentissant. Il avait trouvé ça bizarre, mais plutôt gentil. Rory lui avait dit : « Je resterai réveillé jusqu'à ce que tu t'endormes. » Et quand Rufus l'avait regardé avec étonnement, il avait ajouté : « Si tu veux. » Rufus s'était senti gêné et content à la fois, et il n'avait su que dire, alors il avait plongé sous sa couette et, comme toujours, il avait tourné le dos à Rory pour ne pas voir s'accomplir cette veille aussi déconcertante que bien intentionnée.

« C'était gentil.

— Ouais... Je suis privé de foot pour la semaine », ajouta Rufus avant de reprendre de la vitesse et de distancer sa mère.

En tournant dans la rue Barratt, il ralentit et marcha à côté d'elle. Il avait un peu plus de couleurs aux joues que lorsqu'il était sorti de l'école, et son uniforme, à cause des efforts pour mener la bicyclette, avait un air négligé plus naturel. Ils auraient une demi-heure, se dit Josie, avant le retour de Rory et Claire, et durant cette demi-heure, elle pourrait soulager l'intensité de son anxiété maternelle en gâtant Rufus avec des toasts beurrés et des cacahuètes grillées et en se retenant — oh, se dit-elle, comme il faudrait qu'elle se retienne davantage encore plus tard ! — de parler de sa punition, des raisons de cette punition, de la veille au soir, de la situation qui les avait conduits là, de Rory, Becky, Mme Taylor, Matthew, de tout, *tout* ce qui pourrait faire de la peine à Rufus en le forçant à penser à des sentiments qu'il avait déjà tant de mal à contenir.

Ils s'étaient à peine engagés dans l'allée de béton que la porte de la cuisine s'ouvrit et que Matthew vint en courant à leur rencontre.

« Matt...

— Dieu merci, tu es de retour. Où étais-tu ?

— On a été un peu retenus, dit-elle sans regarder Rufus. J'ai vu ta sœur, j'ai vu Karen...

— Becky n'est pas rentrée.

— Pas...

— Non. Personne ne l'a vue. Elle n'est pas allée où je croyais qu'elle serait, et elle n'est pas allée en classe...

— Oh, Seigneur !

— Entre. Entrez tous les deux, dit Matthew en prenant la bicyclette des mains de Rufus. La police est là. Ils ont attendu pour te parler. »

15

Depuis le départ des enfants, Nadine avait découvert, à sa grande surprise mêlée d'une pointe de déception, que le cottage ne lui semblait plus aussi exposé et menaçant. Il n'était pas plus en ordre — Nadine n'avait que mépris pour l'ordre — ni plus confortable, à coup sûr ; mais en quelque sorte, quand elle ne le considérait plus comme un frêle vaisseau n'offrant aucune sécurité à son équipage d'enfants, il était seulement un lieu humide, isolé et malcommode où vivre, rien de plus.

La semaine qui avait suivi le départ des enfants, elle avait été hystérique. Elle avait pleuré, pleuré, erré d'une pièce à l'autre, établi un calendrier sur un mur de la cuisine pour l'aider à survivre à chaque journée qui la séparait du moment où ils seraient de retour, peut-être pendant les vacances scolaires. Elle faisait les cent pas devant le téléphone, espérant qu'ils l'appelleraient — ce qu'ils faisaient peu, parce qu'on les en empêchait, à coup sûr. Dans un accès de zèle, elle avait emporté toutes leurs couettes et autres sacs de couchage, toutes les couvertures, chez le teinturier, gros monticule multicolore à l'arrière de la voiture qui lui avait brièvement procuré un extraordinaire sentiment de joie et d'accomplissement. Puis la torpeur avait suivi les larmes et l'énergie, et elle avait passé des journées assise à la table de sa cuisine, le regard perdu dans la lumière laiteuse du Herefordshire, se faisant des tasses de café qu'elle ne buvait pas, attendant, comme une princesse dans sa tour, que Tim Huntley vienne, comme il le faisait souvent, avec un plat de quelque chose que sa mère avait cuisiné et lui dise de manger, sinon...

Tim Huntley avait été sa bouée de sauvetage. En tant que personne, il était presque tout ce que Nadine trouvait incompréhensible : traditionnel en politique, conventionnel sur le plan social, sans beaucoup d'éducation, obstiné et pratique. Il la traitait presque comme ses vaches, comme si Nadine était une créature qu'on devait maintenir en vie par des apports réguliers d'aliments adéquats et par des instructions rationnelles qui l'empêcheraient de sauter à nouveau par-dessus la barrière et de se mettre dans une situation qui la dépassait, comme une vache sur une route. Il ne flirtait pas avec elle, pas du tout, même si elle avait senti, une ou deux fois, en voyant sa carrure occuper un espace rassurant de sa cuisine, qu'elle était un peu attirée par lui. Il lui avait trouvé le four à poterie d'occasion qu'il avait promis, et n'en avait demandé que vingt livres. Il lui avait aussi indiqué comment contacter la communauté dont il lui avait parlé, une trentaine de personnes, surtout des femmes et des enfants, qui vivaient en harmonie dans une grange spartiate, faisaient pousser leurs légumes et tissaient des couvertures en laine galloise. Ils ne rappelèrent pas tant à Nadine ses premiers groupes contestataires féministes que les marcheurs de la paix de son enfance et de son adolescence, qui mettaient des fleurs dans le canon des fusils et s'allongeaient devant le ministère de la Défense en tee-shirts blancs, sans armes, fragiles et sûrs d'eux. Ils regardèrent les poteries de Nadine avec gentillesse et lui dirent qu'ils seraient heureux de la voir quand elle voudrait, qu'elle devait amener ses enfants aussi, quand elle les aurait de nouveau.

Peu à peu, la torpeur céda. Tant qu'elle ne s'autorisait pas à trop penser aux enfants, avait-elle découvert, ni — plus encore — à leurs conditions de vie actuelles auxquelles présidaient les deux architectes des privations injustes dont elle souffrait, elle y arrivait, elle survivait jour après jour ; elle fut même capable de remarquer la venue du printemps, de voir que les feuilles se déployaient sur les arbres, que fleurissait un petit bouquet de jonquilles sauvages dans la friche de son jardin derrière le cottage. Elle se rendit même à pied jusqu'à la ferme des Huntley, où elle trouva Mme Huntley dans sa cuisine en train de nourrir au biberon deux petits agneaux. Elle la remercia pour tous les plats qu'elle lui avait fait porter.

« Ce n'est rien pour moi, dit Mme Huntley, tant que vous les mangez.

— Je les mange...

— Et comment va le gamin ? »

Nadine regarda les agneaux. Ils étaient ensemble dans une boîte en carton et tétaient avec une ferveur proche de l'extase.

« Il va à l'école, je crois...

— C'est déjà ça.

— Mais ils n'ont pas une très bonne voix au téléphone, ils n'aiment pas être chez leur père, parce qu'ils n'aiment pas leur belle-mère. »

Mme Huntley retira le biberon vide de la bouche d'un des agneaux et cela produisit comme une petite explosion caoutchouteuse.

« Qui a jamais aimé sa belle-mère ?

— Celle-là...

— Allons, allons, pas d'histoires ! dit Mme Huntley en retirant le biberon au second agneau. Est-ce que vous pourriez leur donner leur deuxième biberon ? »

Nadine se rendit compte qu'elle aimait ça. Elle n'avait pas beaucoup apprécié l'allaitement au sein de ses propres bébés, mais là, c'était différent, moins intimement exigeant, moins complexe sur le plan émotionnel, et les agneaux étaient si comiques et adorables avec leur obsession pour la nourriture ! Deux jours plus tard, Tim avait apporté un troisième agneau au cottage, et l'avait posé dans son carton sur le carrelage de la cuisine.

« Qu'est-ce que c'est ?

— Quelque chose dont vous devrez vous occuper. Elle a besoin d'une semaine de biberon.

— Mais...

— Faites-le. Vous le pouvez.

— Et s'il arrive quelque chose ?

— Vous m'appelez. »

Nadine s'assit par terre et regarda l'agnelle.

« Elle a perdu sa mère, dit Tim. Soyez gentille avec elle.

— Bonjour ! dit Nadine à l'agnelle, en posant la main sur sa petite tête douce et dure. Qui de nous deux est censé bénéficier de tout ça ?

— Les deux », dit Tim.

Quand il fut parti, Nadine prépara le biberon avec la poudre qu'il avait laissée et nourrit l'agnelle. Ce premier biberon, elle le lui donna dans la boîte, comme à la ferme, mais dès le second, elle prit l'agnelle sur ses genoux et la tint contre elle, les petits sabots sur ses cuisses, chaque muscle du bébé raidi par la concentration. Puis elle la remit dans sa boîte, où elle s'agita et bêla.

« C'est fini, lui dit Nadine. Il y en aura d'autres plus tard. »

Elle lui tendit la main et l'agnelle s'empara du doigt le plus proche qu'elle se mit à téter avec une vigueur et une rudesse surprenantes.

« Non, dit Nadine en retirant sa main. Je ne suis que ta mère adoptive. »

Le téléphone sonna. Nadine se leva pour aller répondre.

« Nadine ? » demanda la voix de Matthew.

Elle se retourna, tenant le combiné sous son menton pour pouvoir surveiller l'agnelle qui la regardait de ses yeux brillants par-dessus le rebord de son carton.

« J'ai un agneau...

— Quoi ?

— J'ai un agneau, répéta Nadine d'une voix fière. Ici, dans la cuisine. Je dois m'en occuper.

— Oh...

— Les enfants l'adoreraient. Elle est grande comme...

— Nadine, je t'appelle pour te dire quelque chose.

— Quoi ?

— Eh bien, tout va bien maintenant, nous l'avons retrouvée, mais Becky a fait une fugue.

— Quoi ! s'écria Nadine en pivotant d'un coup pour faire face au mur et s'accrocher au téléphone.

— Elle... enfin, elle s'est enfuie...

— Pourquoi ? Pourquoi aurait-elle fait ça ? Qu'est-il arrivé ? Qu'est-ce qu'on lui a fait ?

— Peu importe ce qui est arrivé...

— Que veux-tu dire, peu importe ! Bien sûr que ça importe ! Peut-être pas pour toi, mais pour moi, c'est important de savoir ce qui a fait s'enfuir ma fille.

— Nadine...

— Qu'est-ce que tu lui as fait ? hurla Nadine.

— Si tu ne me laisses pas parler, je raccroche.

— Non ! Non !

— Alors, tais-toi et écoute. »

Nadine ferma les yeux. Elle enroula si serré le fil du téléphone autour de ses doigts qu'ils tournèrent au blanc.

« Il y a eu une dispute, dit Matthew, une dispute familiale dans laquelle Becky était impliquée...

— Je ne te crois pas !

— Dans laquelle Becky était impliquée comme tous les autres membres de la famille, et qui a abouti à son départ de la maison. J'ai cru qu'elle irait voir une amie...

— Est-ce que tu as vérifié ? Quand elle est partie, en plein désarroi, est-ce que tu as pris la peine de vérifier où elle pouvait être ?

— J'ai cru qu'elle était allée voir une amie, mais j'ai fini par savoir qu'elle n'en avait rien fait, qu'elle n'avait pris contact avec personne de son entourage...

— Oh, mon Dieu ! dit Nadine en libérant ses doigts pour que le sang y circule à nouveau. Oh, mon Dieu, comment as-tu pu ?

— Elle est allée dans une boîte. Une nouvelle boîte de Sedgebury. Je n'en connaissais même pas l'existence, sinon je serais allé voir. J'ai cru qu'elle ne revenait pas juste pour me faire peur.

— Et je parie que tu as dormi comme une bûche.

— Je n'ai pas dormi du tout. Je n'ai pas dormi jusqu'à ce qu'on la retrouve. Que la police la retrouve.

— La police !

— Elle a fait de l'auto-stop. Elle voulait peut-être aller te rejoindre, mais c'est vers Stafford qu'on l'a retrouvée, dans un routier. Ils l'ont ramenée hier soir. Elle va bien.

— Où est-elle maintenant ?

— Au lit.

— Va la chercher ! Amène-la-moi ! Il faut que je lui parle !

— Elle est sous sédatif. Elle était en bonne santé, mais fatiguée, alors le médecin lui a fait prendre...

— Je dois lui parler ! hurla Nadine.

— C'est impossible pour l'instant. Elle doit dormir jusqu'à ce qu'elle se réveille naturellement.

— J'exige de lui parler ! Je suis sa mère !

— Elle t'appellera dès qu'elle se réveillera.

— J'arrive. Je saute dans la voiture et j'arrive.

— Pas question.

— Tu ne peux m'en empêcher, j'ai tous les droits, surtout vu la façon dont tu la négliges, dont tu te désintéresses d'elle, tant tu es obsédé par ta nouvelle vie, et tu n'es même pas... »

Matthew raccrocha.

« Salaud ! » hurla Nadine dans le combiné.

Elle raccrocha brutalement. Dans son carton, l'agnelle, qui fixait toujours Nadine de ses yeux brillants et intenses, se mit à bêler.

« Ta gueule ! » ordonna Nadine.

Elle commençait à trembler. Elle tendit une main maladroite, décrocha à nouveau et, de son autre main, difficilement, elle composa le numéro de Tim.

« Venez vite...

— Qu'est-ce qui se passe ?

— Venez vite. Venez reprendre cet agneau. Je n'y arrive pas. Je ne peux pas...

— Bougez pas ! » dit Tim Huntley.

Nadine hocha la tête et lâcha le combiné avant de glisser le long des placards de la cuisine où elle s'appuyait jusqu'à se retrouver assise par terre.

« Becky, oh ! Becky, pauvre Becky, pauvre... »

Elle entoura ses genoux de ses bras et y posa sa tête, toujours observée par l'agnelle, et se mit à trembler et à murmurer pour elle seule.

« Je suis tout à fait désolée », dit Josie.

Elle était assise sur le lit de Becky, au pied du lit, comme si s'asseoir plus près de la tête sous-entendait une intimité à laquelle elle ne se sentait aucun droit. Becky était à plat sur le dos, exactement dans la position dans laquelle elle s'était réveillée, après dix-neuf heures de sommeil, la tête tournée pour ne pas voir Josie, le regard sur le mur.

« Je le suis réellement. Et je te présente des excuses sincères. Quoi que nous ayons dit l'une ou l'autre, jamais, jamais je n'aurais dû te frapper et je le regrette beaucoup. Je suis sincèrement désolée. »

Becky ne bougea pas. Elle gisait là comme si elle n'avait aucune conscience de la présence de Josie, comme si Josie n'existait pas pour elle, comme si elle n'avait jamais parlé. Josie regarda son petit visage, très pâle, et l'enchevêtrement de cheveux bruns sur l'oreiller, puis, avec réticence, la longue silhouette du corps de Becky sous la couette. La police avait dit que Becky avait eu de petits ennuis pendant les deux jours et trois nuits de son absence, probablement avec un des chauffeurs de camion qui l'avaient prise en stop, mais qu'il ne s'était rien passé de grave. Becky n'avait pas eu de mal. Le médecin, qui lui avait administré un calmant, avait signalé un bleu sur le haut du torse, mais rien de plus. Quoi qu'elle ait dit à la police ou au médecin, elle avait refusé de le répéter à Matthew ou Josie. Elle ne semblait pas soulagée d'être rentrée, seulement résignée, comme si elle soupçonnait que c'était ainsi que se terminerait de toute façon tout geste de défi spontané, comme si elle n'avait de toute façon pas pris cela à cœur.

« As-tu faim ? demanda Josie. Voudrais-tu manger quelque chose ? »

Becky secoua imperceptiblement la tête. Elle n'avait pas faim, ni soif, elle était inconsciente pour l'instant de tous les besoins normaux du corps, elle ne ressentait qu'un calme détaché, curieux, léger.

« Becky, demanda Josie, est-ce que tu veux me parler ? Voudrais-tu au moins accepter le fait que je suis réellement désolée de mon geste ? »

Becky ne bougea pas, ne dit rien. Lentement, Josie se leva du lit. Elle avait dit à la police qu'elle avait frappé Becky et les agents avaient réagi comme si les gifles suivies de fugues leur étaient très familières.

« C'est courant, avait dit le sergent. Ça arrive tout le temps. Au premier signe montrant qu'un adulte sort de sa ligne de conduite normale, le gosse fugue. »

Il n'avait pas regardé Josie en le disant, mais Matthew, et Josie s'était sentie réprimandée. Elle était celle qui était sortie de ses gonds, qui n'arrivait pas à contrôler ses humeurs, qui n'avait pas la maturité nécessaire pour qu'on lui fasse confiance. Quand la police avait appelé, presque trente-six heures d'angoisse plus tard, et qu'elle avait décroché, le policier avait demandé à parler à Matthew.

« M. Mitchell, je vous prie, le père de la jeune fille.

— Mais, avez-vous...

— M. Mitchell, je vous prie. Le père de Becky Mitchell. C'est urgent. »

Matthew avait pleuré en entendant que Becky était en bonne santé. Josie et Claire aussi. Rufus et Rory s'étaient écroulés dans l'escalier et avaient donné des coups de pied dans la rambarde. Matthew avait pris Claire sur ses genoux, et quand Rory avait enjambé Rufus pour rejoindre son père et sa sœur, Matthew l'avait enlacé.

Je suis en disgrâce, avait pensé Josie.

Elle était allée dans la cuisine et avait pleuré sur l'évier, agrippée au bord en inox, ses grosses larmes tombant en gouttes, comme de la pluie. Rufus était entré dans la cuisine et s'était appuyé au placard près d'elle.

« Tu l'as pas fait exprès, dit-il.

— À la dernière seconde, si. À la dernière seconde, c'était indubitablement exprès...

— Tu peux rien à la dernière seconde. Personne ne peut rien.

— Merci, dit-elle en posant sur lui un regard reconnaissant.

— C'est vrai. »

C'était une femme policier qui avait ramené Becky

à la maison, puis une femme médecin était venue d'un cabinet de Sedgebury que Josie ne connaissait pas encore. Elles avaient toutes deux été très pragmatiques. Becky avait fait une escapade dont elle revenait saine et sauve, physiquement du moins. C'était tout ce qu'elles avaient besoin de savoir ; le reste était l'affaire de Becky, l'affaire de Matthew, et loin derrière à l'évidence, l'affaire de Josie. Matthew et Rory avaient emporté le matelas de Claire dans la chambre des garçons, l'avaient posé par terre entre les lits, et Becky s'était douchée, en silence, pendant que Josie mettait des draps propres dans son lit — geste futile, elle le savait, mais elle ne trouvait rien à faire qui ne le fût pas. Puis Becky avait pris les somnifères prescrits, fermé la porte de sa chambre derrière elle, s'était couchée et avait dormi, dormi, dormi. Avant d'aller se coucher à son tour, Josie avait trouvé Matthew assis au pied du sommier de Claire en train de regarder intensément Becky qui dormait. Il lui avait semblé qu'il n'y avait rien à dire à Matthew, tout comme il lui semblait maintenant qu'il n'y avait rien à dire à Becky.

« Descends quand tu voudras, dit-elle néanmoins. Ou reste ici. Ça n'a pas d'importance. Fais ce que tu veux. »

Elle promena son regard dans la pièce. Les bottes de Becky étaient par terre, à côté de l'ours en peluche bleue de Claire et d'un papier de barre au chocolat.

« Désolée », répéta Josie.

« Bonjour », dit Matthew.

Becky tourna la tête très lentement sur l'oreiller.

« Salut. »

Il s'approcha du lit et la regarda. Tout ce sommeil, après l'absence de nourriture, lui avait donné un aspect comme transparent, presque fragile. Près du lit, par terre, un plateau avec un bol de soupe et un sandwich qu'elle n'avait pas touchés.

« Josie t'a apporté à déjeuner, à ce que je vois.

— Je n'en voulais pas.

— Mais tu manges du chocolat, dit-il en regardant les emballages disséminés sur le tapis.

— Alors ? »

Il s'assit au bord du lit.

« Combien de temps penses-tu rester couchée ?

— J'en sais rien, répondit-elle en haussant les épaules.

— Tu n'es pas malade, Becky. »

Elle ne répondit rien.

« On ne peut pas continuer à s'occuper de toi comme si tu étais malade alors que tu ne l'es pas. Surtout si tu refuses de manger ce que Josie prend la peine de préparer pour toi. »

Becky soupira.

« Josie a pris un congé à son travail pour être près de toi. Moi, je n'ai pas pu, mais elle y a réussi. Elle reste ici exprès pour veiller sur toi.

— Je ne lui ai rien demandé. Elle n'a pas à le faire.

— Elle le pense.

— C'est son problème.

— Non. C'est son sens des responsabilités. Elle a proposé de le faire, pour m'aider, pour que j'aie l'esprit en paix, et elle l'a fait pour toi. »

Becky jeta au plateau un coup d'œil méprisant.

« Je ne mangerai pas.

— Alors je lui demanderai d'arrêter de te monter des plateaux.

— Comme tu veux. »

Matthew posa ses coudes sur ses genoux et s'appuya dessus.

« J'ai quelque chose à te dire.

— Seigneur...

— C'est à propos de ce qui est arrivé. Je ne t'interrogerai jamais à ce sujet. Si tu veux m'en parler, tu le peux, mais je ne te demande rien. Tout ce qui m'importe, c'est que tu sois saine et sauve. »

Becky attendit, bâilla, rassembla ses cheveux à l'arrière de sa tête et les laissa retomber.

« J'aime Josie », dit Matthew.

Becky se figea.

« Je veux que tu en sois tout à fait persuadée : je l'aime. Et je veux que tu sois tout à fait persuadée d'autre chose aussi : je t'aime. Quoi qu'il arrive, quoi qu'il advienne de nous, c'est un fait. Tu es ma fille, et je t'aime.

— Mais ? demanda Becky avec une grimace.

— Pas vraiment “mais”.

— Alors, quoi ?

— Tu sembles penser que je dois choisir, que je dois choisir entre toi et elle. Mais ce n'est pas le cas. Je veux que tu sois certaine de cela comme tu es certaine que je t'aime. Je n'ai pas à choisir. Je peux vous aimer toutes les deux, elle et toi.

— Tu ne peux pas !

— Je le peux ! dit-il en se levant, très grand soudain si près de son lit. C'est toi qui ne le peux pas. »

Il y eut un silence. Becky ne pouvait le regarder. Elle baissa les yeux sur ses ongles vernis d'un bleu électrique. Matthew s'éloigna du lit et gagna la porte.

« Si c'est ce que tu as décidé », dit-il.

La maison était très silencieuse. Becky supposait que Josie était en bas, en train de corriger des devoirs, peut-être, ou de faire un de ses gâteaux « je-suis-une-mère-parfaite ». Ou de raccommoder. Becky n'avait jamais vu quiconque raccommoder autant les vêtements. Nadine ne le faisait jamais, et ne l'avait jamais fait aussi loin que remontaient les souvenirs de Becky ; elle ne l'avait jamais vue même recoudre un bouton. Mais Josie raccommodait. Elle mettait des pièces aux jeans de Rory et avait refermé une longue couture qui avait lâché dans le survêtement Disney de Claire. Becky n'arrivait pas à comprendre pourquoi ils l'avaient laissée faire.

Elle s'assit au bord de son lit. Elle était habillée et se sentait un peu agitée, mais en même temps oisive. Et elle avait faim. En dépit des instructions de Matthew, Josie lui avait proposé un sandwich à l'heure du déjeuner, du bas de l'escalier, et Becky avait crié plus fort que la musique, qu'elle avait recommencé à mettre à plein volume, qu'elle n'avait pas faim, qu'elle ne voulait rien. L'idée d'un sandwich lui fit venir l'eau à la bouche. Elle avait trouvé un demi-paquet de biscuits dans la chambre des garçons et deux chewing-gums dans les poches de son blouson en jean, et elle les avait dévorés. Elle n'avait plus de cigarettes. Elle avait fumé la dernière une semaine plus tôt, quand l'homme qui tenait le café où la police était venue la chercher lui en avait offert une. Il lui avait aussi offert un petit déjeuner dont elle se souvenait avec émotion.

« Stupide gamine, lui avait-il dit, comme si s'enfuir avait jamais résolu quoi que ce soit ! »

Mais il lui avait donné la cigarette et le petit déjeuner, et quand la police était arrivée, il était resté à sa table, pour la défendre, si nécessaire. Ce n'était pas nécessaire. Elle ne le dirait jamais à personne jusqu'au jour de sa mort, mais Becky avait été si heureuse de voir arriver les policiers qu'elle s'était presque jetée dans leurs bras en uniforme.

En bas, le téléphone sonna. Deux fois, trois fois, avant que Josie décroche. Becky entendait le son de sa voix, mais pas ce qu'elle disait. Au bout d'un moment, la porte du salon s'ouvrit et Josie appela d'une drôle de voix :

« Becky ? »

Becky se leva.

« Oui ?

— Becky, peux-tu descendre ? »

Elle descendit lentement jusqu'au palier intermédiaire. Josie était en bas des marches.

« Becky, c'est ta mère...

— Oui ?

— Elle... n'a pas l'air bien, elle semble en plein désarroi... »

Becky descendit et passa près de Josie sans un mot. Nadine semblait toujours en plein désarroi, surtout si elle devait appeler rue Barratt et risquer de tomber sur Josie. Becky prit le combiné.

« Maman ?

— Il faut que tu viennes, dit Nadine en pleurant.

— Quoi ? Qu'est-ce qui se passe ?

— Il le faut, je ne peux pas venir, ton père ne me laisse pas venir, et maintenant avec ce qui est arrivé...

— Qu'est-ce qui est arrivé ?

— Becky, c'est impossible, je ne m'en sors pas, tu dois venir, tu dois venir vite...

— Qu'est-il arrivé ? Est-ce que tu vas bien ? Est-ce que tu es blessée ?

— Je ne sais pas, dit Nadine dont la voix était étouffée de larmes. Je ne sais pas.

— Seigneur ! Est-ce que tu as avalé quelque chose ? Est-ce que tu as pris des pilules ou autre chose ?

— Non, non, mais j'ai besoin de toi. J'ai besoin que tu sois là. J'ai besoin que tu viennes. Je ne t'ai pas vue depuis que tout ça est arrivé, et il faut que je te voie, il le faut.

— D'accord ! dit Becky d'une voix mal assurée, comme si elle tremblait. D'accord !

— Vite, dit Nadine. Vite !

— Oui. »

Becky entendit qu'elle raccrochait. Elle resta immobile un instant, le combiné à la main, puis raccrocha elle aussi et alla lentement vers la cuisine. Josie était assise à la table, un chéquier ouvert devant elle, en train de payer des factures. Elle leva les yeux quand Becky entra et demanda d'une voix neutre :

« Ça va ? »

Becky hésita. Elle leva une main vers sa bouche et attaqua une petite peau du bout des dents.

« Pas vraiment », répondit-elle.

Josie posa son stylo et demanda, d'une voix moins neutre :

« Que se passe-t-il ?

— Elle pleurait. Elle avait l'air d'être très mal. Elle n'a pas arrêté de me demander d'y aller...

— D'aller la voir ? Dans le Herefordshire ?

— Elle a dit que je devais y aller. Elle a dit qu'elle avait besoin de moi. Elle a dit que quelque chose était arrivé.

— Est-elle malade ? demanda Josie en se levant

— J'en sais rien, elle avait seulement l'air désespéré. Il... Il faut que j'y aille, il le faut...

— Et comment iras-tu ?

— J'en sais rien, répondit Becky dont les épaules tombèrent soudain de découragement. En train peut-être, et puis en taxi.

— Je peux t'emmener.

— Tu...

— J'ai la voiture aujourd'hui. Elle est dehors. Je pourrais te conduire chez ta mère. Il faut juste que je laisse un mot pour les autres et que j'appelle Matthew...

— Non !

— Non ?

— Ne dis rien à papa, s'il te plaît. Fais-le sans rien dire à papa.

— Est-ce qu'il ne pensera pas, dit Josie en regardant Becky droit dans les yeux, que c'est la seconde chose irresponsable que je fais te concernant en moins d'une semaine ? »

Becky savait que son visage et sa voix étaient suppliants. Elle ne semblait pas capable de s'en empêcher.

« Je le lui dirai...

— Qu'est-ce que tu lui diras ?

— Que tu l'as fait... pour m'aider.

— Si nous devons rouler jusque dans le Herefordshire, dit Josie en ouvrant le réfrigérateur, il faut manger quelque chose.

— Non...

— Becky, tu n'as rien mangé de raisonnable depuis une semaine et tu ne sais pas ce qui t'attend. En quoi cela aidera-t-il ta mère que tu t'évanouisses à ses pieds ?

— Il faut qu'on parte.

— Prends trois choses là-dedans pour manger en route, dit Josie en s'écartant du réfrigérateur. Pendant ce temps, je sors la voiture. Et laisse un mot pour ton père.

— Qu'est-ce que je dis ? »

Josie passa près d'elle et prit les clés de la voiture à leur crochet près de la porte.

« Je n'en sais rien. À toi de voir. »

16

Rufus était à son bureau, dans sa chambre, et contemplait ses nouveaux rideaux. Ils étaient à carreaux, à grands carreaux vert et crème, avec une ligne vert foncé au bord. La ligne, lui avait-on expliqué, s'appelait une tresse, une tresse de coton. Rufus l'avait choisie en même temps que le tissu vert et crème. Il se sentait très satisfait au vu de sa première incursion dans la décoration d'intérieur, et maintenant, il se disait qu'il aimerait changer d'autres choses encore, comme sa housse de couette, par exemple, car l'arrivée des nouveaux rideaux rendait l'impression « Batman » de son lit un peu puérile. Et un tapis, aussi. Peut-être un tapis rouge. Il en parlerait à Elizabeth. C'était elle qui l'avait emmené au magasin de rideaux et qui l'avait laissé choisir. Elle avait ouvert de gros livres d'échantillons de tissus et elle avait dit : « Que penses-tu de celui-là ? » Et : « Ce genre de vert ? » Et : « Je crois que tu as dit pas de motifs, juste des lignes, n'est-ce pas ? » Et elle l'avait laissé décider. Quand la vendeuse avait fait référence à Elizabeth comme à la « mère » de Rufus, Elizabeth avait dit, d'une voix parfaitement normale : « Je ne suis pas la mère de Rufus, mais je deviendrai bientôt sa belle-mère. » Après, jamais elle n'en avait plus parlé, effaçant ainsi un moment d'embarras aussi profond qu'inexplicable. Rufus commençait à comprendre qu'on pouvait lui faire confiance en la matière ; on pouvait lui faire confiance pour voir les choses comme elles étaient et pas comme elles pourraient être, ou auraient pu être, ou devraient être. On pouvait lui faire confiance pour ne pas créer d'histoires.

« Rufus », appela Robin.

Il se tourna vers la porte de sa chambre. Robin était appuyée contre le mur. Elle portait des bottes vernies noires. Rufus les regarda.

« Salut !

— Très chics, tes rideaux.

— C'est moi qui les ai choisis.

— Excellent choix. Joli bureau, aussi. »

Les yeux de Rufus quittèrent les pieds de Robin et regardèrent le dessus de son bureau. Il donna un coup de pied à la barre sous sa chaise. Il n'était jamais très sûr de ce qu'il ressentait à propos de Robin. Il savait qu'elle était sa demi-sœur, mais elle ne lui donnait pas cette impression, elle ne lui donnait pas l'impression de faire partie de sa vie. Depuis toujours, il savait que Robin n'aimait pas sa mère, et cela l'avait toujours déconcerté. Il pouvait comprendre que parfois les gens soient en colère contre sa mère, mais ne pas l'aimer, c'était autre chose, et il avait le sentiment de ne pas avoir envie de fréquenter les gens qui ne l'aimaient pas. En fait, il avait toujours préféré la maison quand Robin n'y était pas.

Robin s'approcha de sa fenêtre.

« Tu as une très belle vue. »

Rufus ne dit rien. Il prit un stylo à bille rétractable sur son bureau et fit jouer le poussoir d'un geste nerveux.

« C'est beaucoup plus joli que ce que je vois de ma fenêtre, continua Robin. Je ne sais pas pourquoi je n'ai pas choisi cette chambre quand j'étais petite. Je pense que c'était parce que, de la mienne, je pouvais voir la rue et ainsi attendre le retour de ma mère et de mon père. Il est possible que je revienne habiter ici quelque temps, dit-elle en se retournant.

— Pourquoi ? demanda Rufus, qui s'était arrêté de cliquer.

— J'ai vendu mon appartement ! Je l'ai vendu très facilement, j'en suis encore surprise ; et je n'en ai pas encore acheté un autre. Alors je crois que je vais revenir à la maison un moment. Je pourrais transformer l'ancienne chambre de Lucas en salon, tu ne crois pas ?

— Elle est pleine de trucs.

— Je pourrais les débarrasser. Peut-être pourrais-je en entreposer certains ici, dans des cartons, parce que tu n'es pas souvent là.

— Si ! protesta Rufus en enfonçant le stylo dans la paume de sa main.

— Quoi, une fois par mois...

— Je ne veux pas qu'on encombre ma chambre.

— Ce serait très propre, tout dans des cartons...

— Non !

— D'accord. Ce n'était qu'une suggestion. Je trouverai un autre endroit. »

Rufus glissa de sa chaise de bureau. Il avait envie de dire qu'il ne voulait pas du tout de Robin ici, qu'il ne voulait pas de Robin à cet étage avec lui, où il se sentait chez lui, qu'il ne voulait pas qu'elle vive près de sa chambre quand il n'était pas là parce qu'il était dans la maison de Matthew, mais il ne put s'y résoudre.

« Je descends », dit-il.

Dans la cuisine, Elizabeth lisait le journal. Elle l'avait ouvert sur la table et elle avait mis ses lunettes. Elle buvait du thé. Quand il entra, elle ne leva pas les yeux mais dit :

« Il y a un article ici sur les grenouilles albinos de West Country. Elles ne sont pas vertes, mais orange, rose et blanches. Je n'aimerais pas du tout ça !

— Parfois, dit Rufus en se hissant sur une chaise en face d'elle, il y a des grenouilles dans le jardin.

— Vraiment ?

— J'en ai emmené une toute petite à l'école un jour, dans du tissu mouillé. »

Il avait pris le bord du journal et commençait à le froisser. Elizabeth ne lui dit pas d'arrêter. Elle le regarda un moment, puis elle demanda :

« Robin est-elle en haut ? »

Il hocha la tête. Elizabeth soupira et retira ses lunettes.

« Où est papa ?

— Dans le bureau.

— Robin a dit qu'elle allait revivre dans sa chambre.

— Je sais.

— Est-ce que papa le sait ?

— Oui.

— Il est en colère ?

— Non... Ne t'en fais pas. Personne ne mettra rien dans ta chambre si tu ne le veux pas. »

Rufus se demanda s'il devait dire que ce n'était pas seulement les choses qu'il ne voulait pas : il ne voulait pas non plus de Robin. Il regarda Elizabeth. Elle le regardait aussi, très gravement, comme pour l'assurer que personne n'oserait dire : Oh, Rufus n'a que huit ans, et il n'est presque jamais là, alors ça ne lui fera rien.

« Et si on sortait ? demanda Elizabeth.

— En ville ?

— Oui. On pourrait aller voir des choses, ou rendre visite à mon père, ou simplement nous promener.

— Est-ce qu'on pourrait acheter un tapis ?

— Un tapis ?

— Pour ma chambre. Un rouge.

— Pourquoi pas ! Est-ce que ça te ferait plaisir aussi de revoir mon père ? »

Rufus hocha la tête. Elizabeth se leva.

« Alors, est-ce que tu veux bien aller dire à papa que nous sortons ? »

Rufus hésita.

« Tu ne veux pas le faire ?

— Non. »

Rufus descendit de sa chaise.

« On sera parti plusieurs heures ?

— C'est possible. On pourrait bien avoir envie de déjeuner dehors.

— Et le déjeuner de papa ? »

Elizabeth prit son sac à main et l'ouvrit pour y ranger ses lunettes.

« Robin pourra s'en occuper. »

Rufus gagna la porte de la cuisine puis se retourna.

« Papa est en colère ? demanda-t-il à nouveau.

— Non, dit Elizabeth en sortant son rouge à lèvres de son sac. Ce n'est pas papa qui est en colère. Je dois avouer que c'est plutôt moi. »

Lucas était allongé sur un canapé de son appartement, les yeux clos. Sa chaîne diffusait doucement du jazz — Stan Getz —, mais sinon, l'appartement était silencieux, d'un silence béni, parce qu'Amy était allée au cinéma avec une amie et que Robin avait renoncé à venir, tant elle était excitée par son nouveau projet : se réinstaller chez Tom, dans son ancienne chambre, et dans son ancienne chambre à lui, jusqu'à ce qu'elle ait trouvé autre chose pour elle.

« Seulement jusqu'à... Seulement pour quelques semaines », avait-elle dit à Lucas.

Il avait secoué la tête.

« Tu ne devrais pas...

— Pourquoi pas ? Pourquoi est-ce que je ne devrais pas ? À cause d'elle ? À cause d'elle et de papa et de... leur *intimité* ? avait-elle dit d'une voix épaisse de menaces.

— Non, à cause de toi.

— Que veux-tu dire ?

— Je veux dire que tu n'iras jamais de l'avant si tu ne cesses de faire des retours en arrière.

— Mais pas du tout. Je me montre seulement raisonnable. »

« Elle ne connaît même pas la signification de ce mot, dit plus tard Amy. Elle ne peut rien faire qui ne suppose pas un grand bouleversement émotionnel. Tout ce qu'elle fait doit prendre des proportions cosmiques. Elle ne peut même pas aller chercher ses vêtements chez le teinturier sans mettre en scène une tragédie en trois actes. »

Lucas n'avait rien dit. Amy, elle, en avait trop dit, bien sûr, rompant la trêve délicate qui existait entre eux depuis qu'ils avaient eu leur grande querelle à propos de Robin. Cela s'était passé tard le soir où Amy était allée à Londres pour cet emploi dans le film en costumes — qu'elle n'avait pas obtenu. Il dormait presque et elle l'avait réveillé pour lui énumérer, d'une voix perçante, tout ce qu'elle avait toujours pensé de Robin, tout ce qu'elle ne pouvait supporter dans le comportement de Robin. Il avait tenté de la calmer, il avait tenté de lui dire qu'il connaissait très bien la différence entre aimer une sœur et aimer une future épouse, mais elle avait crié qu'il ne savait pas de quoi il parlait, que tout frère qui appelle sa sœur « mon petit cœur de beurre » ou « mon chou à la crème », comme un personnage dans un feuilleton américain de troisième catégorie, a de graves problèmes de développement affectif. Et pis encore, bien pis ! Elle avait alors claqué la porte de leur chambre et passé le reste de la nuit là où il était maintenant, sur le canapé.

Ils s'étaient vaguement réconciliés le matin. Il l'avait trouvée en train de faire du thé, portant toujours ses vêtements de la veille, et il l'avait enlacée pour lui dire qu'il était désolé, qu'il n'avait pas voulu la bouleverser.

« Ce n'est pas toi, avait-elle dit. C'est *elle*. Et peut-être ton attitude envers elle.

— Alors on ne parlera plus d'elle.

— On ne pourra pas l'éviter !

— Mais si. Pourquoi pas ?

— Pour régler le problème.

— Il n'y a pas de problème, juste le fait qu'elle est ma sœur et que rien de ce que nous pourrons faire l'un ou l'autre ne changera ce fait. Alors je te suggère de ne plus en parler. On *arrête.* »

Il n'y voyait pas de difficulté. Robin était là, mais elle ne devait pas forcément partager toute sa vie, seulement la fraction de sa vie dont elle faisait partie, celle qui le reliait à son enfance. Il était préoccupé par elle quand elle faisait des histoires, comme n'importe quoi d'autre, comme le travail le préoccupait maintenant avec toutes ces incertitudes entourant la vente des stations de radio. Il savait que Robin ne cesserait probablement jamais d'occuper une partie de son esprit, mais il ne voulait pas qu'elle et ses problèmes remplissent tout l'espace libre de son esprit et de son cœur. Il l'aimait, à n'en pas douter, mais pas comme sa priorité absolue, pas à l'exclusion de tout le reste. Il avait découvert qu'un des moyens les plus faciles de réduire Robin et ses exigences à des proportions maîtrisables était de ne pas trop penser à elle et de parler d'elle moins encore. Mais Amy n'y parvenait pas, semblait-il. Amy ne parvenait pas à repousser Robin à l'arrière-plan. Les sentiments d'Amy envers Robin étaient comme de la lave : ils bouillonnaient sous terre, difficilement contenus, et de temps à autre, un flot de quelque substance en fusion, brûlante et rouge, explosait dans l'air et les éclaboussait tous les deux. Il était arrivé, ces derniers mois, que Lucas ait eu envie de partir, d'abandonner les cris et le chaos d'émotions pour une simple vie anonyme et physique sur un chantier, à construire des immeubles ou des routes, ou même à la chaîne en usine. Mais il n'était pas allé jusque-là. Il se disait qu'il ne l'avait pas fait parce qu'il savait qu'un fardeau émotionnel n'est pas une question de géographie, mais d'attitude ; mais au fond de son cœur, il savait qu'il ne l'avait pas fait parce qu'il n'en était pas arrivé au point où, pour survivre, ce serait devenu impératif. Peut-être n'en arriverait-il jamais là. Et peut-être — il le redoutait plus que tout — n'aurait-il pas le courage de saisir ce moment quand il viendrait.

Il ouvrit les yeux et regarda le plafond. Il l'avait peint lui-même, quand Amy et lui s'étaient installés ensemble, et il avait aussi fait les étagères et poncé le parquet. Il était habile de ses mains. Il les leva et les inspecta. Il réfléchit à tout ce qu'elles avaient fait, à toutes les surfaces qu'elles avaient touchées, à toutes les tâches qu'il leur avait demandé d'accomplir sans consciemment le leur demander. Son père disait qu'elles avaient la même forme que celles de sa mère, tout comme il avait son teint, pas celui de son père. Il ne pensait plus très souvent à sa mère. À une époque, il pensait à elle, en secret, tout le temps ; il tenait avec elle de longues conversations solitaires et furieuses. Mais il avait fini par comprendre qu'il conversait avec quelqu'un qu'il imaginait plutôt qu'avec quelqu'un dont il se souvenait, et l'urgence de ces échanges unilatéraux avait faibli. Puis, le temps passant, il avait découvert qu'il abandonnait le souvenir de Pauline à Robin, en partie parce que Robin le voulait tant, et en partie parce qu'il n'en avait pas besoin. Il imaginait souvent comme cela aurait été merveilleux si Pauline avait vécu, comme leurs vies auraient été différentes, mais il le pensait seulement, il n'était pas tenté par la nostalgie. Son père, après tout, était un père formidable, et sa première belle-mère ne lui avait pas posé de problème — sauf au moment de son départ, qui l'avait attristé — et il ne pensait pas qu'il serait contre sa seconde belle-mère non plus. Tout ce qui le préoccupait, pour l'instant, c'était le doute qui planait sur son emploi et le manque d'harmonie qui assombrissait sa relation avec Amy. Il craignait aussi que, si tout s'effondrait pour lui et qu'il doive se tourner vers son père, son père ne le voie pas parce qu'il serait occupé par Elizabeth.

Le téléphone sonna, agressant la musique de Stan Getz. Lucas se leva lentement et s'étira, puis il traversa la pièce, sur le parquet qu'il avait poncé et ciré, et décrocha.

« Allô !

— Lucas ? demanda Elizabeth.

— Oh, dit-il, salut.

— J'espère que je ne te dérange pas...

— Non, pas du tout. Je ne faisais rien de spécial. »

Il s'assit dans le fauteuil près du téléphone et posa sa cheville droite sur son genou gauche.

« Que puis-je faire pour toi ?

— Je..., hésita Elizabeth, je suis un peu troublée...

— Oh ?

— Je pense que tu sais que Robin prévoit de se réinstaller dans son ancienne chambre, ici ?

— Oui.

— J'aurais aimé savoir... ce que tu penses de ça.

— Ce que j'en pense...

— Oui. »

Lucas se mit à tourner son pied, lentement.

« Qu'est-ce qu'en pense papa ? »

Il y eut un silence, puis Elizabeth dit :

« Je voudrais vraiment ne pas faire un faux pas.

— Je ne te suis pas.

— Quand j'ai suggéré, voilà quelques mois, que Robin habite ma maison, ton père a trouvé que ce n'était pas une bonne idée que Robin vive si près de chez nous. Et voilà qu'elle se propose maintenant de s'installer *dans* la maison, et il semble ne plus voir les choses de la même façon.

— Lui en as-tu parlé ?

— Oui.

— Et qu'a-t-il dit ?

— Il a dit que ce n'était que pour quelques semaines, que je ne devais pas prendre les choses au tragique.

— Je vois, dit Lucas en changeant de pied. Alors, pourquoi me téléphones-tu ?

— Pour voir s'il n'y aurait pas une pièce du puzzle qui me manquerait, pour découvrir s'il n'y aurait pas une chose évidente que je n'aurais pas perçue...

— Tu ne veux pas que Robin revienne ?

— Non », dit doucement Elizabeth.

Lucas ferma les yeux. Il pensa à son père. Il pensa à l'engagement si complexe de son père envers Robin, et il pensa à Amy, à l'insécurité possible de son avenir, à l'intensité émotionnelle inconfortable de son présent. Il rouvrit les yeux. Il aimait bien Elizabeth, sincèrement, mais il lui faudrait trouver sa propre voie hors de la forêt, sous peine de s'y voir engloutie à nouveau et finalement de s'y perdre.

« Désolé, dit Lucas.

— Quoi ?

— Je suis désolé, mais je ne peux pas t'aider. Je ne peux rien faire. »

Il crut entendre un soupir.

« Non », dit Elizabeth.

Lucas sourit au combiné pour faire passer autant de chaleur humaine qu'il le pouvait.

« À bientôt, dit-il, au revoir. »

Duncan Brown se faisait de la soupe instantanée dans un bol. Il trouvait des plus ingénieuses la façon dont une petite enveloppe de poudre brune légèrement tachetée devenait, quand on y ajoutait de l'eau bouillante, un bol de soupe aux champignons, avec de petits morceaux de vrais champignons. Il la tournait d'un air pensif. Feu son épouse, la mère d'Elizabeth, avait toujours préparé méticuleusement la soupe aux champignons dans une casserole, en commençant par le beurre, les champignons et la farine, pour ajouter ensuite le bouillon et le lait ; le processus prenait du temps et de l'attention et salissait de la vaisselle. Cela l'aurait troublée de voir les sachets de Duncan, même si elle n'eût sans doute pas été surprise qu'il les utilisât. « Oh, Duncan ! » se serait-elle exclamée d'une voix exaspérée mais indulgente.

« Est-ce que je ressemble à ma mère ? lui avait demandé Elizabeth dans l'après-midi.

— Seulement physiquement, en fait. Pourquoi me poses-tu cette question ?

— Je ne me souviens pas qu'elle ait été très maternelle.

— Elle ne l'était pas.

— Et moi qui veux tant un bébé ! » s'était alors écriée Elizabeth avant de fondre en larmes.

Duncan emporta son bol de soupe et un paquet entamé de biscuits salés dans le salon. L'air sentait vaguement la cannelle, à cause du pulvérisateur que Shane utilisait pour empêcher, disait-il, la poussière de voler. Duncan alla s'asseoir dans son fauteuil préféré en prenant garde de ne pas renverser de soupe. Il posa le paquet de biscuits sur une pile de livres.

Elizabeth était installée sur le petit canapé défoncé, en face, quand elle avait dit — de manière assez violente pour elle — qu'elle voulait avoir un bébé.

« Et pourquoi n'en aurais-tu pas ? avait demandé gentiment Duncan.

— Parce que, avait dit Elizabeth en se mouchant à grand bruit, Tom n'en veut pas.

— Ah...

— Il en a eu trois. Il dit qu'il est trop vieux. Il ne veut pas comprendre que moi, je n'en ai jamais eu, et que j'en voudrais un de tout mon cœur. Miraculeusement, il semble que je ne sois pas trop âgée pour ça, et que j'aie toutes mes chances de concevoir. »

Duncan s'était levé et avait versé deux généreuses rasades de sherry dans des verres à thé marocains roses. Il en avait tendu un à sa fille.

« Merci, mais je n'aime pas beaucoup le sherry...

— Je sais, mais bois-le quand même. Il est si fort qu'il te distraira.

— C'est comme parler à un sourd ! avait continué Elizabeth, que l'alcool n'avait pas réussi à distraire. D'abord Robin, et maintenant ça. Il a dit non, avec un sourire, un non gentil et définitif. Pas de bébé. "Nous n'avons pas besoin d'un bébé puisque nous sommes ensemble, que nous avons notre travail, que nous adorons tous les deux Rufus" — ça, c'est vrai. Mais moi, si ! s'était-elle écriée après une autre gorgée de sherry. Je veux une maison, un foyer et un bébé !

— Est-ce que tu te rends compte, avait tenté Duncan en faisant tourner son verre entre ses doigts, des difficultés qu'il a eues avec Robin...

— Ne m'en parle pas ! Tu ne peux pas t'imaginer ! Tu n'as pas la moindre idée des exigences qu'elle nous impose et combien Tom est passif ! Et moi, je dois être admirable : je dois me contenir, ménager les sentiments des autres, rester courtoise et attentionnée, et surtout ne jamais trahir mes sentiments réels alors que Robin nous jette les siens au visage parce qu'elle l'a toujours fait, parce que personne ne lui a jamais dit de ne pas le faire et qu'elle croit qu'elle a parfaitement le droit d'imposer ses besoins et ses désirs à tout le monde ; et elle réclame en plus votre sympathie, sans arrêt, à propos de tout, parce qu'à une époque elle a perdu une mère que je commence à détester avec une intensité qui me stupéfie.

— Seigneur !

— Comme cela me soulage de le dire ! avait soupiré Elizabeth après une autre gorgée de sherry qui lui avait fait faire la grimace.

— Et le frère ?

— Je l'ai appelé. Je n'aurais sans doute pas dû, mais j'étais à bout de nerfs, et j'ai eu l'idée idiote de lui demander de prendre parti pour moi contre Robin, qui voulait se réinstaller à la maison. Mais finalement, je n'ai pas pu. Il...

— Quoi ?

— Il a sous-entendu que je devais trouver seule le moyen de m'en sortir, et bien sûr, il a raison.

— Mais le peux-tu ? Peux-tu démêler l'écheveau si Tom ne t'aide pas ? »

Elizabeth avait soupiré et posé son verre encore à moitié plein sur le gros volume du dictionnaire du XXe siècle que Duncan utilisait pour ses mots croisés dans le journal.

« Je l'aime, avait dit Elizabeth. Je vois combien c'est dur pour lui. Je vois combien il est déchiré, combien son sens des responsabilités l'écrase depuis que Pauline est morte. Je me demande seulement... s'il comprend à quel point c'est dur aussi pour moi.

— Je le crois. Mais il ne doit pas savoir que faire.

— Est-ce que tu faisais ça ? Avec maman ? »

Il avait souri.

« Pourquoi ne cesses-tu de parler d'elle ?

— Parce que je ne cesse de me demander ce qu'elle ferait à ma place, ce qu'elle me dirait de faire. »

Duncan l'avait regardée. L'aura qu'il avait remarquée autour d'elle à Noël, l'enveloppant comme un nuage, s'était un peu ternie.

« J'ai dit à Tom..., avait continué Elizabeth d'une voix un peu rauque, comme si les larmes n'étaient pas loin, j'ai dit : "Ne ressens-tu pas la solitude de chacun des membres de cette future famille ? Nous avons le sentiment d'être tous exclus de quelque chose, et aussi celui d'être tous impuissants à changer les choses. Mais il faut essayer, il faut que nous mettions le passé derrière nous et que nous essayions !"

— Qu'a-t-il répondu ?

— Qu'on ne peut changer le passé, avait répondu Elizabeth en reprenant le verre rose, et qu'à cause du passé, tout ce qui vient ensuite est forcément modifié. Quelque chose arrive, on agit, et les conséquences en découlent. Il m'a donné le sentiment... que j'avais eu une vie trop protégée pour le savoir.

— Un peu condescendant, peut-être.

— Mais vrai. J'ai un peu vécu comme un livre sur une étagère que personne n'avait encore voulu prendre et lire avec avidité.

— Elizabeth...

— Oui ?

— Tu es coincée, n'est-ce pas ? Tu es dans un cul-de-sac...

— Oui.

— Ma chérie, que vas-tu faire ? »

Elle avait pris le verre et l'avait vidé en deux gorgées. Puis elle l'avait reposé vide sur le dictionnaire.

« Je vais lui demander... lui demander de prendre mon parti. »

17

La ferme des Huntley sortait de la terre rouge du Herefordshire comme si elle en émergeait lentement depuis des siècles. Elle était construite sur une pente, la grange et les autres dépendances s'organisaient autour d'elle, et un cours d'eau sur lequel Tim avait construit un petit pont en traverses de chemin de fer la séparait de la route. Quand Becky s'engagea sur le pont, deux chiens de berger, attachés par de longues chaînes cliquetantes à l'entrée de la grange, bondirent en avant et aboyèrent avec rage. Ils ne pouvaient l'atteindre, mais Becky marcha aussi loin d'eux qu'elle le put et se dépêcha de franchir le portail qui donnait sur le jardin du corps de ferme. Elle n'aimait pas les chiens.

La porte de la maison s'ouvrit avant qu'elle l'atteigne. Mme Huntley, qu'elle n'avait jamais rencontrée, se tenait là et la regardait sans sourire.

« On se demandait quand tu viendrais. »

Becky avala sa salive. De sa main aux ongles bleu écaillé, elle repoussa ses cheveux de son visage.

« Je me suis occupée de maman. »

Mme Huntley l'examinait. Elle regardait ses cheveux en bataille, sa veste en jean et sa longue jupe froissée qui recouvrait en partie ses bottes ternes.

« Tu ferais mieux d'entrer », dit-elle comme si elle faisait une grande concession.

Becky la suivit. La cuisine était basse, petite, modeste mais propre. Sur une table couverte de toile cirée, près de la fenêtre, elle vit des boîtes à œufs où germaient des plants, et sur une chaise Tim Huntley, en chaussettes, qui mangeait un plat fumant. Il jeta à peine un coup d'œil à Becky et lui indiqua une chaise en face de lui.

« Assieds-toi. »

Becky s'assit. Elle replia ses phalanges pour cacher ses ongles et posa les mains sur ses genoux. Mme Huntley lui versa une tasse de thé qu'elle posa devant elle. Becky ne buvait pas de thé, jamais elle n'en avait bu, et récemment c'était devenu un principe, un défi.

« Merci, dit-elle.

— Bien, dit Tim. Qu'as-tu à nous dire ? »

Becky regarda son thé. Elle aurait aimé avoir quelque chose à tenir, mais elle n'était pas certaine que ses mains soient assez stables pour les exposer au regard des Huntley en prenant sa tasse.

« Je... je ne sais pas ce qui est arrivé.

— Qu'a dit ta mère ? » demanda Mme Huntley.

Becky hésita. Nadine avait été incapable de le lui dire exactement, mais elle avait accumulé les allusions : elle avait été follement bouleversée en apprenant la fugue de Becky, puis scandalisée que Matthew lui interdise de venir...

« Il ne l'a pas fait, avait murmuré Becky.

— Si, si ! Il me l'a interdit ! »

... Et puis Tim lui avait apporté un agneau et elle avait cru qu'elle y arriverait, avant d'apprendre pour Becky, alors, prise de panique, elle avait appelé Tim. Quand il était arrivé, elle était dans tous ses états, et il l'avait frappée avant de l'emporter à l'étage dans son lit, et après...

« Quoi ? avait demandé Becky.

— Je ne peux pas le dire.

— Est-ce qu'il a essayé ? Est-ce qu'il a commencé à...

— J'en sais rien ! Je ne me souviens pas. Je sais seulement qu'il m'a fait peur. Il était brutal. Je ne savais pas ce qui allait se passer. »

Becky détourna les yeux pour échapper au regard tant de Tim que de Mme Huntley.

« Elle... elle n'a pas été très claire. »

Tim grogna.

« On ne veut pas d'histoires, dit Mme Huntley. Ça nous est égal de nous occuper d'elle, de lui donner un peu à manger, mais on ne veut pas d'ennuis.

— Je venais justement, dit Becky d'une voix presque forte avant que tout courage la quitte, vous remercier pour tout ce que vous avez fait. Et aussi pour avoir appelé le médecin.

— Elle était hystérique, dit Tim en haussant les épaules. Elle était par terre quand je suis arrivé, continua-t-il après avoir longuement mâché une bouchée de son repas. Quand j'ai essayé de la relever, elle m'a agressé. Il a fallu que je la frappe pour la faire taire. Et puis je l'ai montée à l'étage, dit-il en prenant une gorgée de thé. Elle a crié tout du long. Je l'ai mise au lit, expliqua-t-il en regardant Becky droit dans les yeux, et je suis descendu appeler le docteur. »

Becky regarda son thé. Il était épais et d'un brun laiteux.

« Elle va mieux maintenant, dit-elle.

— Content de l'entendre.

— Est-ce qu'elle t'a appelée ? demanda Mme Huntley.

— Oui...

— Qui t'a amenée ? J'ai vu une voiture, une voiture rouge...

— Ma... ma belle-mère, avoua Becky.

— C'est très gentil de sa part », dit Mme Huntley.

Becky hocha la tête. C'était gentil de sa part, et la

proposition comme le voyage l'avaient déconcertée. Surtout l'intimité forcée de ce trajet, seules toutes les deux dans la voiture, et quand Josie, à leur arrivée, avait proposé de l'accompagner dans le cottage.

« Non, avait-elle répondu. Non, ça ira.

— Mais...

— Je sortirai... je viendrai s'il y a quelque chose que...

— J'attendrai ici », avait dit Josie en la regardant par la vitre de sa portière.

Becky avait hoché la tête. Elle avait posé la main sur le portail de guingois du jardinet entourant le cottage, et pendant un instant, elle s'était dit qu'elle ne pourrait pas aller plus loin. Elle était restée là, tête baissée, les yeux rivés sur sa main, puis sur le portail, luttant de toutes ses forces contre l'envie de se retourner et de dire à Josie : « Viens avec moi, je t'en supplie ! » Mais elle ne l'avait pas fait. Il lui avait fallu un moment, mais elle avait gagné. Elle avait remonté l'allée jusqu'à la porte de derrière du cottage, traversé la cuisine, et elle était montée, une marche après l'autre. Elle avait trouvé Nadine sur son lit, les yeux fermés. Et ce n'était qu'alors qu'elle avait crié, qu'elle avait admis qu'elle venait de découvrir ce qu'elle redoutait de trouver : Nadine morte dans son lit, parce que Becky n'était pas venue assez vite, parce que Becky vivait ailleurs au lieu de vivre ici dans le cottage, parce que Nadine savait maintenant que tout au fond de Becky s'éveillait une méfiance nouvelle à l'égard de tout ce que sa mère pouvait dire, de tout ce dont elle accusait d'autres gens, qui n'agissaient et ne parlaient, selon elle, que pour la blesser et la rabaisser.

Après cela, ç'avait été horrible. Nadine avait ouvert les yeux et avait dit quelque chose, mais Becky n'avait pu s'arrêter de crier, et ses cris avaient alerté Josie, qui était arrivée en courant. À la vue de Josie, Nadine avait bondi et l'avait agressée physiquement. Becky était dans un tel état de choc que lorsqu'elle avait cessé de crier, elle était restée paralysée, incapable de parler. Josie avait réussi à se dégager et Becky l'avait suivie, en dépit des ordres et des supplications de Nadine. Elles s'étaient retrouvées, tremblantes, près de la voiture.

« Tu ferais mieux de repartir avec moi », avait dit Josie.

Becky avait secoué la tête et marmonné quelque chose.

« Quoi ?

— Je ne peux pas.

— Écoute, avait dit Josie en s'appuyant à la voiture comme si elle ne pouvait rester debout sans aide, je sais que toute remarque de ma part te semblera une critique de ta mère, mais crois-tu être en sécurité ?

— Oh, oui ! avait répondu Becky en détournant la tête. Elle... elle n'avait jamais fait ça auparavant.

— Je ne peux pas te laisser comme ça, seule avec elle. Je dois appeler un médecin.

— D'accord, avait dit Becky, dont les épaules s'étaient un peu affaissées.

— On est samedi, demain. Peut-être ton papa pourra-t-il venir...

— Je vous appellerai. Je vous appellerai pour vous tenir au courant.

— Je vais aller vous chercher à manger.

— Non.

— Pourquoi pas ?

— Elle n'en voudra pas. Pas si... On a de gentils voisins.

— Mais tu acceptes que j'appelle un médecin ? avait demandé Josie en se redressant.

— Oui. »

Becky était restée sur la route jusqu'à ce que la voiture de Josie ait disparu. Elle conduisait très lentement, comme si le choc et l'angoisse l'empêchaient presque de laisser la voiture avancer. Quand enfin elle avait disparu au premier tournant, Becky était retournée dans le cottage. Nadine était à la table de la cuisine, les mains croisées devant elle. D'une voix très claire, comme si elle s'était bien préparée, elle avait dit :

« Je suis désolée. »

Becky n'avait rien répondu. Elle s'était approchée de l'évier et s'était penchée pour ouvrir la fenêtre.

« De tout », avait ajouté Nadine.

Becky avait inspiré l'air du dehors.

« Un médecin arrive.

— Je n'en ai pas besoin. J'ai vu un médecin. Tim l'a fait venir. J'ai des antidépresseurs et des somnifères. J'en avais pris un avant que tu arrives.

— Typique...

— Quoi ?

— C'est bien toi de m'appeler et ensuite de prendre un somnifère — qui de toute façon est fait pour la nuit.

— J'ai dit que j'étais désolée, avait insisté Nadine en la regardant avec étonnement. Je le suis. Je suis tout à fait désolée.

— Ça m'est égal. »

Elle s'était approchée du réfrigérateur et en avait ouvert la porte. Dedans, outre quelques denrées dans des sacs en papier brun, elle n'avait identifié qu'un œuf fêlé sur une soucoupe et une brique en carton de jus de pommes.

« Que vas-tu faire ? avait demandé Nadine.

— Je n'ai rien décidé encore, avait répondu Becky en claquant la porte du réfrigérateur.

— Est-ce que tu vas rester ? Est-ce que tu vas rester avec moi ? »

La voix de Nadine trahissait une angoisse bien réelle. Becky l'avait regardée. Elle avait touché la poche de poitrine de sa veste en jean qu'elle avait caressée un moment. Pendant le trajet, Josie s'était arrêtée pour prendre de l'essence, et en revenant dans la voiture, elle avait tendu à Becky un paquet de Marlboro *lights*, sans rien dire. Becky n'avait rien dit non plus.

« Je sors, avait dit Becky à sa mère.

— Où ?

— Je n'en sais rien. Je vais me promener.

— Tu seras partie longtemps ?

— Non.

— Il faut que je te parle. On a besoin de tout mettre à plat.

— Désolée, avait dit Becky en gagnant la porte. J'ai dit que je resterais jusqu'à ce que tu ailles mieux, mais je n'ai pas dit qu'on discuterait. »

« Tu es là depuis une semaine, dit Mme Huntley.

— Je sais.

— Et l'école ?

— C'était la fin du trimestre aujourd'hui. De toute façon, j'avais quitté l'école... »

Tim Huntley laissa tomber un bout de pain dans son assiette vide et entreprit de l'essuyer en le promenant sur le fond à l'aide de sa fourchette.

« Ton père ne peut pas t'aider ?

— Non.

— Pourquoi pas ?

— Elle ne le laisse pas faire, dit Becky en le regardant dans les yeux.

— Alors c'est sur toi que tout retombe ? » dit-il en enfournant son bout de pain dans sa bouche.

Becky haussa les épaules. Elle se leva en se tenant au bord de la table.

« Ce n'est pas bon, dit Mme Huntley en regardant Becky. Tu dois penser à tes études.

— Je ferais mieux de rentrer.

— Appelle-nous, dit Tim en se levant aussi. Quand tu voudras.

— Merci. »

Elle sortit de la ferme sous leurs regards, elle passa devant les chiens qui aboyaient, traversa le petit pont menant à la route. Le cours d'eau était gonflé par les pluies de cette fin d'hiver, avait expliqué le facteur, et le courant était fort, bordé de feuilles d'un vert lumineux et comme découpées aux ciseaux à broder. Becky sortit ses cigarettes de sa poche et en mit une dans sa bouche. C'était l'avant-dernière du paquet que Josie lui avait donné, une semaine plus tôt. Elle s'arrêta pour l'allumer et continua sa marche, les pas alourdis par ses bottes, soufflant de la fumée bleue dans l'air clair au-dessus du ruisseau et des haies d'aubépine.

Nadine était assise dans l'herbe du jardin du cottage, au pied d'un pommier aux trois quarts mort. Elle avait mis ses lunettes et était absorbée dans une pile de méthodes d'apprentissage du grec moderne qu'elle avait trouvées chez le bouquiniste du coin. Elle leva les yeux quand Becky ouvrit le portail.

« Comment ça s'est passé ?

— Bien.

— Est-ce que tu ne vas pas me raconter ?

— Il n'y a rien à raconter, dit Becky en s'adossant au pommier. Tim mangeait et ils ont demandé de tes nouvelles.

— Je vais bien, assura Nadine en retirant ses lunettes.

— Pour le moment. »

Becky toucha sa poche de blouson. Plus qu'une. La garder pour plus tard. Elle glissa par terre et s'assit contre le tronc, les genoux relevés.

« Non, je vais aller bien, maintenant. Vraiment, je te le promets. L'été arrive...

— Tu ne devrais pas vivre seule.

— Quoi ?

— Tu m'as bien entendue. Tu ne devrais pas vivre seule. Tu ne sais pas te débrouiller.

— Oh, Becky..., gémit Nadine en plein désarroi.

— Tu en es incapable ! dit Becky en levant les yeux vers le ciel, par-delà les branches noires de l'arbre. Et...

— Et quoi ? demanda Nadine d'une voix que l'appréhension rendait aiguë.

— Et je ne peux plus vivre avec toi, dit Becky sans quitter le ciel des yeux. Pas de façon permanente. Pour ma part, moi non plus, je ne suis plus en mesure de m'occuper de toi. »

« Je ne l'ai pas eue », déclara Matthew.

Josie se retourna. Il s'appuya au chambranle de la porte. Il n'avait retiré ni sa veste ni sa cravate, qui était pourtant de travers et desserrée.

« Ils m'ont fait un grand discours, le genre de discours où tu sais qu'ils espèrent que tu ne vas pas remarquer qu'ils te disent tout sauf la vérité. »

Il s'avança lentement dans la pièce, tira une chaise de sous la table et s'assit. Josie rapprocha une autre chaise de la sienne et s'y laissa glisser. Elle lui prit la main.

« Oh, Matt !

— Ils ont dit que bien que j'aie toute l'expérience nécessaire, toutes les qualifications, ils avaient le sentiment qu'à cause de ma situation familiale, ce n'était pas le bon moment pour que j'assume des responsabilités supplémentaires. Ils l'ont redit plusieurs fois de diverses manières jusqu'à ce que je me sente si incapable que je tenais à peine assis. C'est tellement injuste...

— Je sais.

— Je ne trouve pas injuste qu'ils ne m'aient pas donné la promotion, mais ces insinuations hypocrites sur le fait que je ne suis pas capable de contrôler ma situation personnelle en ce moment, alors qu'avant, elle était bien, bien pire. Et cette lâcheté ! Ils n'ont même pas été capables de me dire que je ne suis pas assez bon.

— Personne ne peut faire une chose pareille à moins d'être sadique, dit Josie en posant la main de Matthew sur sa joue. Personne n'aime ça.

— Je ne peux pas supporter que la première chose que j'essaie de faire après notre mariage soit un échec, dit-il en se penchant vers elle pour l'embrasser. On avait besoin de cette promotion. On avait besoin qu'il arrive quelque chose de positif, quelque chose qui prouve qu'on avait pris un tournant. Où sont les enfants ? demanda-t-il en lui reprenant doucement sa main.

— Sortis. Claire et Rory sont chez les voisins, et Becky est allée voir une amie.

— Est-ce... est-ce que ça va mieux, depuis le retour de Becky ?

— C'est plus calme.

— Seulement ? »

Elle baissa les yeux vers ses mains. Une chose s'était produite en elle alors qu'elle rentrait du Herefordshire, une chose qui la préoccupait à tel point qu'elle n'était pas encore prête à en parler à Matthew : quelque chose avait changé dans la façon dont elle percevait les enfants. Elle avait changé de point de vue. C'était un glissement infime, mais important, et en y réfléchissant, elle se dit qu'elle voulait le garder pour elle. Bien des fois, elle s'était remémoré le visage de Becky quand elle était descendue de la voiture, devant le cottage de Nadine, la silhouette de Becky disparaissant dans le rétroviseur, quand Josie était repartie après cette scène affreuse. Elle ne s'était pas attendue que Nadine soit si violente. Elle ne s'attendait pas non plus qu'elle fût si belle. Mais ce à quoi elle s'attendait le moins, c'était que Becky et elle aient eu une difficulté si réelle, si palpable, à se séparer. On pouvait trouver des dizaines de raisons à cette difficulté, l'expliquer sans que cela amoindrisse en rien l'antagonisme entre elles ; restait le fait, après toutes les explications, qu'à un moment, elles avaient baissé leur garde, que leur attitude donnait une lueur d'espoir, faible et instable, mais indubitablement présente.

« Josie ?

— Oh, je suis désolée, dit Josie en levant les yeux vers Matthew.

— Je sais. Moi aussi. Je me sens...

— S'il te plaît, l'interrompit Josie, n'en dis pas plus. Je t'en prie. C'est une déception, rien de plus, et ce n'est pas pire que ce que nous avons connu.

— Peut-être », dit-il en se levant avec un petit sourire.

Il sortit de la pièce. Elle entendit ses pas dans l'escalier, dans leur chambre, puis le bruit du tiroir où il trouverait un pull pour remplacer sa veste. Il repassa sur le palier et fit claquer la trappe qui libérait l'escalier vers les combles.

Elle regarda la table de la cuisine. Elle était couverte de miettes. Il y avait aussi, dans un classeur en plastique, des bulletins qu'elle n'avait pas remplis à cause du temps qu'elle avait pris pour s'occuper de Becky. Un des enfants avait laissé une boîte de céréales et Rory la carte postale montrant les bains romains de Bath que Rufus lui avait envoyée. Il disait qu'il avait eu des *roller blades* et qu'il pleuvait beaucoup. Il avait une petite écriture crispée. Il terminait par des baisers. Quand Claire avait pris la carte pour la lire, Rory la lui avait arrachée des mains. « Hé ! s'était-il exclamé en pressant la carte contre sa poitrine. Qui a dit que tu avais le droit de la lire ? » Maintenant, Josie la regardait. Rufus avait des rollers. Peut-être la gentille Elizabeth les lui avait-elle achetés, peut-être lui apprenait-elle à patiner sur les larges trottoirs clairs, le week-end, quand elle venait chez Tom, Basile et Rufus, prenant en douceur la direction de la maison, sans crise, sans angoisse.

La porte s'ouvrit. Becky entra avec à la main un petit sac d'une boutique de disques. Josie leva les yeux.

« Salut. »

Becky hocha la tête. Elle alla se servir de l'eau dans une tasse à l'évier.

« J'ai vu papa rentrer.

— Il est en haut. »

Becky avala l'eau à grand bruit et reposa la tasse sur l'égouttoir sans la rincer.

« Je monte.

— Becky, est-ce que tu pourrais faire quelque chose pour moi, d'abord ?

— Quoi ?

— Pourrais-tu aller chercher les autres chez les voisins ?

— Pourquoi ?

— J'ai une bonne raison, sinon, je ne te le demanderais pas. »

Becky parut incertaine un instant, puis elle sortit de la cuisine et Josie entendit ses bottes sur l'allée. Elle se leva et se regarda dans le petit miroir que Matthew avait accroché pour elle près de la porte — « Pour que tu voies si tu as du rouge à lèvres sur les dents avant de sortir ». Elle avait meilleure mine, se dit-elle. Rien de merveilleux, mais mieux, moins ravagée, moins épuisée, moins l'air d'une mite écrasée sur une planche. Elle leva la main et retira le bandeau de ses cheveux. Quand elle avait environ l'âge de Becky, se souvint-elle, elle avait teint ses cheveux en noir, un noir morbide, dense, charbonneux. Elaine avait été horrifiée, vraiment effrayée par l'aspect de sa fille, mais pendant un peu plus d'une semaine, Josie avait été ravie, elle avait adoré le côté ordinaire que cela lui donnait, la liberté soudaine si douce de ne plus être aussi visible avec ses cheveux roux.

La porte se rouvrit et Josie s'écarta du miroir.

« Merci d'être rentrés. »

Ils la regardaient tous les trois.

« Je n'en ai pas pour longtemps », dit Josie.

Rory se pencha pour rattacher les lacets de ses baskets.

« J'ai deux choses à vous dire, en fait, dit-elle en s'asseyant sur la chaise qu'avait occupée Matthew en bout de table. Vous voulez bien vous asseoir aussi ? »

Becky s'appuya à la porte qu'elle venait de refermer, les mains derrière le dos. Rory continua de lacer ses chaussures. Claire s'assit à l'autre bout de la table avec son walkman.

« Je ne sais pas si je choisis le bon moment pour vous parler. Je ne sais pas s'il y a un bon moment. Mais je l'ai choisi. Rufus n'est pas là, et bien que ce que j'ai à dire l'affecte aussi, il n'y tient pas une part aussi grande que nous tous ici. J'ai le regret de vous annoncer que votre père n'a pas eu sa promotion », dit-elle en posant les mains à plat sur la table.

Ils la regardèrent fixement. Elle s'attendait que Claire fonde en larmes, que Becky demande de quoi elle se mêlait, que Rory la bouscule pour monter voir Matthew. Mais ils n'en firent rien.

« Inutile de vous dire ce qu'il ressent, continua-t-elle. Ce qui se passera entre lui et vous à ce propos ne concerne que vous. Mais cela me donne l'occasion... de dire un certain nombre de choses que je ne pourrais pas dire si rien n'était arrivé. »

Rory se redressa et s'assit lentement près de Claire.

« Voilà..., dit Josie en repoussant ses cheveux derrière ses oreilles. Il n'est pas inévitable que cette famille soit un désastre. Pas du tout. »

Rory, impassible, se mit à pousser les miettes sur la table du bout du doigt.

« Il y a toujours eu des foyers brisés, non ? Je veux dire qu'il arrive que quelqu'un meure, ou parte, et le foyer est brisé. C'est horrible, c'est toujours horrible. Personne ne prétend le contraire, personne ne dit que ce n'est pas triste, dur, difficile. Et... On voudrait que le passé revienne, même s'il n'était pas parfait, parce que c'était mieux alors. Ou du moins, c'est ce qu'on pense. »

Elle s'interrompit. Becky la fixait toujours des yeux. Josie la regarda.

« Je ne sais pas exactement ce que vous *avez* traversé, bien sûr. Sauf que... enfin, sauf que mon père est parti quand j'avais sept ans, et que je ne l'ai plus jamais revu. »

Becky baissa son regard bleu. Les doigts de Rory s'arrêtèrent dans la construction d'une petite montagne de miettes. Josie regarda ses mains sur la table, les quelques taches de rousseur qu'elle avait toujours détestées, l'alliance de Matthew.

« Peut-être... avons-nous une chance, maintenant, en quelque sorte. Peut-être pourrions-nous enfin réparer les choses après toute cette casse. Si... *Si* nous cessons d'avoir peur d'être une famille recomposée. Je sais que je ne suis pas votre mère. Jamais je ne le serai. Vous avez une mère. Mais je pourrais être votre amie, je pourrais être un soutien pour vous, une aide, ne croyez-vous pas ? Il arrive que les difficultés débouchent sur quelque chose de bon parce qu'on a dû faire un effort pour les surmonter... Désolée. Je ne veux pas vous faire un sermon, dit-elle en agitant les mains avant de les poser sur ses genoux. Je voulais juste vous dire que nous sommes peut-être une famille d'un genre différent, mais nous ne devons pas forcément être pires que les autres. »

Becky s'écarta de la porte, fit quelque pas et se plaça derrière Claire.

« Et maman ? » dit-elle brutalement.

Josie prit sa respiration.

« Il faudra qu'elle trouve un moyen de s'en sortir. Comme nous tous. Les uns avec les autres. »

Elle se leva lentement. Ils ne la regardaient plus. Rory abattit sa main sur la table et les miettes s'éparpillèrent dans toutes les directions.

« Vous devriez aller voir Matthew, dit Josie. C'est lui qui a besoin de vous, pour l'instant.

— OK, dit Rory. OK, OK. »

Il bondit de sa chaise et ouvrit la porte vers l'entrée. Claire le suivit et ils montèrent bruyamment l'escalier. Becky les regarda. Elle ne bougea pas de derrière la chaise de Claire, le regard fixé sur l'entrée vide où son frère et sa sœur étaient passés en trombe. Elle regarda Josie. Elle ouvrit la bouche pour dire quelque chose et la referma. Puis, avec un geste gauche en direction de la bouilloire, elle demanda :

« Tu veux un café ? »

18

Les affaires de Robin remplissaient presque le palier de l'étage supérieur. C'étaient des boîtes très bien étiquetées, des sacs et des corbeilles en plastique empilés très soigneusement par ordre de taille contre les murs entre les portes. La porte de la chambre de Rufus était ouverte, et dedans, par terre, il y avait la télévision et le magnétoscope de Robin, et aussi, entre le lit et le bureau, un monticule d'objets provenant de la chambre de Lucas. La porte de la chambre de Lucas était ouverte, elle aussi, si bien que l'on voyait que la pièce avait été à demi dégagée afin de faire de la place pour le canapé de Robin et sa table basse, ses lampes, ses coussins et ses affiches d'expositions dans des sous-verre sans cadre. La chambre de Robin était fermée à clé.

Tout s'était produit en cinq jours. Comme de coutume, Elizabeth était retournée à Londres le dimanche soir, et comme de coutume, elle avait parlé à Tom plusieurs fois par jour pendant la semaine. Il n'avait rien dit à propos de Robin, rien de ses affaires qui étaient arrivées. Elizabeth n'avait pourtant pas été surprise. L'accord auquel ils étaient parvenus après une longue conversation difficile et angoissante à propos de Robin stipulait que Tom devait agir, mais que de son action, il devait décider seul et sans tapage.

« Je ne peux pas parler à Robin, avait dit Tom, si je sens que je devrai ensuite te faire un rapport détaillé.

— Mais cela me concerne aussi ! Parce que ça nous concerne... »

Il avait froncé les sourcils. Elle l'avait regardé, espérant découvrir quelles étaient vraiment ses pensées, ce qu'il craignait en réalité.

« Tu dois me laisser seul, avait-il dit. Je dois régler la situation avec Robin comme je l'ai toujours fait : seul. Si elle ne peut pas me faire confiance, je n'en obtiendrai rien, et elle ne me fera pas confiance si elle croit que je te raconterai tout. »

Le vendredi soir, Elizabeth était rentrée à Bath. Tom, comme d'ordinaire, était venu la chercher à la gare. Il avait l'air fatigué. Il semblait sur ses gardes. Comme pour prendre les choses à la légère, il dit :

« Je crains de ne pas savoir très bien m'y prendre. Mais du moins est-ce temporaire.

— Que veux-tu dire ?

— Tu verras. »

Elle monta tout droit au deuxième étage, en arrivant à la maison, sans même poser son sac dans l'entrée. Elle savait ce qu'elle trouverait en arrivant tout en haut, et bien sûr, elle le trouva, sauf que c'était pire que ce à quoi elle s'attendait et que l'ordre avec lequel tout était disposé rendait la situation plus volontaire encore qu'elle ne l'aurait cru, plus installée, plus impérative. Elle s'arrêta, presque hors d'haleine, et regarda avec rage et désespoir la preuve évidente du but visé par Robin.

Elle jeta un coup d'œil dans la chambre de Rufus. Les skis de Lucas, ses bâtons, ses raquettes de tennis étaient empilés sur le lit, et le nouveau tapis rouge disparaissait presque sous un amoncellement de sacs crevés et de cartons en piteux état. L'ordre régnait tant qu'il s'agissait des biens de Robin, mais elle n'avait à l'évidence pas étendu ses soins aux affaires des autres. Elizabeth laissa tomber son sac par terre, courut dans la chambre de Rufus et, en dépit du poids et du volume de la télévision, elle la sortit, ainsi que le magnétoscope, dans le petit espace encore libre sur le palier. Puis elle saisit au hasard les sacs et autres cartons, les sortit précipitamment de la chambre de Rufus et les abandonna n'importe comment sur le palier, en piles asymétriques. Puis elle se mit à jeter au hasard par la porte photos, livres, sacs en plastique de vêtements et de literie, boîte à chaussures pleine de vieilles cassettes, crosse de hockey, albums de photos, paquets de lettres, étagère pliable pour bouteilles de vin, jeu de quilles dans un carton vert. Finalement, elle prit skis et raquettes de tennis en une brassée, tituba hors de la chambre et les abandonna en les laissant choir lourdement par terre. Les raquettes rebondirent de marche en marche.

« Mais que se passe-t-il ? demanda Tom au bas de l'escalier.

— Qu'est-ce que tu crois ? » cria Elizabeth en lançant un dernier coussin.

Tom enjamba les raquettes de tennis et déplaça les skis qui barraient l'escalier.

« Ma chérie...

— Et Rufus ? cria Elizabeth. Que tu te moques de moi, passe encore, mais j'espérais au moins que tu serais attentif à Rufus.

— Chérie, Rufus n'est pas là...

— Ne m'appelle pas chérie !

— Robin ne vit pas ici, dit Tom en s'arrêtant de monter. Je t'en prie, ne sois pas aussi mélodramatique. Elle ne vit pas ici. Elle habite chez une amie. Elle avait juste besoin de mettre ses affaires quelque part jusqu'à ce qu'elle trouve un appartement, alors j'ai dit...

— Oh, ne me dis pas ce que tu as dit ! Je peux

imaginer très précisément ce que tu as dit ! Tu as prononcé toutes les paroles raisonnables, apaisantes et lâches dont tu abreuves Robin depuis vingt ans. Qu'est-ce que tu veux dire, "elle ne vit pas ici" ?

— Non.

— Elle va venir ! dit Elizabeth avec un grand geste vers la chambre de Lucas.

— Non, elle vit chez une...

— Alors, pourquoi transformer la chambre de Lucas en salon ? Pourquoi faire expressément ce que Rufus ne voulait pas qu'elle fasse, dès qu'il a le dos tourné ? Pourquoi verrouiller sa porte ? Pourquoi se montrer si ouvertement provocante si elle n'a pas l'intention de se réinstaller ici et de nous surveiller comme un vautour ?

— Elizabeth, dit Tom en fermant brièvement les yeux comme pour rassembler toute la patience dont était capable un homme civilisé face à une sauvage irrationnelle, Elizabeth, écoute-moi. Veux-tu bien cesser de crier et m'écouter ? J'ai parlé à Robin, comme tu l'as exigé...

— Comme nous en étions convenus !

— Comme tu l'as exigé. Et elle a demandé si elle pouvait juste entreposer des affaires ici quelques semaines jusqu'à ce qu'elle trouve un appartement. Elle vit chez une amie, Ruth, qui a deux jeunes enfants, à Bristol. Elle a déjà visité trois appartements cette semaine et elle en verra deux autres demain, samedi. Je comprends aussi bien que toi les désirs de Rufus, mais l'invasion de sa chambre, comme tu le vois, n'est que très temporaire, et sa chambre sera redevenue impeccable avant qu'il en ait à nouveau besoin.

— Hum, dit Elizabeth.

— Que veux-tu dire ?

— Je veux dire, Tom Carver, que tu es idiot si tu crois ce que tu racontes. Pas seulement idiot : faible.

M'entends-tu ? Robin peut faire ce qu'elle veut de toi parce que tu es totalement faible. C'est pathétique, à ce point ! »

Il la regardait. Son regard n'était ni amical ni hostile, juste vide, comme s'il ne la reconnaissait pas, comme si ses insultes ne signifiaient rien pour lui parce qu'ils étaient en fait de parfaits étrangers l'un pour l'autre. Puis il se retourna et descendit, avec précaution, à cause de tout ce qui encombrait les marches, et avec une grande dignité. Elizabeth le regarda partir, et quand il fut hors de sa vue, elle attendit de l'entendre traverser, du même pas mesuré, l'entrée au rez-de-chaussée. Elle regarda à ses pieds. Son sac gisait où elle l'avait laissé tomber, ouvert par la violence du geste ; ses clés, son carnet de chèques et une petite bouteille d'eau minérale s'en étaient échappés. Comme un automate, elle se pencha pour tout ranger. Puis elle s'immobilisa, se redressa, marcha sur les sacs en plastique, le fil de la télévision et le contenu épars de divers cartons, puis gagna le lit de Rufus, sur lequel elle s'allongea, à plat ventre sur la couette Batman, celle qu'il aurait voulu changer pour quelque chose de plus adulte, et à laquelle elle s'accrocha comme à une bouée.

« Je suis désolé », dit Tom.

Il avait mis la table pour deux, l'un en face de l'autre, dans la cuisine, et allumé des bougies. Il y avait une bouteille de vin, aussi, et une bonne odeur de cuisine au beurre. Il prit Elizabeth dans ses bras.

« Je suis vraiment désolé. »

Elle posa la tête contre son épaule, contre la laine bleu nuit de son pull. Elle attendit de s'entendre dire : « Moi aussi », mais cela ne se produisit pas.

« C'était impardonnable de ma part, dit Tom. Surtout un vendredi soir, quand tu es fatiguée et que je suis en colère contre moi-même. »

Elizabeth soupira. Elle regarda la douce lueur des bougies, les verres de vin, le moulin à poivre italien qu'on pouvait renverser pour moudre les grains plus ou moins finement.

« Comment est-ce arrivé ?

— Quand j'étais sorti. Mercredi. J'étais allé rencontrer un nouveau client qui veut transformer en maison une chapelle du XVIIIe siècle, et quand je suis rentré, j'ai trouvé un mot. Le lendemain, elle est arrivée, elle a un peu trié ses affaires et elle m'a parlé de Ruth.

— Je ne crois pas en cette Ruth, soupira Elizabeth en se dégageant des bras de Tom.

— Elle existe.

— Oh, ça, je le crois.

— Assieds-toi. »

Il tira une chaise et poussa doucement Elizabeth pour qu'elle s'y asseye.

« J'ai acheté de la raie. Je sais que tu aimes ça.

— En effet.

— Est-ce que ta semaine a été bonne ? Au travail ?

— Rien de particulier, merci. »

Tom posa deux coupelles de salade sur la table et des pommes de terre nouvelles dans un pot en terre cuite jaune. Les pommes de terre étaient parsemées de persil. Elizabeth les regarda. Elle se demanda, avec une sorte de détachement, s'il était normal de se souvenir d'agrémenter les pommes de terre avec du persil ou si, ce soir particulier, cela avait une signification, cela transmettait un message subtil, de celui qui avait haché le persil à celle qui allait le manger, sur le travail supplémentaire qu'impliquait l'opération et tout ce que cela sous-entendait, sur l'amour exprimé en détails pratiques parce qu'il était si impossible à exprimer d'une manière plus directe.

Est-ce que Tom, en cuisinant — ce qu'il faisait souvent, et fort bien —, se souvenait toujours du persil ?

Il posa une assiette devant elle. L'aile de raie y reposait, luisante, accompagnée d'une rondelle de citron.

« Mange.

— Merci. C'est très joli.

— Tu as l'air si fatigué..., dit Tom en s'asseyant en face d'elle.

— C'est d'avoir pleuré, répondit Elizabeth en prenant sa fourchette et son couteau à poisson.

— Tu es merveilleuse avec Rufus.

— Ce n'est pas difficile.

— Tout de même...

— Tom, dit-elle en attaquant le poisson, ne parlons pas de lui. Ne parlons pas des enfants, d'aucun des enfants.

— Bien sûr, dit-il avec un sourire en prenant la bouteille de vin pour remplir les verres entre les bougies. Cette chapelle que j'ai vue cette semaine, elle est fascinante. Plutôt classique de conception, de matériaux, etc., elle a été construite par une aristocrate, très pieuse mais indiscutablement cinglée, pour héberger une secte dont elle avait épousé les croyances et qui proclamait la spiritualité exclusive des femmes.

— Elle avait bien raison.

— La secte a été fondée par un homme, bien sûr.

— Bien sûr.

— Il n'acceptait aucun autre homme au sein de la communauté. Il avait persuadé la Dame X qu'elle avait besoin de sa force physique et mentale pour tenir à l'écart les effets polluants des autres hommes. C'est un bâtiment délicieux, très clair, tout en boiseries grises et blanches. Mais en mauvais état.

— Pourrais-je la voir ? demanda Elizabeth en se servant deux pommes de terre.

— Oui, j'adorerais te la montrer. Elle est classée, si bien que je dois organiser toutes les pièces utilitaires dans la sacristie et les annexes et laisser la chapelle elle-même intacte pour en faire un grand salon.

— Faut-il la déconsacrer ?

— Je ne crois pas que Dieu y soit beaucoup venu, dit Tom en prenant son verre. Je pense que le père fondateur a veillé à ce que personne ne lui vole la vedette. J'adorerais savoir ce qui s'y passait vraiment.

— Qu'est-ce que c'est ? demanda Elizabeth en se raidissant soudain.

— Quoi ?

— Quelque chose. La porte... »

Tom se leva. Des pas rapides résonnèrent dans l'entrée et la porte de la cuisine s'ouvrit.

« Salut ! » dit Robin.

Elle souriait. Elle tenait d'une main son sac et ses clés et de l'autre un bouquet de lys. Elle fit le tour de la table et imposa les fleurs à Elizabeth.

« Pour toi.

— Oh...

— Ma chérie...

— Salut, papa, dit Robin en virevoltant à nouveau autour de la table pour aller l'embrasser.

— Tu n'avais pas annoncé ta venue...

— Je n'en savais rien, pas avant que j'arrive chez Ruth et que je trouve son copain de la nuit dernière encore à la maison, vêtu d'une simple serviette de bain, répondit Robin avec un clin d'œil à Elizabeth. Ruth ne m'a pas vraiment dit de partir, mais ce n'était pas nécessaire. Hé, ne vous arrêtez pas de manger, dit-elle en se penchant vers l'assiette d'Elizabeth pour renifler de manière théâtrale. Que ça sent bon ! Qu'est-ce que c'est ?

— De la raie, dit Elizabeth.

— Robin, dit Tom, c'est un dîner à deux, pour Elizabeth et moi... »

Robin se pencha à nouveau et prit les fleurs sur les genoux d'Elizabeth.

« Je vais les mettre dans un vase pour toi. »

Elizabeth ferma les yeux.

Robin fit bruyamment couler l'eau dans l'évier.

« Je ne veux pas vous déranger, dit-elle. Sincèrement. J'ai pris de la soupe, ça me suffit, et j'ai tant de rangements à faire en haut !

— Ce soir ? demanda Tom. Maintenant ? »

Elle se retourna, rayonnante, les lys à la main.

« Sincèrement, répéta-t-elle. Sincèrement, papa. Est-ce que tu as vu comment c'est, là-haut ? Je te jure qu'il va me falloir au moins deux heures juste pour arriver à trouver mon lit et me coucher. »

Amy n'avait pas allumé les lampes. Assise sur un des canapés pastel du salon, les pieds sur la table basse, une tasse de thé sur l'estomac, elle regardait le jour tomber par-dessus les toits des maisons d'en face. Dans quelque temps, peut-être dans quelques minutes seulement, les réverbères s'allumeraient et le ciel foncerait instantanément par contraste, comme s'il était offensé qu'on l'éclipse. La tasse de thé sur son estomac était la troisième. Elle les avait bues lentement, en les savourant, l'une après l'autre, les tournant jusqu'à ce que tout le cercle du bord soit maculé de rouge à lèvres comme un motif au pochoir sur un mur.

Tout en buvant son thé et en regardant le ciel, Amy avait réfléchi. Ou plutôt elle était restée presque allongée et avait laissé ses pensées traverser son esprit et tourner, tourner encore tandis qu'elle les observait. Au bout d'un moment, il lui vint à l'idée que la pensée qui tournoyait avec le plus d'insistance dans son cerveau était qu'elle était fatiguée, pas physiquement, mais émotionnellement fatiguée, épuisée de tensions et de frustrations, écrasée par l'horrible ennui de se rendre compte que les êtres ne changent pas, pas vraiment, et que, si elle devait en aimer un, il lui faudrait apprendre à aimer en lui les choses qu'elle n'avait même jamais envisagé de supporter chez quelqu'un d'autre. C'était en mettant du sucre en poudre dans sa troisième tasse de thé qu'elle avait compris — avec soulagement, alors que cela aurait dû la choquer — qu'elle n'en avait vraiment plus envie. « Je suis fatiguée d'aimer », dit-elle à son reflet dans la bouilloire ; puis, une seconde plus tard, rendue téméraire par une douce gorgée de thé chaud : « Je suis fatiguée d'essayer d'aimer Lucas. »

Cette pensée avait supplanté toutes les pensées préalables de fatigue. Amy était retournée sur le canapé et avait posé les pieds non pas juste sur la table mais sur le livre adoré de Lucas, celui qui montrait les temples d'Angkor Vat, et elle s'était rendu compte, envahie soudain par un flot d'énergie, qu'à l'idée même de quitter Lucas elle se sentait différente, mieux, moins désespérée. Il est indiscutable qu'elle ressentait aussi de la tristesse, assez pour que les larmes lui montent aux yeux, à cause de tout ce qu'elle avait investi dans leur relation, à cause de leurs espoirs, à cause — surtout — de Lucas, en qui elle trouvait tant à aimer. Mais en dépit de la tristesse, elle ressentait de l'émerveillement à se rendre compte qu'un petit espoir tout neuf découlerait d'une décision qui lui rendrait effectivement sa propre vie, qui la remettrait au centre des choses après tous ces mois où elle avait tourné en rond sans qu'on l'entende, sans qu'on la voie, souvent.

Dans la rue, les réverbères s'allumèrent, et les toits basculèrent soudain hors du réel pour devenir un décor de théâtre. Amy se redressa et posa sa tasse sur la table et ses pieds par terre. Au travail, une fille partait pour Manchester ; elle avait dit que les occasions d'emploi étaient bonnes dans le nord, car bien des gens voulaient toujours descendre vers le sud, persuadés que toute énergie avait déserté le monde des médias au nord de Birmingham. Pourquoi ne suivrait-elle pas son exemple ? Pourquoi ne monterait-elle pas dans le nord pour commencer une autre sorte de vie, qu'elle prendrait seule en charge ? Elle serait sans doute solitaire, bien sûr, en tout cas au début, mais elle se sentait déjà seule maintenant que Lucas semblait toujours ailleurs, préoccupé par quelque chose qui n'était pas elle. Elle ne cessait de lui répéter qu'elle ne voulait pas toute son attention, mais qu'en tant que future épouse, elle en revendiquait au moins une partie.

Elle regarda sa main gauche. Sa bague de fiançailles, une citrine carrée montée de manière moderne avec de l'or blanc, semblait posée sur son doigt comme si elle n'était pas vraiment à l'aise de s'y trouver. Peut-être était-ce le cas depuis le début ; peut-être avait-elle toujours su, sans se l'avouer, que la bague ne lui allait pas. Lucas l'avait choisie. Au travail, les filles s'étaient divisées en deux clans vociférants entre celles qui trouvaient le geste terriblement romantique, et celles qui déclaraient qu'à notre époque, c'était tout à fait hors de propos. Amy balançait entre les deux, et dans sa confusion, elle avait laissé les bonnes manières et son désir de faire plaisir à Lucas prendre le dessus. Elle retira la bague et la posa dans sa paume. Elle avait toujours le même aspect : chic et impersonnel. Elle la posa sur la table, près de sa tasse, et tendit sa main nue devant elle. Elle semblait contente, trop contente, peut-être, d'appartenir à quelqu'un qui venait de prendre unilatéralement la décision de rompre ses fiançailles.

Elle se leva et s'étira. Lucas rentrerait vers minuit, fatigué mais assez excité, comme toujours, après trois heures en direct à la radio. Il lui restait environ trois heures avant son retour, trois heures pour décider que lui dire et comment le lui dire ; ou trois heures pour faire ses valises et partir chez son amie Carole en laissant sur la table basse la bague et une lettre à l'intention de Lucas.

Robin chantait. Elizabeth l'entendait clairement de la cuisine, deux étages plus bas. Elle avait une belle voix, légère mais juste et douce. Elle chantait avec un disque la musique d'*Evita,* et le son descendait en spirale dans la maison, frémissait par les portes ouvertes, s'écoulait partout. En tant que bruit, il était très différent, à l'opposé, même, du son que Robin avait produit la veille quand elle avait découvert, sur le palier, le chantier dû à Elizabeth. Cela avait déclenché une scène terrible avec cris scandalisés et hurlements de rage, claquements de pieds comme des coups de tonnerre, cascades de larmes furieuses. Elizabeth était restée à sa place à table et avait refusé de réagir. Muette et fermée, elle avait décliné toute responsabilité dans ce qui se passait. C'était Tom qui avait réagi, qui avait tenté de calmer Robin, qui était remonté avec elle pour l'aider à ranger, pour l'aider à réaffirmer ses droits. Elizabeth se demandait si, maintenant, Tom l'entendait chanter depuis le sous-sol. Il y était depuis des heures, depuis quatre ou cinq heures du matin, quand il avait renoncé à tenter de dormir et s'était glissé hors du lit, aussi discrètement que possible pour ne pas réveiller Elizabeth, qui ne dormait pas, mais feignait de dormir pour ne pas devoir parler.

Elle lui avait apporté du café vers huit heures. Il était assis, en peignoir, devant sa table à dessin, absorbé par les croquis pour la chapelle. Il avait pris le café et entouré Elizabeth de son autre bras sans quitter son projet des yeux.

« Tu aimerais toujours aller voir ?

— Bien sûr.

— J'ai peur de toi, avait-il dit après une gorgée de café. J'ai peur de ce que tu penses vraiment.

— J'ai peur aussi, avait-elle répondu en se dégageant doucement de son bras.

— Est-ce que tu veux... que nous y allions ce matin ?

— Oui.

— Bien », avait-il dit en lui effleurant la main.

Une demi-heure plus tard, il était monté à la cuisine pour déposer sa tasse vide dans l'évier avant d'aller se raser et s'habiller. Elizabeth était à la table, déjà habillée, occupée à lire le supplément artistique du journal. Tom s'était penché en passant près d'elle et l'avait embrassée dans les cheveux.

« Petit déjeuner ? avait-elle demandé.

— Non, merci. J'en ai encore pour environ une demi-heure de travail en bas avant de partir. Peux-tu attendre ?

— Oui.

— Ça ne t'ennuie pas ?

— Non. »

Elle avait rangé la cuisine, arrosé les pots de persil et de verveine sur le rebord de la fenêtre, balayé le sol et nourri Basile avec une de ses boîtes spéciales. Il lui avait semblé qu'il l'avalait d'un coup avant de se hisser sur une chaise pour pouvoir fixer des yeux la bouteille de lait et le beurrier. C'était alors que Robin avait commencé à chanter. Elizabeth se penchait pour dire à Basile, d'une voix indulgente, qu'il était la personne la plus avide qu'elle ait jamais rencontrée, quand les premières vagues sonores avaient déboulé dans l'escalier. Elle s'était redressée.

« C'est Robin... »

Basile semblait tout à fait indifférent. Il posa le menton sur la table et ronronna en direction du beurre.

« Elle chante, dit Elizabeth que l'étonnement faisait parler à haute voix. Elle s'est réveillée exactement où elle voulait être, et elle chante. Elle triomphe. »

Basile posa une énorme patte sur la table, près de sa tête. Elizabeth s'agenouilla près de lui et posa son front contre son flanc doux et vibrant.

« Je ne peux pas le supporter. Je ne peux pas, dit-elle en fermant les yeux. Je crois que je deviens folle... »

Avec une agilité surprenante, Basile sauta de sa chaise sur la table. Elizabeth se leva pour s'emparer de lui.

« Non... »

Il ne résista pas. Il resta sur le dos dans ses bras, la contemplant de ses grands yeux jaunes, et continua de ronronner. Elle enfouit son visage dans sa fourrure, dans la large plage tachetée de son ventre.

« Qu'est-ce que je vais bien pouvoir faire ? lui demanda-t-elle.

— Chérie », dit Tom depuis la porte.

Elle leva les yeux. Basile se retourna avec souplesse dans ses bras et glissa sur la chaise.

« Tu es prête ? On peut y aller ? »

La chapelle se trouvait dans une ruelle au nord de la ville, en équilibre précaire sur une colline, entre une courte rangée de boutiques et un ensemble de maisons en piteux état, la plupart divisées en appartements. Devant, séparé de la rue par une grille en fer forgé, s'étendait un rectangle de pelouse laissé à l'abandon. Derrière et sur les côtés — c'était aussi ce qui avait attiré les acheteurs, dit Tom — il y avait un terrain assez grand où, à l'origine, les membres de la secte comptaient se faire enterrer, les tombes devant être disposées comme les rayons d'une roue autour du monument néo-classique au père fondateur. Ces projets n'avaient jamais abouti. Une fois l'aristocrate bienfaitrice de la secte dépouillée de tout son argent, on n'avait pas trouvé d'autre vache à lait pour lui succéder. La secte s'était peu à peu dispersée, le père fondateur avait disparu en France avec deux de ses plus jolies adeptes et l'argent qu'il avait pu sauver, et aulnes, chats et épilobes avaient peu à peu envahi l'espace abandonné autour de la chapelle.

La chapelle avait une belle double porte sous un linteau en forme de noble fronton. Tom glissa la clé dans la serrure et la tourna.

« Voilà ! »

Elizabeth regarda à l'intérieur. Il y avait des fenêtres des deux côtés, et une seconde rangée le long d'une gracieuse galerie peinte en gris. L'espace de la nef était vide, à part de nombreux débris et quelques bancs sous un pupitre en bois magnifiquement ciselé qui semblait attendre humblement le prochain prêche d'un sauveur d'âmes.

Elizabeth s'avança. Ses pieds crissaient sur la poussière et les débris de plâtre.

« C'est délicieux.

— Je savais que ça te plairait.

— Est-ce que ça ne fera pas une drôle de maison ?

— C'est ce qu'ils veulent », dit Tom en la rattrapant.

Elle s'accouda à un des bancs.

« Est-ce que tu es excité chaque fois qu'on te confie un nouveau projet, chaque fois que tu dois te pencher sur un bâtiment comme celui-ci, que tu peux sauver ? »

Il la dépassa et caressa le pupitre d'une main professionnelle.

« Pas autant qu'avant.

— Parce que tu voudrais toujours être médecin ?

— Je crois que c'est là une interprétation trop généreuse. »

Elizabeth faisait glisser ses mains le long du dossier du banc. Il était lisse de vernis, laid dans un lieu si élégant.

« Tom...

— Oui, dit-il sans se retourner.

— Je ne peux pas t'épouser. »

Il se pencha et posa le front contre le pupitre, une main toujours à plat contre le panneau sculpté.

« Tu sais pourquoi », dit Elizabeth.

Après un long silence complexe, Tom marmonna :

« Je t'avais prévenue, pour Robin. »

Elizabeth rassembla ses mains sur le dossier du banc et les regarda un moment. Puis elle leva les yeux vers Tom.

« Oui, dit-elle. Tu m'avais prévenue. Tu m'avais dit de ne pas lui proposer ma maison. Tu m'avais prévenue qu'elle risquerait alors d'essayer de me supplanter, de nous étouffer. Mais, commença-t-elle avant de s'arrêter pour prendre une voix très douce, tu ne m'avais jamais dit que tu ne ferais rien pour l'arrêter. »

Très lentement, Tom écarta sa tête et sa main du pupitre et se retourna pour lui faire face.

« Je t'aime », dit-il.

Elle hocha la tête.

« Je ne savais pas... Je n'avais jamais osé espérer aimer à nouveau autant. Mais c'est le cas. Je t'aime. Plus que j'ai jamais aimé aucune autre femme, je pense.

— Je te crois, dit tristement Elizabeth.

— Mais Robin...

— Non. Non. Pas Robin. Il n'y a rien de plus à dire sur Robin. Tu sais, pour Robin, Tom. Tu *sais.* »

Il s'avança un peu et s'agenouilla sur un banc en face d'elle.

« Et Rufus ?

— Arrête..., dit Elizabeth en fermant les yeux.

— Tu vas lui briser le cœur...

— Et le mien aussi.

— Comment peux-tu, s'écria soudain Tom, comment peux-tu laisser ce... ce simple aspect des choses prendre toute la place ?

— Ce n'est pas un simple aspect des choses, dit calmement Elizabeth. C'est fondamental. Il colore tout, et tu le sais. Il colore le présent et il colorera l'avenir.

— Et tu m'en veux ?

— Je crois que je comprends en partie ton point de vue, mais je crois aussi que personne en dehors de toi ne peut changer les choses. »

Il se pencha vers elle, le visage avide.

« Je changerai les choses !

— Comment ?

— On déménagera. On fera tout ce que tu voudras. Une autre maison, une autre ville. Même un bébé. On recommencera à zéro. On mettra de la distance, de la distance physique, entre nous et le passé...

— Ça ne marche pas comme ça, dit Elizabeth en secouant la tête.

— Que veux-tu dire ?

— On ne peut pas... remiser le passé par un simple déménagement. Le passé vient avec toi. On ne règle les problèmes qu'en les affrontant, en les défiant, en les acceptant pour ce qu'ils sont...

— Alors, je le ferai ! s'écria Tom en tendant les bras vers elle. Je le ferai ! Je ferai n'importe quoi !

— Tom...

— Quoi ?

Il y a autre chose.

— Oui ? » dit-il en laissant tomber ses bras.

Elle fit le tour de son banc pour s'approcher de lui. Il n'essaya pas de la toucher. Elle tendit les deux mains et lui prit le visage pour l'embrasser doucement sur les lèvres.

« C'est trop tard », dit-elle.

19

« Dis-moi quelque chose », dit Elizabeth.

Elle était allongée sur le canapé défoncé, les yeux fermés. Duncan se leva pour tirer un peu le rideau afin de protéger le visage de sa fille du soleil.

« À propos de quoi ?

— N'importe quoi. N'importe quoi. J'ai juste besoin d'entendre ta voix, de t'entendre dire des choses.

— Je ne crois pas que tu aies beaucoup dormi la nuit dernière, dit-il en la regardant, et je ne crois pas que ce soit un lit très confortable.

— Aucune importance. Je ne pourrais dormir nulle part. Pour le moment je ne pourrais même pas dormir sur vingt matelas de duvet d'oie. Oh, papa..., dit-elle en ouvrant les yeux.

— Ma chérie.

— Qu'est-ce que j'ai fait de mal ? » demanda-t-elle en lui tendant une main.

Il lui prit la main et s'assit au bord du canapé, près d'elle.

« Tu n'as rien fait de mal.

— Pourtant...

— Non, dit-il en lui emprisonnant la main dans les siennes. Rien de mal. Tu as peut-être agi avec trop d'innocence, par manque d'expérience, mais tu n'as rien fait dont tu doives te sentir coupable. »

Elizabeth détourna les yeux vers la fenêtre — scintillante de propreté depuis les soins de Shane —, vers le ciel lumineux de ce début d'été.

« Je ne savais pas, pour Robin.

— Non.

— Il a peur d'elle, dit-elle en se tournant vers Duncan. Peux-tu imaginer une chose pareille ? Il est son père et il a peur d'elle. Ou du moins, il a peur de ce qui risque d'arriver s'il s'oppose à elle. Il croit que s'il la met face à ses tendances destructrices il risque de la détruire. Il m'a dit : “Je ne peux prendre le risque de briser son esprit. Elle est ma fille.” Alors, il est piégé. Ou du moins le croit-il, dit Elizabeth avec amertume. Elle a gagné. »

Tout doucement, Duncan relâcha la main d'Elizabeth.

« Tu sais, je ne pense pas que ce soit juste Robin. Ou juste le caractère de Robin. Je ne crois pas que ce soit la seule raison.

— Oh ? »

Il soupira et prit ses lunettes de lecture dans la poche de poitrine de sa vieille chemise à carreaux. Pensif, il les tint entre ses doigts et se mit à passer ses pouces autour des verres.

« Je crois que c'est peut-être le mythe de la belle-mère, aussi. Des forces invisibles qui l'ont poussée à agir ainsi, qui t'ont affectée, qui ont affecté Tom, tout le monde. »

Elizabeth se tourna sur le côté et posa sa joue dans sa main.

« Dis-moi.

— Il doit y avoir quelque chose derrière l'histoire de la méchante belle-mère, dit Duncan. Il doit y avoir une peur fondamentale, ou un besoin, qui fait qu'au fil des siècles on décrit toujours la marâtre comme quelqu'un de méchant. Je suppose qu'il y a des facteurs évidents qui font que des pans entiers de la société refusent d'envisager cette situation — comme la connotation d'échec qu'on associe au divorce, ou le fait qu'on croit que les secondes épouses ne sont qu'un second choix et remettent en cause le mythe de la famille heureuse. Mais je pense qu'il y a quelque chose de plus profond encore. »

Elizabeth attendit. Duncan mit ses lunettes, les retira, et les replaça dans sa poche de chemise. Il se pencha, les coudes sur les genoux.

« J'ai grandi, dit-il, en croyant que j'avais eu une enfance heureuse. Je croyais, et on m'encourageait à croire, que ta grand-mère était une excellente mère, une femme admirable, que les rituels ordonnant ma vie, si rassurants et que j'aimais tant, venaient d'elle, de son influence. Ce n'est que lorsque j'ai été bien plus âgé que j'ai compris que ce n'était pas le cas, que ma mère, qui adorait la vie sociale et que les enfants comme les tâches domestiques ennuyaient profondément, avait presque entièrement abandonné mon éducation à ma gouvernante, Mme Moffat. Tu te souviens de ma nanny ? Eh oui, nanny Moffat était effectivement excellente et admirable.

— Elle avait des poils au menton.

— Ce qui en aucun cas ne l'éloignait de l'excellence. Mais quand je l'ai compris, quand je me suis rendu compte que l'heureuse stabilité de mon enfance était en fait due à nanny Moffat et non à ta grand-mère, ma mère, j'en ai été bouleversé. Je m'en souviens très bien. Nous étions en vacances, dans les Norfolk Broads. Je devais avoir quatorze ans, quinze, peut-être. Je n'étais plus un enfant. J'avais accompagné mon père à l'église de Stiffkey — les églises le passionnaient — et j'étais assis dans l'herbe du cimetière tandis qu'il déchiffrait les inscriptions sur les pierres tombales. Et soudain, je me suis surpris à penser que ma mère m'avait autorisé, m'avait même encouragé, toutes ces années, à croire en des qualités maternelles qui n'existaient tout simplement pas. Je ressens encore cette impression, assis là, sur l'herbe humide, parmi les tombes, bouleversé par un sentiment de profonde trahison.

— Oh, papa...

— Je me demande si les marâtres n'ont pas un lien avec ce genre de sentiment. »

Lentement, Elizabeth se redressa sur un coude.

« Je ne...

— C'est comme si, continua Duncan en la regardant dans les yeux, les belles-mères en étaient venues à représenter tout ce que nous craignons le plus : la maternité qui tourne mal. Nous avons tant besoin d'une mère, si profondément, que l'idée d'une mère non naturelle est littéralement monstrueuse. Alors nous faisons de la belle-mère la cible de toutes ces peurs — elle porte le chapeau pour les mauvaises mères. Tu vois, si tu considères que ta belle-mère est méchante, jamais tu ne te sentiras coupable ni en colère contre ta vraie mère, dont tu as si désespérément besoin qu'elle soit une bonne mère.

— Oui, dit Elizabeth après une profonde inspiration.

— Alors on exagère la méchanceté des marâtres pour justifier, d'une manière humaine et détournée, le fait que nous soyons si injustes. »

Elizabeth se retourna et s'assit, entourant ses genoux pliés de ses bras et appuyant son épaule contre celle de Duncan.

« Je trouve tout cela très convaincant.

— Vraiment ?

— Oui. Sauf qu'il me vient immédiatement à l'esprit une exception.

— Ah oui ?

— Rufus.

— Oh, ma chérie...

— Tu sais, quand quelque chose comme ça arrive,

une chose insupportablement douloureuse et triste, tu te dis : Est-ce le pire ? Est-ce l'heure la plus noire ? Est-ce le fond du puits ?

— Oui.

— Je me le suis demandé toute la nuit dernière. Et je pense que je le ferai bien des nuits encore. Et j'ai dû admettre que, même si tout a été horrible jusque-là, le pire est encore à venir, dit Elizabeth se cachant le visage dans le cercle de ses bras. Il me reste à le dire à Rufus », murmura-t-elle.

Le pub était plein. La moitié des clients s'étaient retrouvés sur le trottoir et se prélassaient au soleil, appuyés aux voitures ou assis sur les genoux les uns des autres quand ils s'étaient approprié une des rares chaises qu'on avait sorties. Tom vit presque immédiatement Lucas, plus grand que la plupart, la mine préoccupée, debout au bar, en train de tendre un billet de banque par-dessus la tête des autres clients.

« Gin-tonic ? demanda-t-il à Tom presque sans se retourner.

— Double », dit Tom.

Lucas le regarda.

« Dans un pub, un double, ce n'est rien.

— Deux doubles gin-tonic, cria Lucas au barman.

— Je croyais que tu buvais de la vodka...

— Moi aussi. Mais je pourrais boire n'importe quoi, en ce moment. Et en n'importe quelle quantité.

— C'est gentil de ta part de sympathiser à tel...

— J'ai bien peur que ce ne soit pas seulement de la sympathie. »

Le barman tendit les deux verres de gin et deux bouteilles de tonic.

« De la glace ?

— Non, merci.

— Du citron ?

— C'est bon.

— Je vais les emporter, dit Tom, pendant que tu attends ta monnaie. »

Il prit les boissons et, les tenant au-dessus de sa tête, il se fraya un chemin vers l'obscurité au fond du pub. Il y avait un banc dans un coin, sous un miroir support, en belles lettres Arts-déco, d'une publicité pour de l'absinthe.

« Pourquoi est-ce qu'on ne s'est pas retrouvés à la maison ? » demanda Lucas, qui l'avait rejoint et glissait sa monnaie dans son jean.

Tom lui tendit un verre et une bouteille.

« Tu sais pourquoi.

— Est-ce qu'elle n'est pas partie travailler ?

— Elle a pris sa semaine.

— Oh, dit Lucas en vidant la bouteille de tonic dans son verre avant de la glisser sous le banc. Elle assure ses positions. De toute façon, dit-il en prenant une gorgée, je l'ai déjà informée.

— Informée de quoi ?

— Amy m'a quitté.

— Tu... Tu n'es pas sérieux !

— Une vraie scène de feuilleton, dit Lucas avec une grimace. La bague et une lettre sur la table. »

Tom posa son verre par terre à ses pieds. Il se pencha et entoura les épaules de Lucas de son bras.

« Oh, mon petit ! Cher Lucas, mon pauvre garçon... »

Lucas laissa un instant sa tête reposer contre celle de son père.

« Ça n'a pas vraiment été une surprise.

— Non ?

— Ç'a été un choc — je ne veux pas dire le contraire. Je me sens horriblement mal ; je me sens totalement minable, mais je ne peux prétendre que je ne l'ai pas vu venir, dit-il en se dégageant doucement du bras de Tom. Je ne lui donnais pas la priorité. Elle ne passait même pas en second, en fait, si je veux être honnête.

— Je suis tellement désolé, tellement...

— Oui. Merci. On est sur le même bateau, hein ? » dit-il en regardant Tom de côté.

Une expression de profonde douleur passa sur le visage de Tom. Il se pencha pour reprendre son verre.

« Peut-être... Est-ce qu'Amy en a rejeté la faute sur Robin ?

— Elle en a rejeté la faute sur mon attitude envers Robin.

— Oui.

— Ce n'était pas la seule chose, mais c'était une chose importante.

— Elizabeth... a dit...

— Qu'est-ce qu'elle a dit ?

— Que nous ne rendions pas service à Robin, tous les deux. »

Lucas émit un petit rire comme un aboiement.

« On n'a pas vraiment le choix. »

Tom se pencha en avant et dit avec un profond sérieux :

« Mais est-ce Robin ? Est-ce seulement Robin ?

— Je suppose, dit Lucas en avalant une autre gorgée de sa boisson. Je suppose que c'est le cas, mais seulement parce que Robin a été assez honnête pour savoir qu'il est inutile de chercher ailleurs pour trouver de l'amour. On a essayé tous les deux, non ? Et j'en suis venu à la conclusion que je ne crois pas le trouver ici, jamais. Je ne peux pas, avec Robin si près. C'est pour ça que je pars au Canada.

— Au Canada ! s'exclama Tom, dont le verre trembla soudain entre ses mains.

— Oui, dit Lucas en baissant les yeux. Désolé.

— Pourquoi le Canada ?

— L'entreprise qui a racheté ma station de radio possède des stations au Canada. On m'a demandé si je voulais partir, parce qu'on ne peut pas me garder à mon poste en Angleterre, et j'ai répondu non, mais maintenant, je vais accepter.

— Où ?

— Edmonton. »

Tom posa une main sur ses yeux.

« Désolé, répéta Lucas.

— Non, non...

— C'est le départ d'Amy qui m'a décidé. Je me suis dit que nous revenions tous en arrière, jusqu'au point d'où nous aurions dû évoluer. »

Tom retira sa main de ses yeux et se secoua un peu. D'une voix inégale, il dit :

« Je te félicite.

— Merci.

— Je suis sincère. Si seulement moi aussi...

— Tu ne peux pas, papa, il y a Rufus.

— Je sais. Je n'y pense pas vraiment. C'est juste que pendant un instant, un instant de folie passagère...

— Oui.

— Où est partie Amy ?

— À Manchester. Elle veut recommencer une nouvelle vie là-bas.

— Elle a peut-être raison.

— Je crois, dit tristement Lucas, qu'elle avait raison à propos de bien des choses.

— Elizabeth aussi, dit Tom en baissant les yeux.

— Et elle, que va-t-elle faire ?

— Retourner à Londres et y acheter une maison plutôt qu'un appartement. Et elle va monter jusqu'au sommet de la hiérarchie administrative.

— Elle a déménagé ?

— Il n'y avait presque rien à déménager, dit Tom avec un triste sourire. Jamais je n'avais rencontré une femme qui s'imposait aussi peu aux autres. Elle a laissé la voiture garée devant la maison, réservoir plein, et les clés au crochet où elle les mettait toujours. Je me retrouve...

— Quoi ?

— Je me surprends à chercher désespérément des traces d'elle. N'importe quoi, des mouchoirs en papier dans la corbeille, un magazine qu'elle aurait acheté, la tasse qu'elle préférait pour son thé...

— Papa, ne fais pas ça !

— Tu as raison, dit Tom en se secouant. C'est tout à fait injuste de te dire de pareilles choses.

— Je ne crois pas que nous vivions le même genre d'amour.

— Non. Peut-être pas.

— Est-ce que tu vas la revoir ? »

Tom leva son verre et le vida, comme s'il buvait de l'eau.

« La semaine prochaine, quand Rufus revient.

— Rufus...

— Oui, dit Tom en glissant son verre sous le banc avant de se lever. Elle revient la semaine prochaine pour voir Rufus. Elle veut le lui dire elle-même. »

Robin avait fait un osso bucco. Elle avait ostensiblement posé le livre de cuisine italienne d'Elizabeth ouvert contre le percolateur, elle hachait de l'ail et du persil, elle coupait des rondelles de citron avec un couteau à long manche comme elle avait vu les chefs le faire à la télévision. L'odeur était délicieuse. Elle espérait, quand Tom rentrerait de son mystérieux apéritif avec Lucas, qu'il s'émerveillerait de cette odeur, et qu'il ne continuerait pas, comme ces derniers jours, à ne rien sembler remarquer des efforts qu'elle faisait — sa manière à elle de tenter de lui montrer qu'elle savait qu'il souffrait et qu'elle était désolée. Elle était vraiment désolée, se disait-elle en hachant menu, bien sûr qu'elle l'était. Elle souffrait de le voir à nouveau blessé. Cela lui brisait le cœur. En fait, c'était comme s'il n'avait plus d'air en lui, plus d'énergie, plus de vitalité. Mais ça reviendrait, bien sûr, quand il se souviendrait qu'on l'aimait. Elle entendit sa clé dans la serrure et se mit à hacher plus vite. La porte de la cuisine s'ouvrit.

« Salut ! » dit-elle sans se retourner.

Tom s'approcha lentement de la table où il jeta brutalement ses clés.

« Comment va Luke ?

— Tu le sais très bien. »

Robin s'arrêta une seconde de hacher, puis elle dit tranquillement :

« Tu veux parler d'Amy.

— Oui.

— Peut-être qu'à long terme... c'était ce qu'il fallait faire ?

— Pose ce couteau ! ordonna Tom en s'asseyant lourdement à la table.

— Quoi ?

— Tu m'as bien entendu. »

Robin déposa le couteau près du petit monticule vert tacheté de blanc sur la planche à découper et regarda Tom. Au bout d'un moment, il leva la tête et la regarda avec une expression qu'elle ne lui connaissait pas.

« Satisfaite ? demanda Tom.

— Pardon ? demanda-t-elle, sincèrement stupéfaite.

— Je te demande si tu es satisfaite ?

— Que veux-tu dire ? »

Il se pencha en avant et dit, d'une voix si forte que c'était presque un cri :

« Tu as fait partir Elizabeth, tu as fait partir Amy. Est-ce que tu es satisfaite, maintenant ?

— Ce n'était pas moi ! dit-elle presque sans pouvoir respirer.

— Ah non ? Vraiment ? Alors que tu as exposé

clairement à une gentille fille et à une femme merveilleuse que ton frère et ton père n'appartiendraient jamais à personne d'autre que toi ? »

Robin était horrifiée. Elle s'appuya sur ses mains autour de la planche à découper, la respiration difficile.

« Je ne l'ai pas fait, jamais...

— Les clés ? L'invasion de cette maison ? Les petites fourberies et autres subterfuges ? Tes foutues affaires proclamant tes droits plus fort que des mots n'auraient jamais pu y parvenir ? Faire sentir à Elizabeth qu'elle serait toujours et à jamais une étrangère, une intruse, et Amy aussi ?

— Arrête », murmura Robin.

Tom se leva et se pencha sur la table, face à Robin.

« Tu n'es plus une enfant, même si, Dieu m'en est témoin, ton attitude déshonorerait bien des enfants. Tu es une adulte. Tu es une foutue adulte qui ne veut pas l'accepter, qui ne veut pas accepter la perte de l'enfance, la nécessité de fonder son propre foyer, de mener sa propre vie...

— S'il te plaît... S'il te plaît... »

Des larmes commençaient à glisser sur ses joues et à tomber sur la planche à découper.

« Et comme tu n'acceptes rien de tout cela, tu veux que Lucas et moi vivions du passé avec toi, encore et encore, et peu importe ce que cela nous coûte, peu importent nos souffrances, peu importe que j'aie perdu la meilleure personne — m'as-tu bien entendu ? la *meilleure* personne — que j'aie jamais connue ; peu importe. Tu t'en moques, tant que toi, Robin, tu as ce que tu crois vouloir. »

Robin s'effondrait peu à peu derrière la table, se recroquevillait doucement par terre, les bras autour de la tête, l'enveloppant comme pour la retenir à sa place.

« Je t'en supplie, papa, arrête, arrête, je n'ai jamais voulu...

— Alors, que voulais-tu ?

— Rien ! Je voulais seulement éviter de me noyer. Je ne voulais pas faire de mal, je ne l'ai jamais voulu...

— Mais c'est ce que tu as fait ! Tu es la cause de destructions terribles et délibérées. Regarde un peu ce que tu as fait ! »

Robin détendit ses bras et s'appuya à un pied de la table. Ses cheveux s'étaient échappés de son ruban de velours et ils lui retombaient sur le visage, collant aux endroits où la peau était mouillée de larmes.

« Je ne l'ai pas fait dans ce but. Je ne l'ai pas fait pour blesser quelqu'un d'autre. Je l'ai fait parce que je n'ai pas pu m'en empêcher, parce que, autrement, je ne pouvais plus respirer. »

Elle entendit Tom soupirer. D'une voix plus ferme, elle continua.

« Tu ne sais pas ce que c'est, ce que ça a toujours été. Pour moi. Je ne le veux pas ; je ne l'ai jamais voulu ; j'ai lutté, lutté encore ; j'ai tenté de ne pas être... Désolée... », murmura-t-elle après un silence.

Ils se turent. Elle regarda sous la table et y vit les jambes de son père, plantées légèrement écartées, coupées au milieu des cuisses par le plateau de la table.

« Papa ?

— Oui...

— C'est vrai. Tout est vrai dans ce que je dis à propos de moi... de mes frayeurs, de mes efforts.

— Oui.

— Je suis désolée. Je suis sincèrement désolée. »

Tom soupira à nouveau, un énorme soupir roboratif, et ses jambes sortirent du champ de vision de Robin pour gagner la fenêtre donnant sur la rue.

« Oh, Robin... »

Lentement, elle se redressa sur les genoux, et s'appuya au bord de la table.

« Je n'ai pas voulu te faire rompre avec Elizabeth. C'est seulement que je ne pouvais pas supporter...

— S'il te plaît, n'en parle pas. »

Elle le regarda. Il lui tournait le dos, les mains dans les poches.

« Papa ?

— Oui. »

Elle s'accrocha farouchement à la table et murmura dans un souffle désespéré :

« Ne me quitte pas. »

Rufus était assis dans son lit. Il avait été surpris, mais pas très, de ne pas trouver Elizabeth à la maison à son arrivée. Tom lui avait expliqué que parfois elle devait travailler tard et donc prendre le train suivant, le vendredi. Ce qui l'avait surpris, et ne lui avait pas plu, ç'avait été de trouver Robin à la maison. Robin était dans la cuisine, où il s'attendait à trouver Elizabeth, vêtue d'une robe qu'il réprouvait, avec une jupe si courte qu'elle aurait tout aussi bien pu ne pas exister, en train de faire cuire des saucisses. Elle avait dit que les saucisses étaient pour lui, d'une voix claire et excitée, comme s'il devait être content et reconnaissant, et puis elle l'avait embrassé, laissant sur lui son parfum qu'il sentait encore, même après s'être frotté la joue avec une brosse à ongles. Quand il eut mangé les saucisses — qui n'étaient pas celles qu'il aimait, pleines d'herbes et de trucs indéfinissables —, Tom avait proposé de jouer aux échecs avec lui, ce qui était très curieux et comme prémédité. Ils avaient joué un moment, mais ça sonnait faux, et puis Robin était venue, plus odorante que jamais, leur annoncer d'une voix pleine de sous-entendus qu'elle sortait et ne rentrerait pas avant beaucoup, beaucoup plus tard.

Robin partie, l'atmosphère s'était éclaircie. Tom s'était servi un verre de vin et en avait fait goûter à Rufus, et Basile avait réussi à sauter sur l'échiquier et à renverser toutes les pièces. Rufus ne cessait de bâiller. Il n'arrivait pas à s'en empêcher, et les bâillements se suivaient sans répit, comme parfois lors des réunions à l'école. Tom, au bout d'un moment, lui avait demandé s'il préférait attendre Elizabeth dans son lit, et bien que, par principe, il reculât le plus possible l'heure du coucher, il avait accepté et il était monté se laver sans qu'on ait besoin de le lui rappeler ; dans un petit geste de défi, il avait utilisé le dentifrice de Robin... et ne l'avait pas rebouché. Puis il s'était mis au lit, assis contre le dosseret, et s'était tristement demandé pourquoi la vue de ses nouveaux rideaux, de son tapis rouge et de son bureau ne l'emplissait pas d'une sereine satisfaction.

Il lui sembla attendre des heures. Puis il entendit la porte s'ouvrir et se refermer, puis des murmures. Il s'imagina Tom en train de prendre les bagages d'Elizabeth, et peut-être sa veste, de lui proposer un verre de vin. Ils allaient probablement bavarder un moment dans la cuisine pendant que Tom préparerait leur dîner — il n'avait même pas commencé pendant que Rufus était en bas — et puis il entendrait le pas d'Elizabeth monter rapidement les marches. Quand elle s'assiérait sur son lit, Rufus pourrait peut-être faire allusion, enfin, à certaines choses qui l'ennuyaient, comme de trouver Robin chez lui, comme l'atmosphère dans la maison, comme la bizarrerie de son père. Il prit le livre d'horreur qu'il avait posé plus tôt sur sa couette. Tom n'aimait pas qu'il lise ce genre de livres, parce qu'il disait que cela ne lui éveillait pas l'esprit, mais parfois, pensait Rufus, il ne ressentait pas du tout le besoin qu'on lui éveille l'esprit ; il voulait qu'on le traite comme un petit bébé qui n'a aucun souci au monde.

« Salut », dit Elizabeth.

Elle s'encadrait dans la porte, en tailleur bleu marine.

« Je ne t'ai pas entendue ! dit Rufus.

— Peut-être ces chaussures sont-elles très silencieuses... »

Il les regarda. Elles étaient si moches qu'elles avaient raison de se faire discrètes. Elizabeth s'approcha et s'assit au bord de son lit. Elle ne l'embrassa pas ; jamais ils ne s'embrassaient, même si parfois Rufus se disait qu'ils pourraient le faire, un jour.

« Je suis désolée d'être aussi en retard.

— Je n'arrêtais pas de bâiller, alors je me suis dit que j'avais sommeil. Mais finalement, non. »

Sous son tailleur, elle portait quelque chose de blanc, et ses perles, comme presque toujours ; elle avait dit que c'était un cadeau de son père. Le microscope que Duncan avait offert à Rufus était sur son bureau, dans un sac en tissu noir. Rufus avait promis de le rapporter chez Matthew, pour le montrer à Rory.

« Comment vas-tu ? » demanda Elizabeth.

Rufus réfléchit. En général, il répondait « bien » pour éviter toute question, mais ce soir il sentait que des questions seraient assez bien venues. Il donna un coup de tête vers le mur derrière lui.

« Robin vit ici.

— Je sais.

— Est-ce qu'il faut vraiment qu'elle soit ma sœur ? demanda Rufus avec un soupir.

— Je le crains. Elle est la fille de ton papa, tout comme tu es son fils.

— Mais ça fait drôle...

— Je sais...

— Est-ce que ça va durer longtemps ? demanda Rufus en tripotant son livre.

— La présence de Robin ? Je crois que oui. Je ne crois pas qu'elle aime vivre seule.

— Et moi, affirma Rufus avec énergie, je n'aime pas vivre avec elle. »

Il regarda Elizabeth. Elle avait un visage très calme, comme si elle en pensait plus qu'elle n'en disait.

« Qu'est-ce que tu vas manger pour dîner ?

— Je ne sais pas...

— Est-ce que papa ne prépare rien ?

— Non. Il me l'a proposé, mais je vais chez Duncan.

— Pourquoi ?

— Parce que... parce que je ne reste pas.

— Pourquoi ? » s'inquiéta Rufus, qui cessa de jouer avec le livre.

Elizabeth posa ses mains jointes sur ses genoux et Rufus remarqua qu'elle les serrait si fort que la peau, aux articulations, tournait au blanc verdâtre, comme si les os, en dessous, allaient crever la surface.

« Rufus... »

Il attendit, les yeux fixés sur le visage masqué de Batman qui lui recouvrait les genoux.

« Rufus, j'aimerais ne pas avoir à te dire ça. Je ne veux pas te blesser, je ne veux blesser ni papa ni moi-même... ni personne d'autre... mais, finalement... je n'épouserai pas ton père. »

Rufus avala sa salive. Il se souvint, brièvement, de la mairie l'année précédente, avec l'employée de l'état-civil et ses boucles d'oreilles en or, et du portrait de la reine.

« Oh...

— J'aimerais tout t'expliquer. J'aimerais que tu connaisses toutes les raisons de cette décision, mais d'une part ce ne serait pas bien, et ensuite, je crois que tu peux deviner la plupart de ces raisons. »

Rufus hocha la tête.

« Ça n'a pas d'importance, dit-il gentiment.

— Ça n'a...

— Il y a des copains, à l'école, leurs parents ne sont pas mariés. Ça n'a pas d'importance. »

Elizabeth fut secouée d'un frisson. Pendant une

seconde, Rufus se demanda si elle n'allait pas se mettre à pleurer, mais elle trouva un mouchoir dans sa poche et se moucha.

« Je suis désolée... Je suis vraiment désolée, continua-t-elle d'une voix tremblante, vraiment, Rufus, mais je ne reste pas non plus. Je ne vais plus vivre ici. Je pars. Je n'épouse pas ton papa et je pars. »

Il la regarda. Elle lui sembla soudain très loin, très petite, comme s'il la regardait avec des jumelles à l'envers. Puis il s'entendit dire très fort :

« Tu ne peux pas.

— Je ne...

— Tu ne peux pas partir. Tu ne peux pas. Je te *connais* !

— Oui, dit-elle en se mouchant à nouveau. Et moi aussi, je te connais.

— Où est-ce que tu vas ? demanda brutalement Rufus d'une voix qui avait du mal à passer sa gorge serrée.

— Oh, juste à Londres, dit-elle, les mains tremblantes. Je crois que je vais acheter une maison avec un jardin, comme ça mon père pourra venir me rendre visite le week-end.

— Je pourrai venir aussi ? »

Les larmes coulaient maintenant sur le visage d'Elizabeth, elles coulaient en rigoles.

« Je ne crois pas...

— Pourquoi pas ?

— Parce que ce ne serait pas juste... pour ton papa, et même pour toi...

— Mais si ! dit Rufus en jetant son livre vers la forme noire de son microscope. Si, ce serait juste !

— Non, dit Elizabeth en cherchant dans sa poche un autre mouchoir. Non, ce ne serait pas juste. Tu pourrais penser que des choses vont arriver, alors qu'elles n'arriveront pas. C'est horrible maintenant, je le sais, mais au moins tu *sais,* et c'est mieux de savoir.

— Non, c'est pas vrai ! dit-il d'un air buté avant d'enfoncer ses poings dans ses yeux, comme le font les petits enfants. C'est pas vrai ! »

Il sentit qu'elle se levait du lit. Il se dit qu'elle le regardait, et il ne pouvait pas le supporter, pas si elle retournait à Londres et ne le laissait pas venir aussi.

« Va-t'en ! cria-t-il sans retirer ses poings de ses yeux. Va-t'en ! »

Il attendit qu'elle dise : « D'accord », ou : « Au revoir, Rufus », mais elle ne le fit pas. Elle ne dit rien. Elle partit. Il entendit ses chaussures silencieuses descendre l'escalier et, juste quelques secondes plus tard, la porte qui claquait, comme quand Robin sortait.

D'abord lentement, puis d'un geste brusque, Rufus retira ses poings de ses yeux et s'allongea sur le lit, sur le côté, face au mur. Il avait froid, même si l'été arrivait, et se sentait raide. Le mur était couleur crème, comme depuis des siècles, depuis toujours, et Rufus discerna vaguement ses anciens gribouillages au crayon noir gras, ceux que Josie avait nettoyés avec de la poudre à récurer. Elle ne l'avait pas seulement grondé pour avoir gribouillé sur le mur, mais pour ne pas avoir fait un joli dessin, ou écrit de belles lettres, juste des gribouillages idiots et laids. À la pensée de Josie, les larmes qui s'étaient accumulées dans sa gorge commencèrent à couler, passant par-dessus son nez, mouillant sa joue et son oreiller. Avec les larmes sortit aussi une nostalgie désespérée, une nostalgie dont il ne se serait pas cru capable, de la chambre qu'il partageait avec Rory, chez Matthew.

Josie vint jusqu'à Bath chercher Rufus. Elle l'avait proposé, presque comme si Tom était un invalide, quand elle avait appris le départ d'Elizabeth.

« Je vais venir, avait-elle dit. Ça ne m'ennuie pas. Tu n'as sûrement pas besoin d'un de ces rendez-vous anonymes, en ce moment. »

Il l'avait laissée faire. Il lui en avait été reconnaissant. Elle était arrivée avec son beau-fils, un gamin à l'aspect encore brut d'environ treize ans et devant qui Rufus était soudain devenu très agité et bruyant, comme s'il éprouvait un immense bonheur à le voir et ne pouvait le dire. Ils étaient montés ensemble dans la chambre de Rufus, Rory tenant Basile dans ses bras.

« Il est formidable, avait dit Rory à Josie, tu trouves pas ? Pourquoi on n'aurait pas un chat ?

— On pourrait...

— Bientôt ? Maintenant...

— Peut-être...

— Dès qu'on rentre, on peut ? Un chaton ?

— Deux chatons, dit Rufus.

— Ça suffit ! » dit Josie.

Mais elle riait. Tom lui fit du café. Elle fut très gentille avec lui, comprenant sa peine, mais sa sympathie envers lui cachait mal une sorte de détachement.

« Je ne veux pas que tu t'en fasses pour moi...

— Je ne m'en fais pas, mais je suis désolée que cela soit arrivé. Je suis désolée pour Rufus. »

Tom eut une petite réaction. Il ne pouvait pas dire à quel point ce séjour de Rufus avait été horrible, il ne pouvait admettre devant Josie que leur fils avait attendu son arrivée avec une telle impatience que ses sacs étaient prêts vingt-quatre heures en avance, son microscope enveloppé de multiples couches de plastique à bulles. Et Josie ne lui posa pas beaucoup de questions. Il ne savait pas si c'était par tact ou parce qu'elle avait deviné tant de choses qu'elle n'avait pas besoin qu'on les lui dise. Elle regarda la cuisine, mais distraitement, pas du tout avec l'attention de celle qui, par nostalgie, veut voir chaque changement, chaque preuve infime de l'occupation des lieux par quelqu'un d'autre. Elle fut gentille, mais un peu sur ses gardes, et à la fin seulement, en montant dans la voiture avec les garçons et les affaires de Rufus, elle lui dit, comme si elle parlait d'expérience :

« Ne te fais pas d'illusions. Rien n'est jamais aussi facile qu'il semble. »

Elle l'embrassa alors sur la joue.

La voiture partie, il retourna dans la cuisine et retrouva leurs tasses de café et les boîtes de Coca-Cola laissées par les garçons. Rufus lui avait dit au revoir très vite, tendrement, mais d'un air pressé, comme si cet instant devait ne prendre que le minimum de temps à cause de toutes les choses tristes et désagréables qui l'avaient précédé. Il avait peu parlé de la visite d'Elizabeth ; il avait même repoussé toute tentative de Tom pour connaître son sentiment sur la situation, ce qui laissait Tom avec l'impression, très nette et très douloureuse, que Rufus rejetait sur lui une partie de la responsabilité de cette rupture, mais qu'il évitait de l'accuser ouvertement en n'abordant pas le sujet.

Tom s'assit à la table. Robin y avait disposé un pot de fleurs de maïs, avec des sortes de marguerites jaunes aux pétales luisants. Elle avait mis des lys dans le salon aussi, et des coquelicots sur la commode de la chambre de Tom. Il ne pensait pas qu'il y avait jamais eu de fleurs dans sa chambre auparavant, et cela le mettait mal à l'aise — ou peut-être était-ce l'intention de Robin, exprimée par ces fleurs, qui le mettait mal à l'aise. Les coquelicots étaient aussi de couleur très lumineuse, rouge clair et écarlate, autour des étamines noires. Tom était soulagé de voir que déjà ils perdaient leurs pétales délicats. Peut-être Robin, après s'être ainsi heureusement rassurée, ne ressentirait-elle pas le besoin de les remplacer, la nécessité de lui faire remarquer, une fois de plus, ce que lui et tout ce qu'il représentait signifiaient pour elle. Peut-être, ne se sentant plus menacée, se calmerait-elle à nouveau, jusqu'à — il fallait l'espérer, oh combien ! — se trouver à nouveau capable d'une aventure amoureuse, et cette fois avec quelqu'un qui saurait la prendre, qui saurait habilement convertir enfin ses puissants besoins rétrospectifs en appétits pour l'avenir.

« Jusque-là, avait dit Tom à Elizabeth, je suis responsable d'elle. Je n'ai pas le choix. »

Elle n'avait rien dit. Elle ne lui avait accordé qu'un de ses regards rapides, mais elle n'avait pas fait de commentaire. Elle lui avait déjà dit clairement ne plus ressentir la moindre sympathie pour son sentiment de culpabilité concernant Robin, sa conviction que non seulement le fardeau que constituait Robin était le sien, naturellement, parce qu'il était son père, mais qu'il ne pouvait, honnêtement, le passer à quiconque qui ne désirerait pas activement, amoureusement, l'en soulager.

Il se leva et soupira. Basile s'étira sur le siège sous la fenêtre, où Rory l'avait laissé, et leva un peu la tête pour voir si Tom allait faire quelque chose d'intéressant, puis la laissa retomber. Lentement, Tom traversa la pièce. Il dépassa le canapé et les fauteuils où, à une époque ou une autre, chacun de ses enfants s'était assis ou vautré, où Josie avait retiré ses chaussures, où Elizabeth s'était pelotonnée, une tasse à la main, ses lunettes sur le nez, pour lire le journal. La porte du jardin était ouverte, et en haut des marches de l'escalier métallique, il regarda le pot en terre cuite où Elizabeth avait disposé des pélargoniums roses et blancs. Son regard se porta plus loin, dans le jardin.

Robin y était assise. Elle était accroupie contre la statue de la jeune fille avec sa colombe, les bras autour de ses genoux. Elle attendait, comme Pauline le faisait, qu'il vienne la retrouver.

20

Karen remontait la rue Barratt, lentement, parce qu'il faisait chaud, et aussi parce qu'elle avait proposé d'aller prendre des affaires au pressing pour Josie. Le paquet, bien que léger, n'était pas facile à porter, avec ses enveloppes en plastique qui glissaient l'une contre l'autre ou collaient à la peau de ses bras. De surcroît, elle n'avait pas prévu que sa voiture tomberait à nouveau en panne au point de lui coûter trois jours de garage. Elle avait dû prendre le bus pour aller travailler, et ses pieds pour tous les autres trajets. Cela lui rappelait l'époque où Matthew et elle étaient enfants et où leur seule voiture était celle du travail de leur père, qui avait refusé de continuer à l'utiliser pour les sorties en famille après qu'un jour Karen eut été malade sur le siège arrière en raison d'excès de chaleur, de glaces et de caprices.

Maintenant, elle ne se mettait presque plus jamais en colère. Josie avait fait remarquer combien elle était d'humeur égale. C'était peut-être vrai. Peut-être avait-elle compris, à force de vivre avec sa mère, que la colère, pour la personne qui perdait son sang-froid, n'avançait jamais à rien au-delà du premier instant excitant où on ouvre la bouche pour le premier mot. Ces derniers temps, elle avait dit bien des choses à Josie concernant sa mère et elle, concernant la relation d'amour-haine qu'elle entretenait avec son travail, et aussi concernant Rob, le dentiste australien qui venait d'arriver à Sedgebury et qui semblait éprouver pour elle un intérêt que personne ne lui avait montré depuis des siècles. Elle trouvait très agréable de parler à Josie, beaucoup plus que dans les premiers temps.

Josie avait coupé ses cheveux. Karen n'en était pas revenue. Un jour elle l'avait retrouvée sans cette lourde crinière cuivrée qui semblait presque sa marque de fabrique.

« Comment as-tu pu faire ça ?

— Il le fallait. Je n'avais pas le choix. Cela m'intimide d'en parler, mais il fallait que je le fasse.

— Qu'en pense Matt ?

— Je crois qu'il trouve ça bien.

— Tu as l'air d'avoir quatorze ans.

— Je ne l'ai pas fait pour ça...

— Non, je sais. Qu'on dit les enfants ?

— Rien. Ils m'ont juste regardée comme s'il m'était poussé une deuxième tête. Rufus a demandé où étaient les cheveux. J'ai répondu : dans la boîte à ordures du coiffeur. Ils n'arrêtent pas de me regarder en douce, surtout Becky. »

Deux semaines plus tard, Becky en avait fait autant. Si Karen avait été étonnée par le geste de Josie, celui de Becky l'avait laissée stupéfaite.

« Tu crois que c'est un compliment ? avait-elle demandé à Josie.

— Je n'en sais rien. Je n'essaie pas d'analyser ce genre de geste, parce que j'arrive toujours aux mauvaises réponses. Ça lui va bien, tu ne trouves pas ?

— Oui », répondit Karen, qui regardait par la fenêtre de la cuisine le carré de pelouse râpée où Becky faisait jouer les chatons avec une balle de golf attachée à un bout de laine.

« Peut-être que comme moi, elle a pensé que bien des choses pourraient être jetées avec ses cheveux...

— Tu viens de dire que tu ne voulais pas analyser les gestes des autres.

— Je sais, mais parfois, je ne peux pas m'en empêcher. Je ne peux pas m'empêcher de me demander si les choses se passent bien. »

Karen trouvait qu'elles se passaient assez bien, surtout en comparaison avec l'atmosphère qui régnait ne serait-ce que trois mois plus tôt. Josie s'était un peu détendue, elle avait cessé de repasser tout ce qu'elle lavait, de tout ranger pour les autres et de cuisiner ostensiblement une partie de la journée. La maison, trop petite pour eux tous, semblait très habitée, parfois trop, mais les amis des enfants venaient, maintenant, et on les voyait rouler en skateboard sur la pente menant au garage ou jouer au foot contre le pignon, quand ils ne se vautraient pas dans les chambres pour écouter de la musique, rideaux fermés. Matthew avait enterré une boîte de conserve vide au fond du jardin, et il apprenait aux garçons à jouer avec les cannes de golf que son père lui avait données. L'attitude de son père amusait Karen. Quand elle avait commencé à venir rue Barratt, il la questionnait longuement à son retour.

« Comment les as-tu trouvés ?

— Qui ?

— Matthew et Compagnie. Les gosses. Tu sais bien... »

Karen faisait alors semblant de chercher quelque chose dans son sac.

« Très bien, répondait-elle.

— Ils travaillent ? Ils vont à l'école ? Ils ne font pas de bêtises ?

— Comment le saurais-je ?

— Et l'autre petit, le rouquin, il s'entend bien avec eux ?

— Il semble.

— Et elle ? La femme de Matthew ? Comment va-t-elle, comment s'en sort-elle ?

— Papa, disait alors Karen, écoute : si tu veux savoir comment ils vont, va voir toi-même. »

Et finalement, c'était ce qu'il avait fait. Il avait d'abord envoyé les cannes de golf, puis, quand il avait appris que Nadine s'était acheté un grand camping-car, qu'elle l'avait garé dans une communauté près de son ancien cottage et qu'elle aidait les gens à cultiver des légumes, il s'était senti un peu hors du coup et il n'avait plus éprouvé le besoin de s'en tenir aux conventions de la loyauté envers la première épouse. Il était allé rue Barratt, pour dix minutes, avait-il dit, et il était resté plus d'une heure. Il avait donné aux garçons une leçon de golf, et puis Josie lui avait servi le thé. Quand sa femme lui avait reproché sa visite, il lui avait répondu : « Ça ne te fait pas de tort, Peggy, et ça n'en fait à personne d'autre. » Et il était sorti de la pièce.

Maintenant, se disait Karen, c'était comme s'il n'avait jamais eu de doutes. Il faisait pour Josie les petites réparations pour lesquelles Matthew n'avait pas de temps, il avait promis à Becky cent livres pour Noël si elle arrêtait de fumer et il avait annoncé aux garçons qu'il les inscrirait au club de football de Sedgebury la saison prochaine. Il avait commencé à raconter des choses à Karen, comme s'il en savait plus qu'elle sur eux, sur Matthew qui venait de rencontrer le nouveau proviseur, qu'il trouvait sympathique, sur le père de Rufus qui voulait emmener le petit à Legoland, au Danemark, pendant les vacances d'été, parce que la vie à la maison était compliquée, il y avait des problèmes chez lui, sur Becky, qui disait qu'elle irait passer une semaine dans la communauté avec sa mère, mais refusait d'en promettre davantage avant d'avoir vu comment c'était.

« Nadine continue à appeler, avait dit Derek. Elle appelle sans arrêt.

— D'un camping-car ?

— Elle a un téléphone mobile. »

Et Karen se disait qu'elle ne cesserait pas avant longtemps, sans aucun doute. Comme elle ne doutait pas non plus que la communauté ne l'occuperait pas pour toujours, pas plus que tout ce qu'elle avait tenté ne l'avait occupée, parce qu'on ne pouvait croire que Nadine change vraiment, qu'elle développe vraiment la capacité d'aimer l'endroit où elle se trouvait, ce qu'elle faisait..., sa propre personne. Josie avait dit à Karen qu'elle ne parlait jamais de Nadine aux enfants à moins qu'ils ne lui en parlent en premier, mais elle ne pouvait s'empêcher de remarquer que, lorsqu'elle téléphonait, ils montraient souvent, maintenant, une mauvaise grâce évidente à prendre le combiné.

« Je me contente de dire qu'ils doivent venir, qu'elle est leur mère.

— Est-ce que nous ne sommes pas formidables ? dit Karen en lui décochant un clin d'œil.

— C'est plus facile quand on ne fait pas trop d'efforts.

— *Mais pas facile...*

— Non. Pas facile. Pas impossible, mais pas vraiment facile non plus. »

Karen décolla de sa peau humide le plastique qui enveloppait les vêtements pour les passer sur son autre bras, plus sec. Elle se demandait parfois quel avait été le rôle de Matthew dans cette évolution, à quel point il avait défendu Josie, ou ses enfants, s'il lui avait été difficile de renoncer entièrement à sa vieille habitude de céder à Nadine pour obtenir ne serait-ce que quelques instants de paix. Josie n'en parlait pas à Karen. Elle était très ouverte sur la plupart des sujets, même sur elle, sur Rufus, sur les enfants de Matthew, sur son premier mariage, sur les remords qu'elle éprouvait de n'avoir rien fait afin d'aider la femme qui avait failli devenir la belle-mère de Rufus...

« Mais qu'aurais-tu pu faire ?

— Probablement rien. Mais j'aurais aimé qu'elle sache que ce n'était pas de sa faute, et que Rufus... l'aimait beaucoup. »

Mais elle ne parlait jamais de ses relations avec Matthew. Karen le comprenait. Elle aurait aimé avoir une bonne discussion à propos de son frère, mais elle pouvait voir très clairement, par-delà cette envie plutôt triviale, que si, comme Josie, on voulait construire une véritable relation de couple dans une maison trop petite qui manquait de cohésion, il fallait lui garder autant d'intimité et de secret que possible. À les voir, Karen se disait qu'ils ne s'en sortaient pas si mal. Ils avançaient dans la même direction, en tout cas et, si leurs chemins n'étaient pas encore confondus, elle se disait qu'ils se retrouveraient à la fin parce qu'ils le voulaient, qu'ils en avaient la ferme intention.

Et ces pensées, qui parfois préoccupaient Karen, même si elles ne l'angoissaient pas, commençaient à englober une autre pensée que Karen, un an plus tôt, n'aurait jamais cru possible. Parfois, quand elle allait rue Barratt, elle découvrait que passait dans sa tête une idée, une impression plutôt, mais de plus en plus persistante, bien qu'encore embryonnaire : en entrant dans la maison un jour très ordinaire, comme elle s'apprêtait à le faire en ce jour très ordinaire, en trouvant la cuisine en chantier, la lessive sur le fil dans le jardin, la télévision hurlant pour personne et Josie au milieu de tout ça, elle sentait sa belle-sœur moins étrangère qu'avant, plus familière, moins plaquée sur la vie de quelqu'un d'autre. Karen pensait qu'elle commençait presque à appartenir à cette famille, et c'était comme si cette notion d'appartenance lui donnait la conscience de son être. Et Karen se disait, en regardant Josie, qu'avec le temps, avec les heures et les jours des prochaines années, même les enfants se sentiraient chez eux. Pour la dernière fois, Karen fit passer les vêtements sur son autre bras et entra dans la cour où gisait un skateboard retourné, comme un insecte sur le dos. Elle leva les yeux vers la maison. Presque toutes les fenêtres étaient ouvertes. Un jour, se dit-elle, un jour...

ROMAN

Adler Elizabeth
Secrets en héritage
Le secret de la villa Mimosa

Ashley Shelley V.
L'enfant de l'autre rive
L'enfant en héritage

Beauman Sally
Destinée
Femme en danger

Bennett Lydia
L'héritier des Farleton
L'homme aux yeux d'or
Le secret d'Anna

Benzoni Juliette
De deux roses l'une
Un aussi long chemin
Les dames du Méditerranée-Express
1 - La jeune mariée
2 - La fière Américaine
3 - La princesse mandchoue
Fiora
1 - Fiora et le Magnifique
2 - Fiora et le Téméraire
3 - Fiora et le pape
4 - Fiora et le roi de France
Les loups de Lauzargues
1 - Jean de la nuit
2 - Hortense au point du jour
3 - Félicia au soleil couchant
Les treize vents
1 - Le voyageur
2 - Le réfugié
3 - L'intrus
4 - L'exilé
Le boiteux de Varsovie
1 - L'étoile bleue
2 - La rose d'York
3 - L'opale de Sissi
4 - Le rubis de Jeanne la Folle-
Secret d'État
1 - La chambre de la reine
2 - Le roi des Halles
3 - Le prisonnier masqué

Bickmore Barbara
Une lointaine étoile
Médecin du ciel

Binchy Maeve
Le cercle des amies
Noces irlandaises
Retour en Irlande
Les secrets de Shancarrig
Portraits de femmes
Le lac aux sortilèges

Blair Leona
Les demoiselles de Brandon Hall

Bradshaw Gillian
Le phare d'Alexandrie
Pourpre impérial

Bright Freda
La bague au doigt

Bruce Debra
La maîtresse du Loch Leven

Cash Spellman Cathy
La fille du vent
L'Irlandaise

Chamberlain Diane
Vies secrètes
Que la lumière soit
Le faiseur de pluie

Chase Linday
Un amour de soie

Collins Jackie
Les amants de Beverly Hills
Le grand boss
Lady boss
Lucky
Ne dis jamais jamais
Rock star
Les enfants oubliés
Vendetta

Collins Joan
Love
Saga

Courtillé Anne
Les dames de Clermont
1 - Les dames de Clermont
2 - Florine
Les messieurs de Clermont

Cousture Arlette
Émilie
Blanche

Crane Teresa
Demain le bonheur
Promesses d'amour
Cet amour si fragile

Dailey Janet
L'héritière
Mascarade
L'or des Trembles
Rivaux
Les vendanges de l'amour

Delinsky Barbara
La confidente

Denker Henry
Le choix du docteur Duncan
La clinique de l'espoir
L'enfant qui voulait mourir
Hôpital de la montagne
Le procès du docteur Forrester
Elvira
L'infirmière

Dervin Sylvie
Les amants de la nuit

Deveraux Jude
La princesse de feu
La princesse de glace

Dunmore Helen
Un été vénéreux

Falconer Colin
Les nuits de Topkapi

Gage Elizabeth
Un parfum de scandale

Gallois Sophie
Diamants
Gregory Philippa

Haran Maeve
Le bonheur en partage

Goudge Eileen
Le jardin des mensonges
Rivales

Greer Luanshya
Bonne Espérance
Retour à Bonne Espérance

Gregory Philippa
Les dernières lueurs du jour
Sous le signe du feu
Les enchaînés

Haran Maeve
Le bonheur en partage
Scènes de la vie conjugale

Ibbotson Eva
Les matins d'émeraude

Jaham Marie-Reine de
La grande Béké
Le maître-savane
L'or des îles
1 - L'or des îles
2 - Le sang du volcan
3 - Les héritiers du paradis

Jones Alexandra
La dame de Mandalay
La princesse de Siam
Samsara

Krantz Judith
Flash
Scrupules (t. 1)
Scrupules (t. 2)

Krentz Jayne Ann
Coup de folie

Laker Rosalind
Aux marches du palais
Les tisseurs d'or